Laberinto

Laberinto

EDUARDO ANTONIO PARRA

LITERATURA RANDOM HOUSE

Laberinto

Primera edición: noviembre, 2019

D. R. © 2019, Eduardo Antonio Parra

D. R. © 2019, derechos de edición mundiales en lengua castellana:
Penguin Random House Grupo Editorial, S. A. de C. V.
Blvd. Miguel de Cervantes Saavedra núm. 301, 1er piso,
colonia Granada, alcaldía Miguel Hidalgo, C. P. 11520,
Ciudad de México

www.megustaleer.mx

ISBN: 978-607-315-911-1

Impreso en México – *Printed in Mexico*

El papel utilizado para la impresión de este libro ha sido fabricado a partir de madera
procedente de bosques y plantaciones gestionadas con los más altos estándares ambientales,
garantizando una explotación de los recursos sostenible con el medio ambiente y beneficiosa para las personas.

Penguin
Random House
Grupo Editorial

Para Paulina Castaño,
la emoción y la alegría.

Campanadas, dijo y sus manos golpearon dos veces la superficie de la mesa, lentas, con intención de acentuar dentro de sí el recuerdo sonoro. Es lo primero que se me viene de aquella noche, siguió con voz de cansancio, como si lo que empezaba a decir acabara de sucederle. Un rosario de campanadas. Una tras otra. Redondas, expansivas, duras; anticipo de la metralla. ¿Ha oído cómo retumba el golpe de una campana en un cielo silencioso, profe?

La pregunta me agarró desprevenido, con la vista más allá de la ventana entreabierta. Me hizo recordar de súbito el cielo casi siempre limpio de El Edén, su plaza llena de bullicio, chiquillos, parejas, familias, vendedores, antes y después de la última misa. Contemplé el pueblo del modo en que uno ve los escenarios y las cosas en sueños, borrosos, irreales, tras haber hecho esfuerzos por intentar olvidarlos.

Pero enseguida se proyectaron en mi mente las fotografías aparecidas en los periódicos los días que siguieron al cerco, las tomas de los noticieros televisivos donde se veían las ruinas del pueblo, los edificios carbonizados, las viviendas hechas polvo y los cuerpos sin vida de muchos de sus habitantes regados por las calles.

Traté de armar una frase que se quedó en tartamudeo, aunque Darío ni prestó atención: sus pupilas opacas miraban adentro, al fondo de la memoria donde, ahora que contaba por vez primera lo de aquella noche, volvía a sentir, a ver, eso que estuvo detrás de las vibraciones del sonido.

Una tras otra, repitió. Marro aplastando fierro contra el yunque. Llenando de estremecimientos el aire, el suelo, las hojas de los árboles. Colándose hasta los rincones más quietos con terquedad endemoniada. Así las recuerdo, dijo y respiró fuerte antes de continuar: Las oí en la cancha, junto al arroyo. Terminaba de vestirme para regresar a casa luego del partido.

Miró alrededor con desconfianza, comprobó por los murmullos en las otras mesas que nadie lo escuchaba y volvió a fijar en mí sus ojos sin expresión.

Eso fue lo primero, dijo, las campanadas que diario llamaban a misa de siete. Como si el cura o el sacristán o el campanero ignoraran lo que ocurría fuera de los muros de la parroquia. Como si creyeran que los fieles todavía eran multitud. Como si no supieran que el pueblo se estaba quedando desierto y la mayor parte de las casas no eran sino cascarones vacíos. Que los pocos que no se habían largado apenas si tenían valor de salir a deambular sin rumbo por calles solitarias, terrosas, plagadas de casquillos y pequeños charcos de sangre, igual que fantasmas atrapados entre este mundo y el otro.

Carraspeó. Dio una chupada al cigarro sin filtro y sus ojos recuperaron algo de vida, aunque yo sabía que continuaban mirando al interior.

Pasaron ocho o nueve años de aquello, me dije con un hueco en el vientre en tanto lo veía dibujar con los labios una mueca que me recordó su cara de preocupación, cuando niño, antes de un examen. Ocho o nueve años, me repetí, y no ha logrado recuperarse, salir de su maraña de emociones, de la desesperación, de la incredulidad sobre lo ocurrido.

Lo miré. En el transcurso de ese tiempo Darío se había hecho hombre; uno muy distinto al que yo y cualquiera que lo haya tratado de chico hubiera imaginado.

Me resultaba difícil empatar su estampa vencida con la del adolescente atlético, prometedor, impetuoso, seguro de sí, que fue a despedirme a la terminal de autobuses la tarde de mi partida. Tampoco podía reconocer en él al joven tozudo, al héroe de aquella noche, del que me habían hablado llamadas y correos electrónicos de parientes o amigos, algunas notas periodísticas y los paisanos con quienes me llegué a topar en las calles de Monterrey.

Al beber directo del pico de la botella su rostro componía un rictus angustioso, como si fuera un suplicio para él pasar el trago, y sólo se le desvanecía al jalar el humo del cigarro y después expulsarlo en una bocanada recta, rápida, que pretendía llegar al techo.

Lo estudié bien bajo la sucia luz del lugar: más que hombre, se había hecho viejo. Tres o cuatro arrugas profundas le cruzaban el rostro, sus párpados bajos se abultaban en bolsas verde pálido y algunas canas desteñían su cabello ya ralo.

Hice una suma mental; si el día del cerco Darío no había cumplido aún los dieciséis, ahora rondaría los veinticinco.

Pinches campanadas, su voz se adelgazó hasta la agudeza al brotar de nuevo. No se me olvidan. Vuelvo a oírlas noche a noche, esté donde esté. De repente las sueño, sin imágenes, puro sonido, y hago esfuerzos para despertar porque sé que no son sino el anuncio de pesadillas más cabronas… Y en aquella ocasión fueron la señal que desató el infierno.

Darío dio ahora una chupada profunda y aplastó la colilla en el cenicero. Sólo entonces reparé en lo extraño que se veía fumando. Como si el cigarro fuera un añadido erróneo a su personalidad. Un atributo de su vejez prematura. Dijo:

Aún no se desvanecían en el aire los ecos de la última campanada cuando iniciaron los graznidos del altavoz.

Un gesto de incertidumbre quedó congelado en su rostro mientras a mi memoria venían los chasquidos, truenos y ronroneos que salían de esas bocinas ambulantes. Algo semejante al gemir de una barra de fierro arrastrada entre piedras. En el pueblo solía haber una o dos trocas viejas con esos conos metálicos instalados en el techo de la cabina que repasaban las calles anunciando el arribo de un circo, funciones de cine, tocadas, bailes, kermeses, ofertas de almacenes y disposiciones del municipio.

Hasta que estalló la guerra.

Entonces las bocinas cambiaron de giro y comenzaron a advertir a la gente de enfrentamientos entre bandos rivales, de ejecuciones próximas, de viviendas que arderían; o para decretar toques de queda, órdenes incuestionables de permanecer en casa sin abrir la puerta ni acercarse a las ventanas, que en caso de no cumplirse harían peligrar la vida del desobediente.

Me había tocado escuchar un par de veces esas amenazas gangosas antes de abordar el autobús que me sacó para siempre de allí. Nunca supe de quién era la voz detrás del micrófono en la cabina.

Gracias, Renata, dije al ver que la mesera, cuya cercanía advertí hasta que su aroma un tanto rancio tocó mi nariz, dejaba una cubeta con cervezas nuevas del lado de Darío y un ron con hielo frente a mí.

Hubo un intento de sonrisa en la cara fatigada de la mesera, recogió los envases vacíos y echó las ruinas del cenicero en una bolsa de plástico antes de dar media vuelta. La vi caminar de regreso a la barra con pachorra, hinchando sus nalgas desparramadas a cada paso, moviéndose con la pesadez de un tambo lleno de aceite, y sonreí con un deseo añejo.

Darío esperó a que la mujer estuviera lejos para agarrar una de las botellas. No bebió de inmediato. Primero se puso a contemplar los grumos de escarcha que escurrían por el vidrio. Cuando se convenció de que estaba bien fría, la llevó a los labios y bebió hasta vaciarla haciendo bailar la nuez de su garganta. Se limpió un resto de espuma con el dorso de la mano. Sus pupilas brillaron por primera vez en la noche, aunque fue un destello momentáneo: pronto volvieron a la opacidad, y comprendí que continuaba inmerso en la lejanía del recuerdo.

Acabábamos de ganarle el partido a los de la ETI, murmuró. Dos a uno.

Al decirlo, sus labios insinuaron una curva y luego se paralizaron, como si pensara que una sonrisa sería inútil o poco creíble en el marco de la plática. Entonces recordé que cuando se apareció por vez primera en la cantina, unos días antes, no pude reconocer en este hombre alto, de andar difícil, envarado, que se acercó a la barra a ordenar cerveza, al antiguo alumno que lideraba el equipo de futbol de la secundaria.

Oí las campanadas y el altavoz sin oírlos por la emoción del triunfo, siguió. Y por el coraje con Jaramillo. Por eso me extraña que después se me hayan grabado tan fuerte en la memoria.

Hizo un alto y levantó la cabeza, como si volviera a escuchar el sonido dentro del cráneo. Enseguida bajó la vista.

El pendejo me había hecho encabronar durante el partido, y tras el final no dejaba de verle las nalgas a la Norma. ¿Se acuerda de Jaramillo, profe?

Aunque sabía que lo tenían sin cuidado mis respuestas, asentí. Me acordaba de Jaramillo. Y más de Norma. Al invocarla él con las palabras la vi, como puedo verla todavía hoy, congelada en esa edad a pesar del tiempo transcurrido.

Veo sus soberbios ojos borrados, insolentes, burlones cuando nota la inquietud que provoca en los varones; sus mejillas llenas de sangre desde niña, las gotitas de sudor que siempre le abrillantan el rostro y se concentran en el labio superior otorgándole el aspecto de fruta cuajada de rocío. La veo la vez que acompañó a Darío a despedirme en la terminal de autobuses, con sus pechos jóvenes oscilando bajo la playera, la falda escocesa a medio muslo que se alza por la parte posterior al impulso de las nalgas, las piernas poderosas y delicadas, de piel suave.

Me había querido faulear a la mala, dijo Darío luego de un trago, el cabrón de Jaramillo. Pero en la barrida sacó la peor parte porque le abrí la rodilla con los tacos. Por eso quería desquitarse. Miraba a la Norma con descaro, calenturiento, para provocarme. Y cuando ella se dio vuelta le clavó los ojos en las tetas. Hasta se sobó el paquete el puto. No aguanté. Me le fui encima.

Darío rumiaba un rencor pretérito y la escena se desenvolvía nítida ante mis ojos: el sol no ha terminado de caer, aún recalienta el aire y levanta del suelo velos vaporosos justo donde un grupo de muchachos bañados en sudor se ponen los pantalones de mezclilla sobre los shorts con el fin de regresar a casa, en tanto la única mujer, porque Norma ya es una mujer, deambula entre ellos haciendo burla a los del equipo vencido y felicitando a los ganadores.

Pasea entre ellos igual que una reina que recibe la admiración de sus súbditos mientras su hombre, el capitán victorioso, termina de vestirse y la abraza. Le mete una de las manos bajo la blusa, acaricia la espalda sin obstáculos porque Norma no usa sostén.

Sonrientes, se muerden los labios uno al otro. Se lamen.

En un movimiento de cabeza, mientras a lo lejos suenan campanadas llamando a misa, él descubre fija en las nalgas de su novia la mirada lúbrica de Jaramillo, uno o dos años mayor, cacarizo, aspecto torvo; bravucón acostumbrado a abusar de quienes considera débiles o inferiores.

Norma se da cuenta de que algo altera a Darío y gira el cuerpo para ver qué. Entonces sus pechos se cimbran bajo el algodón de la playera blanca, los pezones despuntan, y el mirón, sin contenerse, se aprieta el miembro por encima de la bragueta.

Hijo de tu pinche…, Darío ni completa la frase, salta sobre el otro, quien no espera una reacción tan veloz y recibe el primer puñetazo en el pómulo, antes de que ambos rueden trenzados sobre la tierra reseca. Intercambian golpes unos segundos sin darse cuenta de que el llamado a misa concluye y lo que ahora vibra en el aire es el sonido del altavoz esparciendo por el pueblo sus órdenes. Los demás jugadores se apresuran a separarlos.

¡Párenle! ¿No oyen?

Aún envuelto en furia, Darío escucha lo que al principio le suena a rebuznos. Después descifra unas palabras medio distorsionadas: Esta noche… Cierren sus casas… No se les ocurra…

Puta madre, dice al levantarse del suelo y sentir en la cintura los brazos nerviosos de Norma.

Ve que los demás, incluso Jaramillo, quien se frota la piel bajo el párpado izquierdo, sacan sus celulares y revisan las pantallas.

Mandaron mensajes, dice alguien con voz decaída, va a haber madrazos a la noche, ya mero empiezan.

Las expresiones lo confirman: por obra de un poder superior, desconocido, todos los teléfonos recibieron la misma advertencia. Darío busca el suyo deprisa en la mochila, no para leer el aviso sino para llamar a casa.

No hay línea.

Ve que los otros también intentan marcar, sin éxito, y olvidándose de su pleito con Jaramillo toma a Norma de la mano y ambos arrancan hacia las áreas pobladas. Cuando llegan a las primeras casas, a lo lejos divisan cerca de veinte trocas negras a los lados de la carretera, esperando señal para avanzar.

Puta madre, repite Darío y obliga a Norma a correr más rápido.

¿Se acuerda de la zona donde vivía con mi familia, profe?, preguntó. Son cinco cuadras desde las orillas del pueblo hasta mi casa. Nomás cinco. Norma y yo recorrimos las primeras tres hechos madre porque un mal presentimiento me jodía por dentro: mi viejo iba a llegar de Reynosa a esas horas y mamá y mis hermanos estaban solos.

Darío fumaba con avidez, igual que si alimentara la memoria con nicotina.

Llevábamos más de la mitad del camino cuando Norma se paró en seco. Me dijo que mirara bien la calle. No había un alma. Nada se movía ni afuera ni adentro de las casas.

Como en ese momento el altavoz había dejado de mugir, el silencio era total. Un silencio que dolía. Dolía y daba miedo.

El eco de nuestros pasos retumbaba de banqueta a banqueta, arañaba las paredes. Ni una voz de mujer, ni un chillido de niño, ningún perro ladrando. Norma se pegó a mí y la única palabra que salió de sus labios fue: Carajo.

Bajó la vista al cenicero y jugó con la brasa del cigarro entre los rescoldos mientras su cara se fruncía en algo semejante a un puchero. Fue sólo un segundo, pero me pareció que su piel era aspirada desde el centro del rostro en una suerte de implosión que le dio el aspecto de un anciano decrépito.

Desvié la mirada hacia la ventana entreabierta y los transeúntes que pude atisbar en la noche temprana de la calle por alguna razón me resultaron repugnantes. Las voces que llegaban a nosotros desde las otras mesas de la cantina traían una fuerte carga de soledad, de rumores en pueblo abandonado. Volví a mirar a Darío: sus facciones se reacomodaban en la juventud marchita de unos segundos antes.

Al darnos cuenta de aquella quietud ya no pudimos correr, dijo. Del brazo, caminamos despacio, inseguros, igual que si atravesáramos terreno minado. No era la primera vez. Ya había ocurrido, lo del altavoz y los mensajes a los celulares, y la gente se metía en chinga a sus casas. Seguro usté lo vivió antes de irse.

Pero nunca habíamos sentido un silencio así, dijo casi sin volumen.

Su relato me jaloneaba la memoria trayendo al presente lo que durante tanto tiempo yo había tratado de borrar. Desde mi segundo año en Monterrey me negué a responder los correos electrónicos de los amigos y dejaba que el timbre del teléfono sonara hasta la desesperación sin contestarlo, convencido de que un pueblo y sus habitantes se olvidan rápido sin el trato frecuente.

Pero si uno hace enmudecer los recuerdos queda un vacío imposible de llenar. Un vacío engañoso, que escuece. Un velo negro que sólo parece aguardar una señal para correrse y develar lo que no se ha movido, aquello que permanece intacto, idéntico, en ese sitio donde la voluntad no llega y por lo tanto no puede cambiarlo.

Y recordé: cuando se acercaba la hora del enfrentamiento, de la batalla, nos aparecían mensajes y correos que nunca supimos quién enviaba, ni cómo era posible que nos llegaran a todos. Enseguida empezaban a trabajar los altavoces. Incluso desde horas atrás alguien, tampoco se sabía quién o quiénes, colocaba mantas en la plaza, en las rejas de las escuelas, en la entrada del pueblo, con leyendas donde en medio de insultos y recuentos de afrentas se decía clarito que iba a haber balazos y muertos por la noche.

Al principio hubo quienes no lo creyeron y permanecieron en la calle, o pegados a las ventanas para ver qué pasaba. Como Espiridión, mi vecino en El Edén. Pero con las víctimas de balas perdidas y hombres, mujeres y niños atrapados entre la refriega, la gente comenzó a hacer caso.

Era tanta la soledad, retomó la voz Darío, que cuando oímos pisadas tras nosotros Norma y yo creímos que seríamos blanco de uno de los grupos. No. Eran los demás jugadores que regresaban de la cancha, se habían metido a las calles por el mismo rumbo y caminaban rápido a sus casas. El eco de sus pasos nos acompañó unos metros para desaparecer en alguna bocacalle. Luego tronó de nuevo la bocina, esta vez más cerca, y Norma y yo casi brincamos del susto.

¡Ya falta muy poco!, decía. ¡No se arriesguen! ¡Métansen y no salgan!

Darío se movió en la silla para apoyarse por completo en el respaldo e hizo una mueca de dolor. Entonces caí en la cuenta de que me habían hablado de sus heridas, de las secuelas que le quedarían para toda la vida. Y empecé a comprender el porqué de la lentitud de sus ademanes, de ciertos rasgos de su aspecto.

La noche que volví a verlo después de casi nueve años yo estaba sentado en la barra. Hacía el calor infernal de siempre, semejante al del pueblo, pero acrecentado por los motores, el ruido, el pavimento y el gentío de Monterrey. Renata acababa de poner frente a mí el décimo ron añejo en un vaso lleno de hielos cuando vi entrar a un tipo que me resultó familiar.

Lo conozco, seguro, pensé sin ubicarlo aún, y a pesar de las brumas del alcohol traté de no perder detalle mientras se acomodaba en un banquillo entre otros bebedores.

No fui capaz de calcular su edad: parecía un treintañero sufriendo algún mal que lo disminuía, o un cuarentón bien conservado; en última instancia, un hombre más tierno a quien cierta desgracia hubiera jodido y estuviera recuperándose apenas.

Pidió una cubeta de cervezas y pagó de inmediato sacando de su ropa un puñado de billetes sucios y arrugados con sus dedos fuertes pero como artríticos, tiesos, incapaces de maniobrar con soltura otra cosa que no fueran los cigarros. No llegué a acordarme bien de él esa vez. Me hallaba bastante borracho.

Sólo me quedé con su imagen de hombre doliente, solitario entre los parroquianos de la cantina, que pasaba la mano por el frío de las botellas de cerveza como si acariciara su propia desesperación.

Hubo un momento, esa noche, en que el sopor me hizo dar un cabezazo en la barra, y cuando alcé la vista el hombre abatido no estaba.

Los últimos metros antes de llegar a casa fueron los peores, continuó. En aquel silencio agresivo hasta el zumbar del aire nos amedrentaba. Y a punto de subir al porche oímos un motor. Un rugido. Norma puso cara de inquietud y luego luego la abracé mientras los dos volteábamos a la esquina. Temblaba.

Otro rugido, más cercano.

Imaginamos una Hummer, una Bronco o una Lobo negra con la máquina alterada, vidrios oscuros, ventanillas apenas bajas por donde asomarían los ojos de los hombres y los cañones de los cuernos. Pero no.

Se trataba de una Estaquitas viejísima, blanca, destartalada, con el altavoz encima de la cabina. La conducía un hombre mayor, arrugado de la cara, con bigote cano de aguacero, tejana y lentes verdes, al que no habíamos visto nunca. Iba despacio y aun así la carrocería rechinaba como si fuera a desbaratarse.

Al vernos, el conductor nos hizo una seña con la mano para que nos diéramos prisa y abandonáramos la calle.

Yo estaba sin voluntad, así que lo obedecí, pero tuve que jalar a la Norma que se había quedado paralizada. Veía la puerta de mi casa, ahí a unos pasos, y me dio la impresión de que jamás la cruzaríamos.

A medida que él lograba hilar recuerdos completos, yo seguía sus palabras con ayuda de mi memoria en pleno proceso de recuperación.

La parte del pueblo donde se ubicaba su casa tenía pavimento en las calles, aunque plagado de baches. Pocas viviendas se hallaban en buenas condiciones, con pintura reciente y tablones enteros en las bardas.

Muchas veces, en mis paseos vespertinos por la zona, me topaba con Santiago, el hermano menor de Darío, enfrascado en un duelo de futbol con otros huercos sobre una cancha improvisada en el asfalto cacarizo, dos piedras grandes de cada lado señalando las porterías. O con Darío y Norma acurrucados en los escalones del porche, a la sombra del techo de lámina; ahí les gustaba besarse y acariciarse durante horas, sumergidos en el relente del sol que recocía piedras, ladrillos, polvo y concreto, al grado de que los escasos pájaros enmudecían por falta de aliento.

Imaginé en el rumbo la ruina rodante que manejaba el hombre del bigote cano. Imaginé, o más bien pude ver con claridad, a la pareja de adolescentes tiesa ante la visión del altavoz en el techo de la cabina: el heraldo de las desgracias. Vi a Darío salir del letargo del miedo e impulsar del brazo a su novia para que lo siguiera hasta la puerta de su casa, el único refugio posible.

Veía en mi recuerdo al Darío de quince o dieciséis años, mientras en el presente contemplaba al anciano joven quien, absorto en sus propias palabras, dejaba que el cigarro sin filtro se le consumiera entre los dedos hasta acumular más de una pulgada de ceniza.

De pronto parpadeó un par de veces. Interrumpió el recuento para sacudir la mano encima del cenicero. Apuró la cerveza que restaba en la botella, tomó otra de la cubeta, la destapó y se quedó mirando la pared, pensativo, como si sopesara la conveniencia de seguir contando algo que debería tener sentido nomás para él, aunque aún no se lo hubiera encontrado.

Esa actitud de quien contempla el infinito fue lo primero que noté en él cuando apareció en la cantina por segunda vez, una tarde de calor tolerable y poca clientela, para de nuevo ocupar un banco en uno de los ángulos de la barra, al extremo opuesto de mi lugar.

En esa ocasión yo me sentía rabioso, o tan sólo deprimido, sin saber la causa. Había tomado apenas un ron y el cantinero, Juvencio, acababa de ponerme el segundo en la mano. Renata no estaba, quizás era su día libre.

Aun así, sobrio, tampoco fui capaz de acordarme bien de él.

Recuerdo haber pensado, mientras me limpiaba de la frente algo de sudor, que su traza no me resultaba ajena, mas no le puse atención. Fue hasta que extrajo del bolsillo de la camisa la cajetilla de Faros y encendió uno, cuando me vino a la memoria que lo había visto días o semanas atrás, una tarde de borrachera.

Acaso si hubiera tenido activos mis recuerdos, me habrían bastado los desplazamientos torpes de sus manos sobre la madera astillada de la barra para recordar a aquel estudiante de secundaria inteligente que hacía que mis clases ante un abúlico grupo de alumnos valieran la pena, pero la expresión de su rostro me hizo pensar más bien en un enfermo sin voluntad de salvarse. Miraba las botellas de cerveza como si quisiera descubrir a través del ámbar del cristal la receta para borrar un pasado doloroso, o para huir de un presente que lo mantenía siempre al margen, aparte de todo y de todos, mudo, sin capacidad de esperanza.

Esa vez lo observé horas mientras nos emborrachábamos, cada quien en su esquina de la barra, y cuando me vino de no sé dónde un impulso de levantarme y hablarle, él acababa de dar cuenta de su tercera cubeta y caminaba con paso vacilante rumbo la salida, hacia la calle, a perderse en la noche con su soledad a cuestas.

En casa no habían oído las advertencias del altavoz, dijo luego de alargar el silencio con algunos tragos. En cuanto cerré la puerta detrás de nosotros me encontré con la familia viviendo la rutina diaria: mamá planchaba ropa en la sala, donde mi hermana y mi abuela miraban una telenovela a todo volumen. El viejo clima emitía su zumbido tosijoso de siempre al enfriar los cuartos, aislándolos del mundo, y nadie había revisado su teléfono en horas.

Traté de actuar con naturalidad, las saludé, pero cuando mamá respondió el saludo y vio la palidez de Norma se puso en guardia. Dejó la plancha en su soporte de alambre, nos miró fijo y no tardó mucho en notar también mi turbación.

¿Qué pasó?, dijo. ¿Por qué traen esas caras?

¿No oyeron nada?, pregunté.

¿De qué?

Como tardábamos en responder, nos apuró cambiando de tono:

¿Qué está pasando, Darío?

Caminé al centro de la sala para que me escucharan las tres. Paty, mi hermana, sonreía divertida y mi abuela, medio sorda, no apartaba los ojos de la pantalla para no perder el hilo de los diálogos.

Todavía no ha pasado nada, les dije, pero no tarda en comenzar. Afuera las camionetas están avisando que otra vez va a haber balacera.

¡Dios mío, no puede ser! ¡Otra vez no!, se lamentó mi madre.

Iba a decir algo más y la interrumpí para preguntarle por el viejo.

Ella echó una ojeada a su reloj de pulsera mientras mi hermana le explicaba a la abuela de qué hablábamos. Mamá se retorcía los dedos. Luego dijo:

Ya debería estar aquí. Su autobús llegaba a las seis y media. ¡Ay, santo Niño Fidencio, no dejes que le toquen los balazos en el camino!

Volteé a la puerta, donde mi novia seguía parada sin decir palabra, aunque en su cara había una expresión tranquila. La inquietud parecía habérsele pasado y empezaba a ser ella de nuevo. Me acerqué para abrazarla. Le pregunté si estaba preocupada por su mamá. Era la única persona con quien vivía, pues no tuvo hermanos y su padre se había ido al gabacho años atrás.

No, ella está bien. Nunca sale, me dijo estrechándome la espalda con las manos.

Aunque desconcertado por la ausencia del viejo, yo también la apreté. Quería decirle con mi abrazo que estaba a salvo, que ahí, junto a mí, nada le pasaría.

Con semblante concentrado, Darío parecía repasar lo que acababa de decir en busca de huecos, imprecisiones, errores. Tal vez lo habían incomodado las palabras "a salvo", que no eran exactas si se tomaba en cuenta su experiencia del resto de la noche.

Yo conocía la historia a grandes rasgos, incompleta y referida en versiones de terceros, pero no me atrevía a corregirlo ni a adelantarme a su relato. Aproveché su mutismo para pedirle a la mesera, con una seña, que me trajera otro trago y para echar un vistazo a los bebedores del local.

No era una noche concurrida. En la barra apenas había seis o siete hombres, algunos platicaban en susurros. Aparte de la nuestra, sólo cuatro mesas estaban ocupadas. En la de más lejos dos tipos con tejanas miraban con recelo al resto de los parroquianos. Llevaban chamarra a pesar del calor, lo que me hizo presentir las escuadras hundidas en la cintura. Sin embargo, me había habituado tanto a la presencia de esa clase de gente en la cantina que no me alarmé.

A todo nos acostumbramos, pensé mientras Darío se empinaba su cerveza, hacía un gesto, la dejaba a un lado y sacaba una nueva de la cubeta.

Mientras yo abrazaba a Norma hasta sentir que se relajaba en mis brazos, las mujeres de la casa se quedaron en silencio.

Cuando la solté, me di cuenta de que las tres nos miraban con miedo. Un miedo avergonzado, distinto del que les provocaba la tardanza de mi padre. No supe qué pensar, pero una agitación rara se me acomodó en la parte baja del estómago. ¿Por qué me miran así? ¿Qué es lo que no me han dicho?, quise preguntarles.

No llegué a hacerlo porque en ese mismo segundo adiviné la respuesta: Santiago no estaba en la casa. ¿Cómo podía haberme olvidado de él?

¡Santiago!, grité, y por las pupilas llenas de angustia de mi madre supe que no me equivocaba.

Algo intentó decir y de su boca nomás brotó una queja semejante a un gemido. Mi abuela se llevó las manos a la cara en un llanto mudo y sin lágrimas. Interrogué a Paty con los ojos. Dudó un poco antes de responder.

Se fue desde mediodía a casa de René. Dijo que se iba pasar la tarde allá.

Sin pensarlo saqué mi celular, sólo para comprobar que no había conexión. Mi hermana corrió al teléfono fijo ante la expectativa de todos, lo levantó, intentó marcar y me miró desalentada.

Tampoco hay línea, dijo.

Norma preguntó entonces dónde vivía René.

Es por la salida a Nuevo Laredo, respondió mi madre.

Del otro lado del pueblo, completó Paty. ¿Habrá oído los avisos?

Quién sabe, dije, ustedes no los oyeron.

El pequeño Santiago. Cuatro o cinco años menor que su hermano, no alcancé a tenerlo de alumno en la secundaria, aunque en mi mente su imagen aparecía clara pues, además de haberlo visto corretear por su calle detrás de un balón, muchas veces había acompañado a Darío a los juegos cuando yo entrenaba el equipo. Un niño inquieto en exceso. Hiperactivos les dicen los psicólogos. Incontrolable, digo yo. No podía estarse en paz en ningún momento y no hacía caso de nadie.

La noche en cuestión, según mis cuentas, debió tener unos doce años.

Como su hermano mayor, era alto y desde chiquillo acusaba una fuerza y una energía sobresalientes, pero a diferencia de Darío destacaba por sus rebeliones ante cualquier atisbo de autoridad. No obedecía a sus padres ni a sus maestros, peleaba a la menor provocación y sabía mover los puños igual que un muchacho grande. Entre las personas que lo rodeaban, el único por el que sentía respeto era Darío. Lo admiraba con verdadera devoción.

Sin teléfono ni internet ni celulares, ¿cómo podíamos saber si estaba bien?, ¿si había encontrado dónde esconderse? Para colmo, René vivía en una de las casas más grandes de El Edén, tres niveles, jardín al frente y atrás, un ala de cuartos de servicio y hasta caballerizas. El tipo de construcciones que terminaban destruidas o incendiadas durante las batallas porque los combatientes se atrincheraban en ellas.

Las pupilas de Darío miraron hacia lo alto, no al techo sino a alguna imagen mental, acaso una casa en llamas. Fumó y no vi que el humo saliera de su boca.

Mientras tanto, dijo, el infierno comenzaba a desatarse más allá de nuestras paredes.

Echó una mirada furtiva a los parroquianos de la cantina como si temiera que alguien lo hubiera escuchado. Era la misma actitud que mostraba de adolescente, durante un examen, cuando no sabía responder a una pregunta o cuando debía recordar algún detalle del argumento de una novela cuya lectura yo había encargado al grupo. En esas ocasiones, luego de unos instantes de pasmo, sus labios se estiraban en una sonrisa y yo comprendía que había recordado la respuesta.

Pero esta vez no sonrió. Chasqueó la lengua y dio un trago a la cerveza.

Los rugidos de los motores empezaron a romper la calma, dijo. Quizás en el centro, rodeando la plaza. O tal vez a unas cuadras de la casa nomás. Imposible saberlo. Lo único que vino a mi mente entonces fue el montón de trocas negras que la Norma y yo habíamos visto un rato antes a lo lejos, en la carretera. Las imaginé dispersándose por las calles, en busca de otras trocas que habían llegado por la entrada de Nuevo Laredo, por el rumbo en que andaba Santiago.

En tanto lo escuchaba, un leve golpe de angustia provocó que en mi mente se sucedieran, en una secuencia nítida, las escenas de la primera vez que me vi envuelto en algo semejante a lo que contaba, un par de meses antes de la noche del cerco.

Nadie en El Edén sabía cómo se llevarían a cabo los enfrentamientos y, por ello, estábamos desprevenidos. Yo revisaba en casa unos trabajos de mi grupo de tercero de secundaria, cuando el timbre de mi celular anunció la entrada de un mensaje. No reconocí el número del remitente; lo abrí por inercia sólo para encontrar un aviso.

Breve, tosco, su autor lo había escrito con mayúsculas y sin idea de las reglas ortográficas. Entre amenazas, decía a grandes rasgos que nadie saliera de casa, que dos bandos se iban a enfrentar esa tarde nomás para ver cuál era el más chingón, el que en realidad mandaba, que habría tiros y muertos.

Aunque ya habíamos tenido varias ejecuciones y otros actos violentos en las calles del pueblo, en esa ocasión creí que se trataba de una broma. Lo ignoré y seguí con mi trabajo. Antes de dos minutos, el aparato volvió a zumbar. Ahora el texto decía que si no hacíamos caso arriesgábamos la vida.

Como broma se está poniendo pesada, me dije, e intenté llamar al número del remitente.

El celular dio línea unos segundos y enmudeció. La conexión acababa de cortarse.

Quise ignorar el hecho y seguir con mi trabajo, pero después de unos minutos sin poder concentrarme me di por vencido. Agarré la taza de café, me levanté de la mesa y salí a la calle.

Afuera, en la banqueta, estaba mi vecino Espiridión López, que desde la puerta de su casa me preguntó:

¿A ti también te llegó el mensaje, profe?

A diferencia de mí, Espiridión tenía mujer y tres hijos, quienes nos contemplaban detrás de las ventanas con rostros nerviosos, a la expectativa. Me acerqué a él.

También recibí un correo electrónico, me dijo, justo antes de que muriera el internet.

¿No hay internet?

No, ni línea de teléfono. Date de santos que no cortaron la luz, al menos no todavía.

Como ocurre siempre que uno no sabe lo que ocurre, ambos permanecimos callados un rato mirando la calle, tratando de identificar los ruidos dispersos en el espacio. Luego Espiridión me preguntó si había oído las bocinas.

¿Qué bocinas?

Unas que andaban en el centro hace rato y repetían lo mismo que los mensajes. ¿No te tocaron? O esos cabrones se han vuelto amables con la gente, o lo que se nos va a venir hoy va a estar de la chingada.

No respondí. Me quedé rumiando sus palabras sin acabar de entenderlas, hasta que vi una hilera de trocas negras atravesar la calle a vuelta de rueda tres cuadras más adelante, como si estuvieran espulgando el pueblo manzana por manzana.

Carajo, no son mentiras, dije.

Espiridión miraba fascinado el paso del convoy, igual que si se tratara del desfile de las tropas del ejército el 20 de noviembre. Cuando terminaron de pasar, exclamó:

¿Las contaste? No mames. Eran dieciocho, y todas con la caja llena de gente armada hasta los pinches dientes. Esto se va a poner bueno.

No soy hombre valeroso, mucho menos temerario: sentí cómo me faltaba fuerza en las piernas y mis manos empezaron a sudar al grado de que la taza de café estuvo a punto de ir a dar al suelo.

Mejor nos metemos, dije, pero Espiridión no me escuchaba.

Caminó hasta la esquina, desde donde podía abarcar con la vista una mayor extensión de la calle y se quedó sobre la banqueta que ahí era alta oteando el horizonte, semejante a un vigía en su atalaya.

Yo volví a la casa, atranqué la puerta, cerré ventanas y cortinas y sin pensarlo llevé algunos de mis libros al cuarto del fondo, el más alejado del exterior. Luego perdí la consciencia del tiempo y de la realidad mientras me daba la impresión de que, afuera, El Edén era azotado por un huracán.

Ahí, sentado en el piso en el último reducto, escuché, o creí escuchar entre los temblores del cuerpo y el alboroto de mis propios latidos, los primeros disparos, gritos y órdenes, mentadas de madre, amenazas, fuego nutridísimo, granadazos, explosiones de tanques de gas en algunas casas y de gasolina en los vehículos reventados por la metralla, llantos y, ya cuando la refriega parecía haber disminuido, crepitar y rugir de incendios, gemidos de dolor de los heridos y lamentos por las vidas segadas.

Esa vez, después me dijeron, la batalla duró casi dos horas. Nunca supimos cuántos muertos hubo en cada bando: los sobrevivientes recogieron a sus bajas. De los habitantes del pueblo cayeron siete personas. Una de ellas, Espiridión. Lo destrozó el estallido de una granada al acercarse a tratar de ayudar a un herido.

Las máquinas de las trocas hacían un ruido insoportable, seguía Darío. Parecido al de aquel espectáculo de los pilotos infernales que fue al pueblo cuando yo era niño. Un ronroneo insoportable que a veces se agudizaba como zumbido de turbina hasta hacer que los tímpanos dolieran. Yo me las imaginaba frente a frente, respingando igual que si fueran a lanzarse una sobre otra a ver cuál salía mejor librada del encontronazo.

Su mano derecha buscó otro cigarro en la cajetilla. Al sentirla vacía, la arrugó, fue al bolsillo de la camisa y extrajo una nueva. La dejó sin abrir encima de la mesa.

En ese momento tuve una ilusión, profe. Creí que las que se iban a enfrentar eran las trocas, no los hombres, y que todo terminaría con fierros retorcidos. Casi aliviado, miré a las mujeres de mi casa, nomás para darme cuenta de que ellas pensaban de otro modo. Me llené de nervios al caer en la cuenta de que cualquiera de esos armatostes podía atropellar a Santiago.

Mi madre había comenzado a llorar en silencio, la abuela rezaba, mi hermana oprimía los botones del teléfono sin descanso igual que si esperara que su insistencia hiciera funcionar la línea. Vi a Norma: lucía tranquila, aunque me miraba con el ceño fruncido, lo que interpreté como reproche o reclamo. No lo pensé mucho. Tras unos segundos de duda, dije:

Voy a ir por Santiago.

¡No! ¿Cómo se te ocurre?, gritó mi madre. ¡Tú no sales de esta casa! ¡Norma! ¡No lo dejes!

La Norma seguía viéndome con las cejas muy juntas, extrañada por mi falta de decisión.

No vayas, Darío, por favor, dijo mi hermana, Santiago no es tonto y ya debe de haber encontrado un escondite.

¿Y si sí escuchó los avisos y viene para acá?, pregunté. Por mucho que corra lo puede alcanzar una bala perdida.

No, por favor, mi madre fue bajando el volumen de sus quejas hasta hacerlas un susurro monótono, no soportaría que mis dos hijos estuvieran fuera de la casa.

Norma se acercó a mí por detrás. Me dijo cerca del oído: Tenemos que ir, Darío. Anda allá afuera solo.

Fue entonces cuando a lo lejos sonaron los primeros disparos.

Darío ocupó ambas manos para retirar de la cajetilla el celofán que sellaba los cigarros. Lo hizo con una lentitud distraída que me llevó a pensar que no se hallaba ahí, sentado frente a mí, sino en el pueblo, del que en la mente jamás había salido. Tenía, de nuevo, la mirada muerta, sin expresión. Había un ligero temblor en sus labios, como si las palabras se atoraran en ellos negándose a transformarse en sonidos.

Yo apuré el ron de mi vaso mientras buscaba a Renata con la vista para pedirle otro. La encontré sentada detrás de la barra, con una cara de hastío que delataba la escasa clientela de la noche.

En tanto se acercaba a nosotros con sus lentos pasos de foca, miré a mi alrededor. Ya sólo había un par de mesas ocupadas. Los dos sombrerudos no estaban. En la barra faltaban otros dos bebedores.

¿Igual?, preguntó Renata.

Lo mismo, dije, un ron y otra cubeta.

Ella estiró el brazo para levantar de la mesa la cajetilla arrugada y Darío ni se dio cuenta.

Traté de imaginar lo que pasaba en su mente, si es que algo pasaba ahí.

Fue inútil.

Cada quien vive el infierno a su modo, me dije, los tormentos son intransferibles. Algunos los bloquean, otros huimos de ellos. Los más afortunados consiguen olvidarlos, aunque se despierten de madrugada entre sudores y alaridos.

Yo, en ese instante, con Darío envuelto en un tramo de silencio frente a mí, sólo pude revivir el mío.

Aquella vez permanecí quieto en ese rincón de la casa hasta casi una hora después de finalizado el combate. Se trataba de un rincón oscuro, fresco, incluso húmedo, por lo que, cuando al fin me moví, me sorprendió estar bañado en sudor. Pude ponerme en pie hasta el tercer o cuarto intento: tenía las piernas dormidas, los músculos de la espalda endurecidos.

Casi no recuerdo mis pensamientos durante los instantes de angustia. Sólo sé que al iniciar la tronadera me sentí afortunado por no tener familia. Mis padres habían muerto años antes, no tuve hermanos y nunca me junté con ninguna mujer.

También recuerdo que pensé, al acomodarme en aquel rincón, que los muros de sillar tenían el suficiente espesor para contener las balas, no importaba que fueran de cuerno de chivo o algo más grande. Mi padre había construido la casa con bloques de medio metro por lado, y por mucha potencia que tuvieran las armas me sentía a salvo.

Eso pensé.

Durante la batalla oía los tiros a la distancia y creí que los enfrentamientos se llevaban a cabo por otro rumbo, en el centro quizá. No sé qué pasó con mi mente, con mis oídos, con todos mis sentidos durante la balacera. Seguro algún mecanismo de defensa se activó en mí, porque se cerraron al exterior haciéndome creer que aquello sucedía lejísimos.

Pero al abandonar la última habitación, ya con el pueblo en calma, conforme me acercaba a la puerta advertí que por toda la casa había destrozos, como si una pandilla de cholos hubiera irrumpido con ganas de vengar una afrenta.

Cuando los pedazos de vidrio crujieron bajo mis suelas intenté encender la luz. No había corriente. Fui a mi cuarto entonces para buscar una vela en los cajones y por poco caigo al tropezar con unos libros. Uno de los estantes se hallaba en el suelo, en pedazos. ¿Cómo había sido?

Con la vela encendida pasé a las otras habitaciones.

En la sala casi no quedaba un adorno en su sitio, una silla estaba en el piso con el respaldo partido por un impacto. El recibidor era un desastre sin remedio. Ningún cristal de las ventanas quedaba entero y cientos de fragmentos de vidrio alfombraban los mosaicos, destellando al resplandor de la flama.

Alcé la vela y descubrí las paredes con agujeros tanto en lo alto como en las cercanías del suelo, igual que si alguien, después de romper a culatazos las ventanas, se hubiera divertido ametrallando muebles y muros con su fusil de repetición.

Sin entender aún qué había pasado en realidad, dejé la vela titilante sobre la mesa y empecé a recoger las cosas, cuando escuché movimiento en la calle. Pasos furtivos. Susurros. Ruido de puertas.

Me paralicé. Mi sangre estaba tan alterada que hasta sentía su fricción al interior de las venas, caliente, casi ruidosa. Agucé los tímpanos, mas los tamborazos en el pecho no me dejaban distinguir sonidos.

Hice un esfuerzo para desplazarme y me acerqué a una de las ventanas destruidas. El alumbrado público no funcionaba, o habían cortado la corriente: afuera todo era oscuridad. Arrimé la cabeza al hueco, procurando no cortarme con un vidrio, y distinguí el raspar de unas suelas que parecían arrastrarse cerca de la esquina. Una lenta ráfaga de aire movió un jirón de cortina, cimbró la luz y por poco me saca un grito.

No obstante, me asomé: negrura, sombras, siluetas imposibles que engañaban la vista, silencio apenas interrumpido por los rumores de la noche y una mezcla de efluvios que de momento no supe identificar. Nada parecía turbar la quietud y sin embargo se percibía algo terrible, como si el miedo, no el mío sino otro, un miedo abstracto y general, tuviera volumen y peso y deambulara por las calles vacías.

No hay nadie, me dije y respiré profundo para aplacar el ritmo del corazón.

Aguanté unos instantes, luego di un par de pasos hacia la puerta. La tranca estaba mordida por las balas y entre las dos jambas conté no menos de diez orificios, gruesos, algunos habían arrancado grandes cascotes de madera. Antes de abrir, pegué el ojo a una de esas mirillas recientes. La calle seguía sin cambio.

Abrí y el aire del exterior fue un sudario frío que se me echó encima y me envolvió. Olía a pólvora, a madera recién cortada, a humo aceitoso, a metal al rojo vivo, a sangre, a carne fresca.

En lo alto, varias cuadras más allá, se distinguía en el cielo el resplandor brumoso de algunos incendios. Ya no se escuchaba el ronroneo de las máquinas, ni rodar de llantas, sólo rumores sordos, como de perros callejeros husmeando huecos y rincones.

Me aventuré a dar un paso fuera y unos vidrios crepitaron bajo mi pie. Sentí movimiento cerca. Se oyó un murmullo. Alguien había advertido mi presencia.

Reprimí el impulso de volver a meterme en la casa, pues a pesar de no distinguir nada entre las sombras tampoco percibí hostilidad: quien se movió lo hizo con la misma precaución que yo. Seguro se trataba de un vecino. Acaso Espiridión, que exploraba el terreno después de la batalla.

¿Espiridión?, pregunté con voz apenas audible.

Silencio.

¿Espiridión?

Ahora el movimiento fue más claro y una voz femenina preguntó:

¿Quién es? ¿Eres tú, profe?

Reconocí a la esposa de mi vecino.

¿Teresa? ¿Qué haces afuera? ¿Dónde anda tu marido?

Ay, profe. Estaba en la banqueta cuando se soltó la balacera y ya no supe de él. Estoy esperando al Chacho; fue a dar una vuelta aquí cerca a ver si lo veía.

El Chacho era su hijo mayor y mi alumno en la secundaria. No podía creer que Teresa hubiera dejado salir a un adolescente, o peor, que ella misma lo hubiera enviado a buscar a su padre en esas circunstancias, pero no dije nada.

Caminé al sitio de donde provenía la voz y las sombras esculpieron la forma de una silueta. Más cerca, pude distinguir algunos rasgos de su rostro. Estaba muerta de miedo. Intenté tranquilizarla diciéndole cualquier cosa y la abracé. Su cuerpo parecía estable, aunque al interior se sacudía con vehemencia.

Pasaron unos minutos y mi abrazo pareció calmarla, amainando los temblores. Entonces se le vino un llanto susurrante, gargajeado, igual que si se ahogara.

Estuvimos ahí, unidos, sintiendo nuestro pavor ir y venir de uno al otro, a veces disminuyendo, otras incrementándose, sentados en la alta banqueta de la esquina mientras escuchábamos cada vez más rumores, desplazamientos, ruidos tímidos como si quien los hacía no quisiera delatarse, esperando a que apareciera el Chacho con noticias de su padre.

Yo creía que de un momento a otro el sol iba a levantarse para iluminar la zona de desastre en que se había convertido nuestra calle, El Edén entero, pero aún los gallos no cantaban y ningún pájaro parecía dispuesto a despertar en las ramas de los árboles.

De pronto se oyó un zumbido y enseguida se encendieron los focos callejeros desparramando su luz ámbar sucia de humo y polvo. Al resplandor de aquella luz difusa vi el rostro de la mujer a la que había estado abrazando y me sorprendí: Teresa era una anciana de piel casi translúcida, con ojeras azules bajo los ojos llorosos, con una delgadez extrema que no había advertido al momento de estrecharla contra mí.

Desvié la mirada. A través de un velo gris que no terminaba de disiparse vi nuestra calle. Todas las casas tenían agujeros de bala. Algunas lucían desconchadas de los muros, igual que si alguien hubiera socavado los enjarres con un instrumento burdo. Trozos de vehículo y fierros retorcidos se desparramaban sobre el pavimento lleno de lamparones oscuros: sangre, aceite, gasolina, meados o vómito.

En tanto nos poníamos de pie escuchamos que otras puertas se abrían. Animada por la luz, la gente se decidía a abandonar su refugio para encarar la destrucción. Teresa entró a su casa a ver cómo estaban sus otros dos hijos. Yo me dirigí a la mía, con un fuerte presentimiento en el pecho acerca de Espiridión. Algo me decía que no lo veríamos más, como en realidad ocurrió.

Lo encontró el Chacho horas después junto a una troca volcada. El granadazo le había arrancado las piernas y casi toda la piel del rostro, al grado de que su hijo reconoció el cadáver por la camisa y un crucifijo en el cuello. Fue uno de los "daños colaterales" de esa batalla.

Teresa y sus tres hijos se fueron del pueblo semanas más tarde, poco antes que yo.

Al entrar en mi casa encendí la luz del recibidor. El foco parpadeó un par de veces y zumbó antes de iluminar el espacio. Sepultados bajo una granizada de cristales, esquirlas de sillar y astillas, lo primero que vi fueron los trabajos de mis alumnos que revisaba horas antes. Pensé en recogerlos para llevarlos a mi cuarto, pero decidí que no tenía caso. Mis clases carecían de sentido a partir de esa noche. Igual la escuela.

Fui a mi recámara. Al ver que también ahí había destrozos le di la espalda sin entrar. Avancé pasando de largo las demás habitaciones hasta llegar al cuarto donde me había refugiado durante la balacera. No encendí luz. Me dirigí al rincón en penumbra y dejé escurrir el cuerpo al suelo.

Mientras me engarruñaba rodeando mis piernas con los brazos, comprendí con claridad que no nomás mis clases y la escuela, sino la vida entera había perdido sentido.

Renata no estaba sólo aburrida, sino iracunda. Me di cuenta cuando, después de ponerme enfrente un vaso de ron, con un ademán brusco dejó caer del lado de Darío la cubeta con seis cervezas más, sacándolo de su trance con un respingo. Tal vez esperaba a alguien que no llegaba porque enseguida echó una mirada a la calle por la ventana abierta, gruñó una maldición y llevó resoplando su redondo cuerpo de regreso a la barra. ¿Esperaría a Juvencio, el cantinero, que la había dejado sola esa noche? ¿O a algún prospecto de amante?

Darío miró la nueva cubeta, donde las botellas descansaban bajo helados cristales transparentes y blancuzcos y alargó la mano hacia ella con timidez. Trataba de recordar. Lo supe al ver agrandarse en su frente las dos gruesas arrugas horizontales al tiempo que su párpado derecho vibraba en un tic nervioso. Carraspeó y dijo:

Sonaban muy lejos los primeros tiros. Más allá del centro. Acaso aún en la carretera. Quizá ni siquiera se trataba de un enfrentamiento entre los dos bandos, sino de disparos que los hombres hacían al aire para alardear, para avisar a los contrarios su llegada. O para obligar a los rezagados a meterse en sus casas. No sé. Los oíamos desde la sala sin poder ubicar de qué rumbo venía el sonido, pero eso mismo me hacía temer más por Santiago. ¿Y si era por la salida a Nuevo Laredo?

Tenía que apurarme.

Esta vez no dije nada; avancé a la entrada, seguido por la Norma, y en cuanto puse la mano sobre el pomo mi madre corrió hacia mí. Tampoco habló, la angustia le quitaba el aliento. Me agarró del brazo para detenerme y recargó la espalda en la puerta impidiéndome abrirla. Lloraba y me veía con una mezcla de autoridad y ruego.

No salgas, hermano, insistió Paty, estoy segura de que Santiago no tarda en llegar.

Al escuchar su tono me di cuenta de que no sólo las asustaba lo que pudiera pasarme afuera: tenían terror de quedarse solas, de lo que ocurriría si uno de los grupos escogiera la casa como parapeto. Ya antes les había ocurrido a otras familias, con consecuencias horribles. Ese pensamiento me detuvo por unos minutos.

Siempre sucedía, pensé yo mientras Darío tomaba aliento. De las siete bajas de civiles que hubo en la primera batalla anunciada, aquella en la que estuve arrinconado al fondo de mi casa, tres se debieron a que varios gatilleros tomaron por asalto una vivienda para emboscar desde las ventanas y la azotea a sus contrarios.

Pero tuvieron mala suerte, ellos y los habitantes de la casa, porque donde esperaban el paso de una troca rival aparecieron cuatro llenas de combatientes que destruyeron los muros a fuerza de balas y granadas hasta deshacer a los atrincherados, a un padre, una madre de familia y la nana que cuidaba al hijo de tres años. Sólo sobrevivió el niño, con un rozón en la pierna, porque la muchacha, tras recibir un tiro que le arrancó parte del cráneo, cayó encima de él, cubriéndolo con su cuerpo que terminó por recibir más de veinte impactos.

Darío destapó la cerveza con la base del encendedor, a pesar de que el abresodas reposaba a su lado. La ficha hizo plop y salió expulsada al piso junto a una de las patas de la mesa.

La duda me carcomía, profe, dijo. Por un lado, Santiago andaba quién sabe dónde, expuesto a las balas perdidas y al paso de los convoyes. Por otro, las mujeres de mi casa quedarían desvalidas si yo salía a buscarlo. ¿Qué hacer?

Comprendí lo que había sido su predicamento: salir en busca del hermano que está en peligro o dejar sin protección a su hermana, madre y abuela. No sé lo que hubiera hecho yo. Ni ahora, que poseo la información necesaria, el cuadro completo, puedo asegurar qué hubiera sido lo mejor.

No recuerdo quién me contó en una reunión con gente del pueblo aquí en Monterrey, ni siquiera estoy seguro de la exactitud de los hechos, que Santiago y su amigo René se hallaban solos en la casa de éste cuando llegaron los mensajes a los celulares. Habían estado retándose uno al otro en una larga partida de videojuegos en la que el anfitrión, dueño de los aparatos y por tanto acostumbrado a ellos, ganó la mayoría de las sesiones. El ruido de las bocinas de la televisión evitó que escucharan los timbrazos.

Luego, aburridos, se encerraron en la recámara de René a mirar unas películas porno que el chamaco había robado a sus hermanos mayores. Se masturbaron en una competencia para ver quién eyaculaba más rápido. Según el que me lo contó, René alcanzaba el orgasmo, o lo que sea el equivalente en un niño que no ha llegado a la adolescencia, justo cuando los dos oyeron los primeros disparos en la calle.

Fue *coitus interruptus*, dijo entre carcajadas uno de los borrachos de esa noche.

Recuerdo que no me hizo gracia. Ni tampoco el hecho de que, al oír los tiros, Santiago se pusiera de pie guardándose la verga dentro del pantalón y, por la urgencia de cerrarse la bragueta, se pellizcara la piel y pegara un grito. Iba a revisar si le había salido sangre, y se apagaron las luces.

¿Qué pasó, güey?, dijo René terminando de limpiarse con papel sanitario.

Me machuqué el pito con el cierre, respondió Santiago.

¿Muy feo?, René rio a pesar del apagón repentino.

Santiago no contestó. Sacó el celular del bolsillo y encendió la lamparita: no había sangre, pero sí un moretón rojizo con forma de mordida. Entonces vio uno de los mensajes al tiempo que se oían más disparos.

Se están matando otra vez, dijo René.

Sí, y avisaron hace rato, Santiago le mostró la pantalla del celular.

No tienes línea, dijo René mientras sacaba el suyo. Chingao, yo tampoco.

¿Dónde andan tus papás?

Se fueron pal otro lado, a San Antonio.

¿Y tus carnales?

No sé. Se salieron hace rato en las trocas, creo que Miguel iba pa Reynosa.

¿No hay nadie?

Las muchachas nomás.

Santiago pensó las cosas unos segundos.

Hay que irnos de aquí, dijo.

¿Estás loco?, respingó René. Salir es lo que no debemos hacer. Mi papá dijo que si pasaba algo así teníamos que escondernos.

Sonaron nuevos disparos a lo lejos. A René se le notaba el miedo porque no podía mantenerse quieto. Caminaba entre tinieblas de un lado a otro de la recámara.

Sí, Santiago, vámonos a los cuartos de atrás.

¿Donde duermen tus muchachas?

Sí, hay piezas vacías. Ahí podemos escondernos hasta que la balacera pase.

Hubo un minuto sin respuesta en el que Santiago sopesaba sus opciones y René aceleraba su caminar por el cuarto.

No, dijo al fin. Yo no me quedo en esta casa. Voy a la mía.

Se acercó a la ventana. Se hallaban en el segundo piso y desde ahí era posible ver un gran trecho de la calle hundida en las sombras. René dejó de pasearse y se sentó en la cama. En eso, Santiago se agachó de repente.

¿Qué?, preguntó René. ¿Qué viste?

Shhh…, vienen unas trocas, dijo en voz baja.

René caminó hacia él sin alzar el cuerpo y los dos sacaron la cabeza por encima del antepecho de la ventana.

Un cortejo de seis trocas negras. Avanzaban despacio, reconociendo el terreno; los faros lanzaban sus conos de luz a la calle desierta. Pasaron las primeras tres: en las bateas iba gente armada y al acecho. Estudiaban la oscuridad como si en cualquier momento pudiera brotar de las sombras un enemigo.

El ruido de la puerta tras ellos los hizo saltar.

¿René? ¿Aquí estás?, dijo una de las muchachas que trabajaban en la casa.

¡Martha! ¡Casi haces que me zurre del susto!, dijo René. ¿Qué quieres?

Creí que habías salido. Hasta ahorita me acordé de que estabas con tu amigo y vine por ti. Ven, vamos a los cuartos de atrás. Allá están Lucinda y María.

Aún no pasaban las tres trocas de la retaguardia. Santiago oía lo que hablaban René y la sirvienta, pero no perdía detalle de lo que ocurría frente a la casa. Fue él quien dio la voz de alarma:

¡Al suelo!, gritó.

Había visto a uno de los hombres de las bateas voltear hacia él y enseguida apuntarle con su fusil. La primera ráfaga, corta, los sorprendió en el instante de tirarse al piso, pulverizando el cristal de la ventana. Martha agarró al vuelo el brazo de René y en la caída puso su cuerpo sobre el de él para protegerlo.

Tronó la segunda ráfaga corta y Santiago rodó en el suelo hasta meterse bajo la cama entre tintineos de cristales, derrumbe de trozos de cemento y los gritos de la muchacha y de su amigo.

La tercera ráfaga fue larga, como si el atacante hubiera decidido acabarse las balas del cargador destrozando por completo la ventana, el marco y el muro que la rodeaba. Martha y René ya no gritaban, ahora salía de ellos un chillido intermitente.

Con los tímpanos alerta, debajo de la cama, Santiago reconoció el chasquido cuando el malandro retiró el cargador y colocó uno nuevo a su rifle. Esperaba que continuaran los balazos, pero lo que se oyó fue el roncar de los motores. Las trocas aceleraban, seguían su rondín tras haber amenazado a los habitantes del barrio para que no se les ocurriera asomar las narices a la calle.

Ya se van, dijo Martha con voz llorosa.

René gemía con la cabeza acurrucada en el pecho de la muchacha.

Vámonos de aquí, dijo ella.

Sí, vámonos, la secundó Santiago abandonando su escondite.

Entre los dos levantaron del suelo a René y trataron de calmarlo. Sollozaba sin ruido y tenía dificultades para caminar a causa del pánico. Se había orinado en los pantalones. Bajaron las escaleras al piso principal los tres muy juntos, abrazados, pero al ver que Martha los dirigía hacia el patio posterior, Santiago reparó.

¿Adónde vamos?

Ya te dije, respondió ella. Los cuartos de atrás son más seguros. ¿No viste lo que pasó ahí?

Sin alegar, el hermano de Darío se arrimó de nuevo a una ventana y miró a la calle.

Se fueron, dijo.

Sí, contestó Martha, y no tardan en volver. Ellos u otros.

Es cierto, van a regresar, dijo Santiago. Y si regresan, no quiero que me encuentren. Me voy a mi casa.

Según esto, la muchacha intentó agarrarlo antes de que saliera, pero el huerco se movió rápido y, para cuando acordaron ella y René, Santiago había abierto la puerta principal y corría por la calle oscura.

También me contaron que, al verlo salir, René sufrió un acceso de pánico y corrió detrás, pero al darse cuenta del peligro en el exterior se quedó pasmado junto a la reja del jardín frontal, y que Martha fue por él para regresarlo a la seguridad de la casa.

Lo que no sabían ni el niño ni la muchacha era que un par de horas más tarde la propiedad sería invadida por uno de los bandos en pugna y acabaría con casi todos sus habitantes antes de ser atacado por otros hombres, quienes, tras dejar sin vida a sus enemigos, iniciarían un incendio que carbonizó los cuerpos y redujo a pavesas la construcción, los muebles y hasta los juegos de video y las películas porno que René le había robado a sus hermanos mientras Santiago trataba de orientarse entre las sombras para encontrar el camino de regreso a su casa.

Mi madre continuaba en la puerta sin hablar, prosiguió, mientras la Norma, con las manos apoyadas en mi espalda, me urgía al rescate de mi hermano. Giré el cuerpo para enfrentarla. Quería que leyera en mi cara la causa de mis dudas, que no las confundiera con cobardía, pero su gesto no toleraba réplica.

Debíamos ir en busca de Santiago.

De pronto mi madre dijo algo que no entendí y al volverme noté un brillo de esperanza en sus pupilas.

¿Qué dijiste, mamá?

Que alguien viene. ¡Debe ser él!

De afuera llegaba el ruido de un caminar presuroso, un tanto irregular, acercándose a la casa.

¿Ves, Darío?, dijo aliviada mi hermana. Te dije que iba a regresar pronto.

Al oír las pisadas en los escalones del porche, mi madre abrió la puerta.

¡Silverio!, gritó entre el alivio y la decepción.

Era mi papá. Santiago seguía solo allá afuera.

Darío recargó su peso en el respaldo un segundo y se puso de pie sin decir nada más. Lo vi caminar hacia el baño más o menos derecho, sin tambalearse y con el paso lento de quien carga en el cuerpo, a pesar de ser tan joven, demasiados años y vivencias. Mientras desaparecía tras la puerta, reconocí en sus andares y en la espalda algo encorvada la estampa de Silverio cuando joven.

El padre de Darío y yo, de la misma edad, fuimos amigos desde los tiempos de la primaria.

Igual que su hijo, él destacó desde chico en los deportes, sobre todo en beisbol, que no fue sustituido por el futbol en el gusto de los jóvenes sino hasta la generación siguiente. Era buen corredor y solía robarse seguido las bases, pero su principal virtuosismo radicaba en el bateo.

Yo lo admiraba, y tal vez hasta le tenía envidia. Desde que recuerdo, él ocupaba la cuarta posición en el orden al bate y sus jonrones lo volvían el centro de atención, primero de las niñas y más tarde de las muchachas. Lo asediaban después de cada juego y él se dejaba querer. Por unos años se habló mucho de la posibilidad de que terminara jugando con los Tecolotes de los dos Laredos, o de que se fuera al gabacho a las grandes ligas. Sueños de adolescentes. La vida, como siempre, se encargó de desvanecerlos para colocar las cosas en un sitio más modesto.

Al terminar la secundaria, Silverio ya se había emparejado con la mamá de Darío y jamás hubiera salido de El Edén para buscar ningún futuro que no la incluyera. Por eso no me extrañó, al regresar de la Normal Superior de Nuevo Laredo, encontrarlo casado y con la mujer embarazada. Su suegro le ayudó a abrirse camino al ofrecerle empleo en la tienda de abarrotes de su propiedad, y años después vendiéndosela en abonos manejables con el fin de que asegurara a los tres nietos que le había dado.

Mientras yo sobrevivía en casa de mis padres con mi sueldito de maestro, él construía una vivienda propia con sus ganancias de abarrotero. Planeaba además mandar a Darío, a Paty y al pequeño Santiago a estudiar la prepa y la carrera a Monterrey en una universidad privada. Pero de nuevo la vida, con sus nuevas circunstancias, se encargó de desengañarlo igual que a los demás. De un minuto al siguiente el pueblo se transformó en una jungla, como las ciudades vecinas, como todo lo conocido.

Cuando llegó a su tienda el primer malandro a cobrarle derecho de piso, diciéndole que de ese día en adelante todos los pueblos de la región tenían dueño, Silverio reaccionó como lo hubiera hecho cualquiera: sacando al intruso de su propiedad a empujones, insultos y patadas. Esa vez tuvo suerte. Se trataba de un fantoche que pretendía aprovecharse de los rumores desatados con la nueva situación, y no hubo consecuencia.

Unas semanas más tarde llegaron los otros, los de a deveras.

El mismo Silverio me lo contó días después de lo ocurrido al encontrarnos por casualidad en la cantina de la plaza, la que se ubicaba en contraesquina de la parroquia, de la que nomás quedaron los escombros tras la noche del cerco. Para ese entonces ya nos veíamos poco, sólo al toparnos en la iglesia, en la plaza, o si en la escuela había juntas con padres de familia.

Me dijo que andaba en la bodega acomodando la mercancía recién llegada del otro lado cuando apareció junto a él Melchor, su chalán, para decirle que unos tipos con cara de pocos amigos lo buscaban en el mostrador. Al ver el nerviosismo del muchacho, Silverio se las olió.

Lueguito columbré que se trataba de otros cabrones fantoches, me dijo, como el de la vez pasada, y me dieron ganas de agarrar la tranca de la puerta de la bodega para salir con ella y asustarlos. No lo hice porque me acordé del bate que guardaba bajo el mostrador. El mismo con el que jugaba al beis en otras épocas. Pero al entrar en la tienda y mirarlos ahí, dos de ellos al pie de la puerta mientras el otro se paseaba entre las cestas de fruta, algo me dijo que esta vez se trataba de un asunto serio. Eran hombres jóvenes, aunque no tanto como al que había sacado a empujones. Éstos se veían altos, macizos, fuertes, acostumbrados a los chingazos.

Al verlos, Silverio caminó despacio a su puesto detrás del mostrador. De reojo comprobó que el bate estuviera donde lo había dejado, pero al advertir el bulto bajo la camisa en uno de los hombres de la puerta supo que no le serviría de nada. Venían armados.

Amigo, le dijo el único que habló al tiempo que alzaba el ala frontal del sombrero, usted sabe quiénes somos. Hemos protegido a la gente del pueblo desde hace años y lo vamos a seguir haciendo, pero usted comprenderá que esa protección implica gastos y ya no podemos otorgarla gratis. Ahora ustedes deben cooperar con nosotros.

¿De qué protección me habla?, preguntó Silverio.

El tipo se pegó al mostrador para acercarse y lo miró a los ojos.

De la que usté y los otros comerciantes de El Edén gozan desde hace años, como le dije, para poder hacer sus negocios con tranquilidad, sin riesgo de robos ni asaltos.

Para eso está la policía, ¿qué no?, respondió Silverio. Además, a mí nunca me han robado.

El tipo le dirigió una mirada asesina, luego esbozó un amago de sonrisa que le salió bastante cínica y arrimó su rostro al del tendero.

Mira, cabrón, le dijo, vamos a dejarnos de mamadas. La policía aquí somos nosotros. Esos pendejos de uniforme están pa obedecernos y si nadie te ha robado es porque no lo hemos permitido. Todos los raterillos de este méndigo pueblo saben que deben respetar a quien nosotros digamos, y de hoy en adelante esos van a ser los que nos paguen piso, ¿entiendes?

¿Piso?, preguntó Silverio por ganar tiempo, pues ya sentía cómo el coraje le ganaba la cabeza. ¿Y eso qué chingaos es?

El hombre se desesperó. Su manotazo en el mostrador hizo que Melchor se sobresaltara a unos metros de distancia. Silverio permaneció impasible. Los hombres de la puerta avanzaron al interior de la tienda hasta situarse uno a cada lado del que hablaba.

Piso es la cuota semanal que nos vas a pagar si pretendes que tu tienda siga funcionando. Se llevó la mano a la cintura, extrajo una escuadra y la colocó sin soltarla en la superficie del mostrador. Por instinto, Silverio se echó un poco atrás sin quitar la vista del arma.

Empiezas a captar, ¿verdad?, dijo el hombre. No eres tan pendejo. Ya nos estamos entendiendo, cabrón. Tu cuota, como veo que no te va nada mal, va a ser de cinco mil y se la vas a dar aquí a mi compa el Pelusas, ¿cómo ves?

¿Cinco mil pesos al mes?

¿Cómo al mes, carajo? Te dije: es cuota semanal.

Con los ojos aún fijos en la mano que sostenía la escuadra, Silverio protestó.

¡Están locos! ¡La tienda no da para tanto! Si les doy esa cantidad no voy a poder mantener a mi familia. No puedo.

El tipo se irguió, levantó la pistola, apuntó a Silverio, a Melchor y luego la llevó a su cintura, donde la insertó de nuevo. Miró a su izquierda e hizo una seña al tal Pelusas mientras decía:

Vas a ver que con un poquito de voluntad todo se puede. ¡Pelusas!

Con el mostrador interponiéndose entre ambos, el Pelusas saltó sobre Silverio y lo agarró con una mano del brazo y con la otra de los cabellos para atraerlo, mientras el otro hombre rodeaba el obstáculo, empujaba a Melchor quitándolo de en medio y aparecía por detrás.

Silverio no era manco. Con el brazo libre le atizó un puñetazo al Pelusas en el pómulo y con una patada mantuvo a raya al otro. Pero cuando intentó dar un segundo golpe, su cuerpo ya volaba sobre el mostrador con los brazos inmovilizados y su cara azotó en la superficie a causa del jalonazo que el Pelusas le había dado en la nuca.

El dolor, la sangre y las lágrimas lo cegaron y, sin ver nada, sintió que su cuerpo flotaba unos segundos en el aire, antes de chocar con el piso, donde le cayó encima una serie de patadas y pisotones que lo hicieron perder el sentido.

Lo despertó un torrente de agua en el rostro que barrió con la sangre de las heridas: uno de los hombres le había vaciado la cubeta que usaba Melchor para trapear. Silverio abrió los ojos. Ante él estaba el hombre que hablaba por los otros dos.

¿Ahora sí ya tienes voluntad?, le preguntó.

Mientras Silverio, en el piso, sentía en el cuerpo diferentes dolores, todos agudos, el tipo volteó hacia sus compañeros riendo.

Nada como una buena sacudida para estimular a la gente, ¿qué no? Los otros dos, entonces, alzaron a Silverio. Apenas era capaz de mantener la vertical. Tuvo que sostenerse del mostrador para seguir en pie.

Bueno, dijo el tipo, nosotros nos vamos. Estás advertido, abarrotero. No nos hagas dar la vuelta de oquis, venimos desde Matamoros y no nos gusta perder el tiempo. ¿Oíste?

Silverio nomás lo miraba con un ojo, el otro estaba cerrado por la hinchazón. Su resuello era difícil, gorgoteante.

¡Que si oíste, pendejo!

Al tratar de responder, sintió fluir la sangre: tenía los labios partidos. Aun así, escuchó su propia voz débil, desfalleciente:

Sí, señor.

El tipo sonrió satisfecho. Dio media vuelta junto con los otros y se encaminó a la salida. Antes de abandonar la tienda, sin embargo, volvió a girar y dijo:

Nomás pa estar seguro, ¿te quedó claro cuánto nos vas a dar?

Silverio hizo un buche con el líquido de sabor metálico que le inundaba la boca y escupió al piso. Vio caer su salivazo rojo entre las gotas de sangre.

Cinco mil pesos cada semana, dijo despacio.

El tipo que hablaba sonrió, los otros dos sólo lo miraron sin expresión. Después le dieron la espalda y se alejaron con paso tranquilo, igual que si hubieran ido a comprar unas cervezas a la tienda. Cuando desaparecieron de su vista, Silverio se encogió debido al dolor de los golpes. Se palpó el rostro hinchado, la cabeza con chichones, la ropa rasgada.

Chingada madre, murmuró.

Recargó el cuerpo en el mostrador y clavó la mirada en su chalán, que había presenciado toda la escena sin decir palabra.

Melchor, dijo, lárgate. Estás despedido.

Y se fue caminando un tanto encorvado a la bodega, donde tenía un botiquín, para ver si era posible disimular un poco la golpiza antes de ir a su casa.

Me lo contó con tono resignado mientras se bebía una cerveza y un tequila. Habían pasado los días necesarios para que los golpes cicatrizaran y él asimilara sus nuevas obligaciones financieras.

Al principio creí que nomás me habían ido a ver a mí, dijo, y eso me llenaba de muina. A lo mejor por eso corrí al zonzo de Melchor, aunque seguro fue porque no metió las manos mientras me ponían esa putiza.

Miró en derredor con un dejo de vergüenza y continuó:

Luego pensé en que el muchacho no hubiera podido hacer nada. Si se metía hubiéramos sido dos los jodidos. Lo mandé llamar para darle otra vez su trabajo. No lo quiso, ¿tú crees? Y no por orgullo ni por dignidad, sino por miedo. No quería estar en la tienda cuando esos cabrones fueran a cobrar. Fue mejor. De cualquier modo, con esa cuota ya no habría podido completarle el sueldo.

¿Y el piso?, pregunté.

Ya hice el primer pago, respondió. Tras la madriza rumié el coraje durante la semana pensando en el modo de desquitarme, de mandarlos a la chingada. Llegó el día y apareció el mentado Pelusas. Lo vi y saqué los billetes sin chistar, para qué me hago pendejo. Sonrió, se echó la lana a la bolsa y salió. Cuando se fue me asomé a la calle. Después de mi tienda se metió en la de maquinaria agrícola, la de Ramiro, y de ahí se fue al consultorio del doctor Rivera. Cada uno pagó su cuota. Eso hizo que el coraje se me apaciguara.

¿Mal de muchos?

Sí, ya sé, dijo, consuelo de pendejos. Qué quieres, profe, así son las cosas, dijo y se bebió de golpe lo que restaba en su caballito.

Semanas más tarde supe que intentó traspasar el negocio y usar el dinero para llevarse a su familia a la ciudad. Nadie de El Edén se interesó en la compra. Entonces hizo varios viajes a Reynosa en su troca cargada con mercancía que malbarató allá, hasta que una noche, al venir de regreso, se encontró con un bloqueo en el camino poco antes de la entrada del pueblo.

Se trataba de un retén, no de los que venían desde Matamoros, sino de los contrarios, de esos que llegaron desde los estados del sur y, por eso mismo, no tenían ningún arraigo aquí en la región. Ya le habían echado el ojo a Silverio y lo estaban esperando.

Lo bajaron a punta de cuerno, aunque no le dieron bala: le arrebataron el dinero de las ventas, lo madrearon entre seis hombres a culatazos y patadas, le rompieron los huesos de las piernas, se divirtieron al obligarlo a reptar hasta donde pudo, y lo amenazaron con castigar a la familia si continuaba rebelándose. Ya que no podía ni moverse, le quitaron las llaves de la tienda y fueron a terminar de vaciarla en su propia troca, la que por supuesto no volvió a ver.

Esa noche pudo haberse muerto a la orilla de la carretera. Los otros lo dejaron tirado con tres fracturas expuestas en la pierna derecha y otra en la izquierda, con lesiones internas y traumatismos múltiples en el cráneo. Se salvó porque lo vio un carretonero que venía al pueblo a recoger chatarra para llevarla a realizar a Miguel Alemán. Dijo que al principio no iba a hacer nada por él pues creyó que era uno de los tantos cadáveres que empezaban a aparecer en los caminos, pero que al acercarse escuchó un silbido débil y supo que aún respiraba.

Lo arrastró mientras Silverio se deshacía en quejidos de dolor, lo echó al carretón entre fierros oxidados y partes de carros, y lo dejó en la puerta de la clínica del Seguro Social. Ahí lo recogió un enfermero.

Darío volvió del baño sin que lo escuchara acercarse; me sacó de mis recuerdos el rechinar de la silla bajo su peso. Parecía haber repasado la escena que contaba en tanto su orina caía al mingitorio, porque sin beber un solo trago retomó el relato.

Al ver la expresión de mi madre lo primero que el viejo hizo, incluso antes de entrar en la casa, fue envolverla con sus brazos, dijo. La suponía nerviosa por su tardanza, pues desde que bajó del camión en la central, cuando el sol se ocultaba, había estado oyendo los avisos de los altavoces, pero por más que quiso apurarse la pierna renga no le permitió caminar rápido y se le anocheció en las doce cuadras de camino.

¡Silverio, qué bueno que ya estás aquí, mi amor! ¡Tenía tanto miedo!, decía mi madre con voz ahogada mientras él, sin soltarla, pasaba revista a la habitación.

Estaba sudado, tenía la mirada vidriosa, jadeaba. Observó a su suegra y a su hija; luego a Norma y a mí como preguntándose qué hacíamos en la puerta. Después sus ojos se quedaron quietos en el sillón donde se sentaba Santiago a ver tele, soltó a mi madre y preguntó:

¿Dónde está?

Ella titubeó sin contestar.

No ha llegado, dijo mi hermana, se fue a casa de René.

Igual que lo había hecho yo antes, caminó al centro de la sala, intentando disimular su cojera. Los demás lo contemplábamos en silencio, esperando sus palabras, pero sólo bajó la mano para sobar su rodilla antes de dejarse caer en el sofá junto a Paty. Se notaba exhausto. Tras lo de su pierna, las caminatas le exigían todas sus fuerzas y esa tarde había forzado el paso desde la terminal de autobuses.

Traté de llamarlos, dijo con voz apagada. Cuando vi la carretera sin tránsito entendí que algo andaba chueco. La salida de Reynosa estaba llena de guachos y vehículos militares. Nuestro camión debió ser de los últimos que dejaron pasar los retenes, antes de colocar las barreras, y más o menos a la mitad del camino ya no había ni carros ni trocas ni tráilers, ni de ida ni de vuelta.

Hizo una pausa para reunir aliento. Siguió:

Primero marqué a la casa, luego al celular de Paty, al de Darío, y nada. En eso entraron los mensajes y todos en el autobús nos quedamos sin conexión.

Hablaba para no tener que pensar en Santiago, dijo Darío con una chispa en la mirada mientras en mi memoria se dibujaba el rostro colorado de Silverio, tan semejante al suyo. Para no aceptar que su hijo más chico corría peligro. Para no sentir de lleno el miedo que le daba tener que salir a buscarlo.

¿Sabe, profe?, preguntó apretando las mandíbulas. En ese momento me avergoncé de él. De su cobardía. De su incapacidad. Pensé: Al viejo ya no le queda ni pizca de valor. Se lo arrebataron completo la vez de la golpiza. Es un guiñapo. Una mujer más en la casa. Y me dieron ganas de llorar de pura vergüenza, de rabia. De ver cómo el único héroe que yo había tenido no era más que ese pobre hombre resignado a bajar la cabeza.

Dio una larga fumada con los ojos fijos en el pedazo de calle que se veía por la ventana en tanto yo observaba el resplandor de la brasa del cigarro comparándolo con el destello de sus pupilas.

El rencor lo revivía. Lo que no supe interpretar en su expresión fue si ese brote de ira era contra su padre o contra sí, por haber pensado eso de Silverio aquella noche.

Silverio no era un hombre cobarde, no en mi recuerdo. Ninguno de mis amigos. Ni yo. No ser valiente ni temerario no es lo mismo que ser cobarde. Así lo creo.

Salvo contadas excepciones, todos fuimos de jóvenes hombres recios que no le sacábamos la vuelta al peligro ni a la violencia. La mayoría sabíamos manejar los puños y ciertas armas, íbamos a cazar de tanto en tanto, tuvimos pleitos a golpes desde niños y, más tarde, incluso participamos en broncas campales a navajazos o en peleas de cantina donde salían a relucir los dientes agudos de las botellas rotas. Yo mismo llevo en la piel dos cicatrices, una junto al ombligo y otra en el antebrazo, provocadas a filo de navaja.

Pero una cosa es pelear en igualdad de condiciones y otra distinta enfrentar grupos de asesinos entrenados que cargan armas de alto poder. Los años pasan, además, y cuando uno deja atrás la juventud el valor inconsciente se transforma poco a poco en prudencia. Y los jóvenes confunden la prudencia con falta de tompeates.

Contemplé largo a Darío mientras consumía el cigarro y sacaba otro para encenderlo con la colilla del anterior. A su edad él tampoco era temerario ya. El tiempo y lo que vivió aquella noche debían haberse llevado su valor atolondrado de adolescente.

Seguro sintió mis pupilas fijas en las suyas como una llamada de atención porque, tras expulsar una bocanada gris, dijo a manera de disculpa:

No sé que hubiera pensado hoy de él, profe. Ese día su conducta me llenó de decepción. Tal vez porque Norma estaba a mi lado, presionándome para ir por Santiago, o porque ella era un testigo de su actitud ajeno a la familia.

Mientras mi padre contaba lo que había visto en la carretera de Reynosa, adonde fue a pedirle un préstamo a un antiguo proveedor, la ira me dominó hasta que no pude más. Lo interrumpí:

Ustedes aquí quédense platicando muy a gusto, dije, Norma y yo vamos por mi hermano.

Darío, no podemos salir. ¡Entiéndelo! Afuera es muy peligroso, reaccionó él.

No expongas a tu novia, hijo, ni te expongas tú. ¿No oyes los balazos?, a pesar de sus palabras y su tono, mi madre se hallaba más calmada; con su sola presencia, mi padre le daba sosiego.

La balacera se incrementaba a lo lejos por instantes, enseguida disminuía hasta que nomás se oían tiros aislados. Aún no era una batalla en forma.

Vamos, Darío, susurraba Norma a mi lado mientras me acariciaba los riñones con sus manos cálidas, vámonos antes de que algo pase.

Con los dedos entrelazados en el regazo, de donde pendía un rosario, mi abuela rezaba sin voz con los ojos fijos en la punta de sus zapatos. Mi hermana veía a mi padre y a mi madre, y luego a Norma y a mí. En sus ojos había miedo, aunque creí adivinar en su sonrisa llorosa una petición para que fuéramos a buscar a su hermano pequeño.

El silencio en la sala se alargaba, al grado de que podíamos distinguir la letanía en los murmullos de la abuela.

Ya no dije nada. Tomé a mi novia del brazo y en el contacto me di cuenta de que ella se dejaría guiar por mí adonde fuera. Abrí la puerta sin voltear a ver a mis padres y salimos a la calle.

Darío dijo esta última frase con lo que me pareció una hebra de voz débil y al mismo tiempo un ronco timbre de desafío. Pensé: Le costó esfuerzo alcanzar este punto de la historia, pero sus palabras recuperaron, a pesar de los años, esa rebeldía en contra de la actitud de sus padres. Tras pronunciarla dejó escapar la vista por la ventana en busca de no sé qué visión tranquilizante, bebió un trago de cerveza tibia y se quedó callado largo rato.

Yo lo veía y pensaba en su hermano, en René y sus sirvientas, en lo que sucedió cuando Santiago decidió dejar la casa de su amigo donde había gastado la tarde para internarse en la oscuridad de las calles.

También me lo contaron esa noche de borrachera en que me topé con tres conocidos del pueblo deambulando por la zona de burdeles de la calzada Madero.

Según uno de ellos, exmaestro como yo, después se supo que el hermano de Darío, inconsciente igual que cualquier puberto, en vez de rodear por calles seguras corrió en dirección de la plaza principal para cruzar el pueblo por el centro. Escuchó las balaceras que se soltaron por diferentes rumbos, pero al no atravesarse ningún convoy en su camino adquirió confianza y siguió su ruta hasta que le dio el aliento, unas cinco cuadras antes de llegar a la parroquia.

Fue ahí donde lo sorprendió el ruido de las primeras explosiones: un comando atacaba la presidencia municipal. No hubo resistencia; los policías de El Edén, igual que el resto de los habitantes, habían obedecido las advertencias de bocinas y celulares. De cualquier modo, los delincuentes dispararon más de dos mil tiros contra la fachada, luego lanzaron granadas y vieron volar en pedazos muebles y expedientes, puertas y paredes, hasta que el edificio empezó a lucir como una verdadera desgracia.

Se trataba de un edificio fuerte, macizo, que resistía la tormenta, mas los malandros no cejaron. Eran unos veinte hombres y apretaban el gatillo sin cesar como si quisieran liquidar, más que cuartos y paredes, lo que la construcción simbolizaba.

En algún momento llegaron dos trocas con refuerzos. Los nuevos atacantes traían bazucas. Dos de ellas lanzaron sus proyectiles al interior a través de las ventanas. Los bombazos cimbraron hasta los cimientos, pero el edificio siguió en pie. Tercos en derribarlo, los hombres continuaron el ataque.

Ése fue su error.

Atraídos por aquel nutrido tiroteo, rápido aparecieron sus rivales en trocas que rodearon la plaza mientras decenas de efectivos a pie avanzaban hacia ellos entre prados, bancas y árboles. El primer comando y sus refuerzos, entonces, se vieron obligados a retroceder. Entraron en la presidencia municipal; ahí se parapetaron para repeler a los enemigos.

Fue un encontronazo que duró una hora y minutos e interrumpió el desplazamiento de Santiago por el centro del pueblo.

El muchacho tuvo por primera vez cuidado al oír los estallidos. Aminoró el paso, pegó el cuerpo a las paredes en busca de sombras espesas que lo ocultaran. Pronto se dio cuenta de que eso no sería suficiente: por las calles cercanas comenzaron a pasar convoyes o trocas aisladas que iban a sumarse a la batalla y no tardarían en invadir la calle donde estaba.

Santiago buscó en la negrura un parque, un baldío, un jardín frontal dónde meterse. No había. Por más que sus manos tanteaban, sólo encontraba muros, rejas, puertas cerradas a piedra y lodo.

Al distinguir unas luces que se acercaban, se trepó a la batea de una troca estacionada. Ahí permaneció un tiempo, acostado de espaldas, mirando ese cielo medio encapotado cuyas nubes impedían el paso de la luz de la luna y las estrellas. Si acaso tuvo tiempo de pensar, tal vez pensó en su familia. En sus padres angustiados a causa de su ausencia. En su hermana y su abuela. En su hermano Darío, que por nada del mundo se habría resignado a dejarlo andar solo por el pueblo en aquellas circunstancias. Sí, pensó en Darío. Es más, estuvo seguro de que debía andar buscándolo. Pero ¿por dónde?

Las ráfagas de metralla que llenaban el espacio de El Edén lo asustaban. Sabía que unas cuadras más allá morían hombres, muchos, y que las balas perdidas surcaban ciegas el aire penetrando puertas y ventanas hasta desgarrar la carne de inocentes. Sin embargo, al peligro se sumaba asimismo la emoción de la aventura. Santiago, a los doce años, se sentía dentro de una película de acción.

Tras hacer acopio de valor, decidió seguir. No importaba lo que sucediera. Debía hallar el camino a casa, y si al transitarlo se cruzaba con Darío, mejor. Se impulsó para quedar sentado sobre la caja de la troca y enseguida notó cómo el sonido de los balazos aumentaba de volumen. Se escuchaban más cerca de lo que creía. Un temblor le recorrió el cuerpo, se le concentró en la columna vertebral; casi lo obligó a acostarse de nuevo.

De pronto oyó un ladrido cercano. Giró la cabeza y achicó los ojos forzando la vista. Un nuevo ladrido amenazó la noche. Venía de un portal donde las sombras se aglutinaban hasta otorgar una consistencia casi sólida a la oscuridad. Ahí estaba el animal. Santiago no lo alcanzaba a ver, pero un nuevo ladrido furioso le confirmó su ubicación.

Un perro suelto en la noche de la muerte.

El muchacho pensó entonces que si un perro podía andar entre las balas y continuar ileso, cuantimás él que era hábil, inteligente y mejor dotado para huir y esconderse. O quizá sólo imaginó que aquel can podría ser un compañero de aventuras, porque en cuanto bajó de un salto de la batea dirigió sus pies hacia el portal.

Unos pasos antes de llegar, fue recibido por gruñidos de advertencia. No se alteró. Caminaba con la vista fija en esa masa de sombras que se asemejaba a la boca de una caverna. Ni siquiera desvió su ruta al reconocer en el aire dos silbidos de bala que sonaron apenas a unos metros de él antes de impactarse en alguna pared cercana.

Llegó hasta un metro del portal y el animal intensificó su gruñir. Parecía dispuesto a soltar la mordida de un momento a otro. Santiago aún no deducía si se trataba de un perro grande o pequeño, si era guardián o de esos que acompañan a las señoras, pero al acercarse a la zona de oscuridad total se puso en cuclillas y extendió la mano con la palma hacia abajo en señal de saludo. El can adelantó la cabeza con cautela y gimió. Era un pastor alemán de buen tamaño. Abandonó su agujero negro para dejarse acariciar por el muchacho, cuya mano recorría cabeza, cuello y lomo en una caricia cálida.

Al posar la palma en las ancas traseras, Santiago sintió humedad y el perro gimió de modo lastimoso. Tenía una herida. Una bala lo había tocado. Llevó ambas manos ahí para palpar la piel peluda y percibió poca sangre. No era grave. Tal vez un rozón.

A esas alturas el animal ya había olfateado con insistencia a Santiago, convenciéndose de que podía confiar en él, y meneaba la cola con fuerza incluso al sentir la presión de los dedos en el anca herida. Repegaba el cuerpo a las piernas del muchacho, se acomodaba a sus caricias, le lamía las manos y jadeaba contento.

De pronto, alzó la cabeza, las orejas se le endurecieron al erguirse y dejó de jadear. Insinuó un ladrido de advertencia y se replegó al portal. Santiago lo siguió al rincón donde la puerta esquineaba con el muro, recargó la espalda y encogió las piernas. Se puso en alerta también.

Pasaron varios segundos sin que oyera nada en las cercanías, hasta que reconoció el rumor de un motor. Una sola troca. Unos segundos más y los faros, aún distantes, rompieron la negrura en la esquina con dos óvalos blancuzcos. El vehículo se detuvo y Santiago supo que sus tripulantes hundían la mirada entre las sombras en busca de movimiento.

Abrazó el cuerpo peludo del animal para tranquilizarlo; el can se hallaba inmóvil y en calma. Ni siquiera se sentía su respiración. Le pasó los dedos por el cuello y la parte inferior del hocico y sintió los músculos tensos, la mandíbula endurecida. Él intentó silenciar su resuello. En eso, en el otro lado de la calle apareció el resplandor de otros faros, seguidos por el bramar iracundo de un motor.

El primer impulso de Santiago fue ponerse en pie y huir, pero se le fueron las fuerzas. No pudo levantarse. Se aferró al perro, que permanecía firme, quieto, como si hubiera recibido la orden de su amo.

El conductor de la primera troca giró el volante con violencia al tiempo que aceleraba para enfrentar a la que venía en sentido contrario. Los hombres en la batea apoyaron los rifles de asalto en el techo de la cabina y tronaron los primeros disparos. El perro se estremeció al escucharlos, volvió a cimbrarse cuando los recién llegados respondieron el fuego, pero no se movió ni un centímetro, seguía plantado sobre sus cuatro patas mirando la escena.

Los motores se forzaban en la carrera, lanzaban rugidos agudos, semejantes a los que sueltan los aviones, en tanto los rifles de repetición vomitaban sin cesar fogonazos que iluminaban la calle y esparcían un picante olor a pólvora quemada.

Nadie reparó en el muchacho y el perro.

El choque frontal de las trocas parecía inminente, mas cuando el parabrisas de la recién llegada saltó en pedazos, perdió velocidad, torció la dirección y fue a estamparse en un muro a dos casas de distancia de Santiago.

La troca rival no dejó de acelerar. El impacto con la otra fue de costado y, como los faros se destruyeron con el golpe, mientras sentía al perro cimbrarse otra vez, Santiago debió imaginar el vuelo por los aires de los hombres de la caja, antes de que su vehículo al volcarse rodara sobre algunos de los cuerpos arrancándoles gritos de agonía y mentadas de madre contra sus enemigos.

La oscuridad completa volvió durante unos segundos en los que sólo se oyó el sonido del metal que termina de retorcerse, quejas de los moribundos y los taconeos metálicos de las botas de los vencedores que se acercaban a las víctimas. Después, a la luz de los fogonazos con que los de pie remataban a los caídos, Santiago y el perro contemplaron el cuadro de destrucción: la casa con el muro agujerado, la troca volteada y con la carrocería deshecha, los cadáveres dispersos sobre el asfalto, las sombras de los que con las armas en ristre retrocedían hacia su vehículo mientras comentaban entre ellos el lance y se felicitaban unos a otros.

Al cesar los disparos, entre las sombras se oyeron los últimos pasos, cerrar de portezuelas, el motor que ahora rechinaba y la camioneta sin luces alejándose rumbo a la plaza.

En la cuadra se sofocaron todos los ruidos. El perro aflojó los músculos y comenzó a dar lengüetazos a las manos de Santiago. Él se puso en pie. Sintió los golpes que el animal le daba en las piernas con la cola antes de empezar a trotar por la calle. Dudó un instante, pero fue tras el can guiándose por el tamborilear de sus uñas sobre el pavimento. Había encontrado un compañero para volver a casa.

Darío continuaba sin hablar.

A mí me llegó el cuento en jirones durante los meses que siguieron a los hechos, por boca de la gente que recién emigraba a Monterrey huyendo de la soledad fantasmal en que se sumergió El Edén tras las batallas. Relatos confusos, sin orden, contradictorios, exagerados o disminuidos según quiénes se los habían contado a mis informantes.

Al escucharlos me embargaban la angustia y la tristeza. La angustia, luego lo comprendí, era porque mis conocidos, al mantenerme al tanto, trataban de afianzar en mí los vínculos con el pueblo. No importaba si lo hacían de forma intencional o no, el resultado era el mismo: un agujero doloroso se me abría en el vientre y la congoja me aplastaba la garganta.

Pronto no quise saber nada más. Ni siquiera las noticias de los sobrevivientes me interesaban. Si veía de lejos a algún paisano por la calle le sacaba la vuelta. Me cambié de casa a una colonia populosa cerca del centro, donde pasaba desapercibido entre la multitud.

Lo logré. Dejé de toparme con los conocidos de antes.

Pero ahora, transcurridos los años, los pasos de mi antiguo alumno se habían cruzado con los míos en esta cantina y después de tanto tiempo me atacaba la cosquilla de la curiosidad. Quería saber más. Conocer la historia en boca de unos de los que la vivieron de lleno. Quería seguir escuchando a Darío.

Él no me miraba; tampoco parecía ver al fondo de su memoria. Daba más bien la impresión de huir de sus recuerdos, o de intentarlo, aunque yo estaba seguro de que le sería imposible.

Había abierto las compuertas y supe que no podría cerrarlas hasta dejar salir todo.

Lo adiviné la tercera vez que se apareció en la cantina, durante los minutos previos al momento exacto en que lo reconocí al fin, cinco días antes de que se decidiera a sentarse conmigo a beber y a contarme lo ocurrido la noche del cerco.

En esa ocasión abrió la puerta alrededor de las cuatro de la tarde y su silueta se recortó contra el sol vespertino de Monterrey semejante a las manchas que utilizan ciertos psicólogos en las consultas de sus pacientes. Con el resplandor a su espalda, no pude distinguirle las facciones; sólo vi el contorno de su cuerpo rígido salir del cuadro de luz para que la puerta se cerrara con un crujido llamando la atención de los otros cuatro parroquianos acodados en la barra. Ninguna mesa había sido ocupada aún.

Afuera la tarde ardía con un sol colérico, negro en su núcleo, que aplastaba viandantes y hacía bufar automovilistas, pero era temprano para que estuviera llena una cantina sucia y sin clima como ésta, donde el calor se arrastraba al lado de sillas, bancos y mesas para luego ascender hacia los bebedores igual que un aliento maligno.

Ante la abulia de los demás, el hombre de silueta rígida avanzó con pasos lentos hacia la barra y ocupó un sitio a mi derecha, un par de metros más allá. Yo acababa de pedir mi primer trago. Renata aún no me lo ponía enfrente, y esa sed insufrible que me atosigaba desde el instante de abrir los párpados por la mañana me tenía inquieto, casi desesperado, con un nudo rasposo donde termina la lengua e inicia la garganta. Por eso aparté los ojos de él y los puse sobre los movimientos de la mesera, quien colocó junto a ella un vaso y la botella de ron. Cuando iba por el hielo, el recién llegado le pidió una cubeta con seis cervezas.

Lo miré de reojo y lo reconocí, no como Darío aún, sino como el hombre de aspecto doliente que había venido a la cantina dos veces en días anteriores.

Las ansias de alcohol hormigueaban en mi gaznate y volví a perderlo de vista para seguir a Renata, quien fue a la hielera grande, pero en lugar de sacar los cubos de la bolsa y llevarlos a mi vaso comenzó a echar en un balde de zinc grandes trozos del hielo picado que enfriaba las cervezas. Me encendí.

Oye, Renata, le dije casi gritando, yo llegué primero.

Dos de los hombres de la barra se rieron de mi reclamo. Ella hizo un gesto de fastidio. Él, hundido en sí mismo, ni registró mis palabras. La mesera terminó de llenar la cubeta, extrajo tres hielos de la bolsa, los depositó en el vaso con desgana, sirvió el ron y caminó con los dos pedidos en las manos hacia el joven viejo. Yo iba a protestar de nueva cuenta. Ella advirtió mi malestar y pasó frente a él sin mirarlo, puso el ron a mi alcance y dijo:

Aquí tienes, pelao chillón.

Antes de que se retirara, conciliador, le di las gracias y le pedí que me preparara de una vez el segundo. Mientras llevaba el vaso a mis labios y sentía el líquido frío y al mismo tiempo ardiente cayendo en la lengua, vi cómo Renata colocaba la cubeta frente al recién llegado. Luego lo olvidé.

Después de haberme tomado dos, en tanto la mesera me servía el tercero, volví los ojos al tipo de las cervezas. Bebía más rápido que yo: cinco cascos vacíos se alineaban frente a él y estaba quitándole la tapa al sexto. Dio un sorbo y su gesto llamó mi atención. Sus facciones se relajaron para concederle un aspecto juvenil y el cambio en su mirada fue indudable. No importa que mirara a lo alto, al pasar el líquido frío por su garganta sus ojos atormentados mutaron, así me lo pareció, hacia una indiferencia del mundo que mucho tenía de juvenil, para de ahí transitar a la ironía.

Una ironía que se me volvió en contra cuando, por el vértice, entre los párpados, fijó sus pupilas en mí antes de expulsar un eructo sonoro. Sus labios ondularon un amago de sonrisa y enseguida regresaron a la rigidez.

Acaso, antes de que yo lo hiciera, me había reconocido y comparaba para sí a este viejo alcohólico, fugitivo como él del pasado, con el recuerdo del maestro entusiasta, entrenador del equipo de futbol donde solía ser la estrella, con quien había convivido desde la niñez hasta la adolescencia. Quizá me reconoció desde la primera ocasión.

Lo observé bien mientras pedía más cervezas.

Sus ademanes lentos, cansinos, lo hacían verse viejo y sagaz, pleno de vivencias que los demás no habíamos tenido. Su cuerpo lucía pesado, sólido, no obstante su delgadez y estatura, y se asentaba en el banquillo de la barra como si fuera suyo, un sitio designado nomás para él.

Igual que yo, bebía con la aplicación de quien debe cumplir una tarea ardua, inmerso en el silencio y la soledad del aire caliente que lo envolvía, ignorando a los otros bebedores, sin prestar atención al ir y venir de la mesera, escondiéndose del mundo dentro de una camisa a cuadros desteñida, de los pantalones de mezclilla raídos y con algunos agujeros, de sus tenis manchados y sucios de tierra, conforme con su vejez prematura, con su aislamiento. No podía disimular su desconsuelo ni los chispazos de juventud, de energía, que de repente le iluminaban el rostro.

Este hombre está lleno de contrastes, me dije.

Lo vi encender un cigarro sin filtro y sólo entonces reparé en el cenicero lleno de colillas junto a él.

Debe fumar una cajetilla por cubeta, pensé. Ha de traer algo atorado, en la cabeza, en el pecho, en la sangre. Algo terrible que está a punto de desbordarlo, de estallar en un torrente de palabras. Algo que viene arrastrando de tiempo atrás, conteniéndolo, aguantándose para no echarlo fuera. El hombre necesita una oreja, alguien que devore todas las inmundicias que lo carcomen. Ojalá lo encuentre, pensé.

No había vuelto a dirigirme la mirada, pero yo me empeñaba en examinar sus ojos en la luz débil de la cantina: esas pupilas donde había visto indiferencia e ironía, aunque también pesadumbre, desesperanza, dolor añejo y hasta rencor. Un rencor lejano, sin brotes de ira. Un rencor paciente.

Pensaba en eso y lo veía por el rabillo del ojo cada que llevaba el vaso a mis labios, cuando de pronto advertí que tenía la mirada fija en mí. Me sentí atrapado en falta. Un calor vergonzoso inundó mi cara. ¿Desde cuándo se había dado cuenta de que lo observaba? ¿Hacía un minuto? ¿Dos?

Quise desviar la vista, pero en sus gestos cambiantes volvió a instalarse ese aire de adolescencia que antes me había perturbado. No sabía qué querían decirme los rasgos de ese joven momentáneo que pugnaba por aparecerse en los pliegues de su rostro.

Una llamada de alerta sonaba entre las ruinas de mis recuerdos y no podía identificarla.

Él forzó por dos segundos una sonrisa sin apartar de mí la vista.

Y fue entonces: en mi mente se abrió paso la imagen del otro, el que se ocultaba tras la piel cenicienta de su cara, el púber aquel que sonreía con toda la boca al recordar las respuestas de un examen, el muchacho que saboreaba la gloria cada vez que veía el balón rebotar contra las redes del arco rival impulsado por su empeine, al que los demás jóvenes alzaban en hombros para que luciera, por encima de todos, la densa cabellera alborotada y esa grasita generadora de su inagotable vigor juvenil.

Darío.

El nombre me resonó dentro del cráneo y mis labios lo pronunciaron en voz baja.

La sonrisa había desaparecido de su boca, pero continuaba mirándome fijo, sin expresión, cuando me levanté del banco y comencé a caminar hacia él.

Darío prolongaba su mutismo como si hubiera perdido el hilo de los recuerdos y fuera incapaz de recuperarlo. Por un momento pensé que se le habían terminado las cervezas del balde y esperaba que se apareciera Renata antes de continuar, e incliné un poco el cuerpo hacia adelante. No. Ahí estaban, sumergidas en agua con hielo, las dos últimas.

De pronto sus ojos, que llevaban un rato viendo la nada, se perdieron en la calle más allá de la ventana entreabierta y dieron la impresión de despertar. Giré el cuello para ver lo que veía.

En la banqueta de enfrente había tres o cuatro mujeres de falda corta, muy maquilladas, que daban pasos laterales despacio o permanecían inmóviles, como si no quisieran avanzar y tampoco quedarse quietas, con la actitud de quien espera a alguien demorado. Tres de ellas rondarían los cuarenta años. Se notaba en los cuerpos robustos donde las redondeces comienzan a perder forma, en las piernas gruesas, fatigadas y llenas de irregularidades, en el cabello teñido y maltratado. La cuarta era joven, promediaba el cuarto de siglo, de pelo teñido de rojo y figura firme.

Un hombre se acercó a ella. Intercambiaron algunas palabras. Negociaban.

Entonces supe lo que Darío miraba: la joven tenía cierto parecido con Norma.

Su Norma.

El hombre adelantó una mano y rozó el estómago de la mujer. Enseguida la alzó para acariciarle un pecho y ella rio. Su risa tosca, vulgar, llegó hasta nosotros diluida en los ruidos de la calle, y Darío apagó su interés con una mueca de disgusto.

Según mi recuerdo, Norma no reía así. Su risa era cristalina, juvenil, de muchacha despreocupada. La reacción de Darío me hizo preguntarme desde cuándo no la veía. ¿Años? ¿Desde la noche del cerco? No me atreví a expresar la pregunta.

Tampoco a decirle que yo sí me había topado con ella unos cinco años atrás, en el centro.

Al principio, de lejos, no la distinguí bien, aunque conforme se acercaba estuve seguro de no equivocarme. Ella atravesaba los jardines de la macroplaza y yo huía del calor sentado en el borde de la fuente de Neptuno, donde el agua fresca me salpicaba en miles de gotas microscópicas.

Lo primero que capturó mi atención fue su modo de andar: traía tacones, y no tenis como la había visto casi siempre, si bien daba pasos enérgicos en el pasto con la premura de aquella alumna de secundaria cuando se apuraba para llegar a clase. Vestía pantalón de vestir, una blusa lisa y una chaqueta ligera hasta la cintura, en lugar de la falda de tablones y la playera ajustada de mis recuerdos, pero los labios afrutados eran los mismos, como las mejillas sudorosas y los ojos borrados que distinguí a pesar de la distancia. Llevaba el pelo largo y su cuerpo había embarnecido. Se veía más mujer y, cuando hizo un movimiento que le abrió la chaqueta, sus pechos opulentos balanceándose bajo la blusa no dejaron lugar a ninguna duda.

Era Norma.

Lucía algo pálida, desvelada, madura. Pasó cerca de mí sin mirarme y advertí en su rostro esa expresión rígida de quien perdió la alegría espontánea, de quien ha vivido algo en verdad oscuro, terrible, sin salir indemne de ello.

Como Darío, que ahora me miraba tratando de escudriñar mis pensamientos, o eso creí hasta que sus pupilas volvieron a deambular por las paredes de la cantina igual que si persiguiera insectos rastreros o quisiera hallar en ellas la hebra capaz de devolverle el hilo de sus recuerdos.

Estuve tentado a contarle que había visto a Norma, que seguro vivía aquí en Monterrey, mas él empezó a balbucear algunas frases, interrumpiéndose a cada momento como si se le escapara el sentido de las palabras, recuperando la fluidez del discurso en algunos tramos, en un relato entrecortado que, no obstante, volvió a instalarme en El Edén para seguir sus pasos aquella noche terrible y lejana.

Apenas descendieron los escalones del porche dejando atrás la casa paterna, Norma y Darío advirtieron que la luz pública no funcionaba, aunque por alguna razón las tinieblas no acababan de caer por completo sobre El Edén. Era como si el sol se demorara en ocultarse y sus últimos rayos siguieran reverberando en el fondo del horizonte para concedernos un poco más de claridad, dijo.

En la cuadra de enfrente distinguían puertas, bardas y ventanas, y las que tenían luz adentro expulsaban un halo de resplandor hacia afuera. A Darío no le pareció extraño que hubiera electricidad en las casas, pues los grupos en pugna a veces se olvidaban de cortarla. Le preguntó a Norma:

¿Por qué lado agarramos?

Ella contempló por unos segundos los extremos de la calle en busca de una ruta por donde no hubiera amenazas.

No estoy segura, respondió, pero igual debemos apurarnos porque la luz no va a durar. Cuando esté oscuro, el pueblo entero va a ser un laberinto, Darío.

Caminaron unos pasos hacia la esquina próxima con los oídos atentos. A lo lejos se escuchaba el rugir de motores, no disparos, aunque un ligero olor a pólvora empezaba a impregnar el aire. Darío sentía en la suya el sudor de la mano de Norma y, al tocarse los cuerpos, creía percibir también los latidos de su corazón.

Dimos vuelta en la primera calle que cruzaba con la de mi casa. Los tenis nos ayudaban a avanzar sin que se oyeran nuestros pasos, dijo Darío. Íbamos sobre la banqueta, pegados a las bardas, a las paredes.

El pueblo parecía sumergido en un silencio que no era silencio, igual que si casas y calles flotaran en un aceite espeso que volvía cualquier rumor más lento, bofo, pero al mismo tiempo le daba consistencia sólida. Había murmullos y algo semejante a zumbidos dentro de las viviendas, como si el aire en su interior presionara a punto de estallar. Norma y yo avanzábamos despacio, con cautela, concentrados en nuestras respiraciones.

Una ventana por la que pasábamos se iluminó de pronto y detrás de ella un niño golpeó el cristal con los nudillos. No sé si fue el tamborileo o la visión repentina de su cara morena, chamagosa, con mocos resecos sobre el labio superior, pero el susto nos activó las piernas y salimos de ahí a greña, igual que si fuera tras nosotros un hombre machete en mano.

Él huía por delante y jalaba a su novia del brazo o de la tela de la playera hasta que su peso fue un lastre que entorpecía la carrera.

¡Corre!, le decía, ¿por qué no corres?

Por fin volteó: Norma tenía un ataque de risa muda, de esas risas angustiadas que desfiguran las facciones, bloquean el habla y casi impiden respirar, que provocan lágrimas al no dejar que salgan las carcajadas atoradas en la garganta. Darío se detuvo y la abrazó mientras las costillas de Norma se estremecían en un estertor intermitente. No dejó de abrazarla sino hasta que ella al fin se rio en su oreja, mezclando la risa con los jadeos como si se desinflara a causa de una ponchadura.

La apartó de sí para verle la cara. Norma se rio unos segundos más, luego le echó los brazos al cuello en tanto restregaba su cuerpo al de él con ansia.

Ay, Darío, dijo sin dejar de reír cuando pudo hablar. Estamos rependejos, mi amor. ¿Cómo vamos a poder cruzar el pueblo lleno de gente armada si en la primera cuadra un huerco mocoso nos hace zurrarnos del susto? No la vamos a hacer.

Sí, sí la vamos a hacer, Norma, le reviró Darío al darse cuenta de que su ataque de risa era en realidad uno de pánico, donde se había acumulado toda la tensión que la embargaba desde que recibieron el mensaje de celular. Allá, por alguna calle, anda Santiago solo, y lo vamos a encontrar para traerlo a casa.

En ese instante Darío no supo si los temblores que lo sacudían eran de su propio cuerpo o de ella, pero así, pegados uno al otro, comenzó a llenarse con su calor. Le metió una mano en la espalda, debajo de la playera.

Su piel ardía, profe, ¿puede creerlo?, dijo un tanto incómodo con la confidencia.

Sin embargo, en sus labios se insinuó una sonrisa que quiso ocultar de mi mirada llevándose la botella de cerveza a la boca. Luego siguió:

Al sentir la caricia que yo le hacía siempre, Norma separó su mejilla húmeda de la mía y me miró. Sus pupilas brillaban; las tenía dilatadas como si estuviera borracha o acabara de fumar yerba. El gesto de su cara era extraño: entre lujuria, tristeza y miedo. Semejante al de la primera vez que mis manos se metieron más allá de su ropa para tocar su cuerpo, pero raro.

Por unos momentos dejé de pensar en Santiago, en el pueblo repleto de hombres dispuestos a matar a quien anduviera en la calle.

Antes de besarla, porque eso era lo que ella deseaba, recorrí la mano de la espalda al frente sin dejar de tocarle la piel y cubrí con mi palma uno de sus pechos. En la carne firme la areola se retrajo y el pezón brotó enorme.

Darío tomó un respiro y yo temí que abandonara el relato por pudor, pero al observarlo bien advertí que pudor era lo que menos sentía. Yo no contaba en ese momento. Sólo estaban él y ese recuerdo, quizás el único agradable de aquella noche.

Mientras sus labios mordisqueaban los míos y las lenguas se abrían paso en las bocas, pensé que nunca había visto en Norma una expresión así, que nunca había sentido en mis dedos sus pezones tan tiesos, dijo. Luego no pensé porque, al tiempo que sus dientes trituraban mi labio inferior con rabia, sus dedos se enroscaban ansiosos sobre la mezclilla, ahí donde la tela se hinchaba. Gemía ella y gemí yo. Los jadeos entre nosotros ya no obedecían a la huida, sino a la calentura.

Mis manos apretaban sus dos pechos cuando Norma, más consciente del espacio que yo, empezó a caminar hacia atrás, llevándome a un zaguán hundido en la oscuridad, hasta quedar recargada entre la puerta y un muro. Las casas ya no tenían luz. La habían cortado sin que nos diéramos cuenta.

Al escucharlo, no pude evitar que acudiera a mi mente la imagen fugaz de su hermano menor recorriendo las calles oscuras en compañía del perro, metiéndose los dos en cocheras y portales si escuchaban el menor ruido de amenaza, avanzando al descubierto al sentirse libres de peligro, mientras Darío y su novia buscaban un rincón aparte para manosearse a gusto.

¿Habrá sido así?, me pregunté. No era posible saberlo. Lo malo de los relatos aislados que provienen de fuentes diversas es que nunca pueden sincronizarse. Aunque los hechos hayan ocurrido en el mismo espacio temporal, nunca sabremos qué fue primero y qué después.

¿Santiago veía la muerte cara a cara mientras su hermano, quien iba a rescatarlo, disfrutaba de una pausa erótica en su recorrido? ¿O fue en esos instantes cuando el muchacho y su perro entraron en una casa que creyeron vacía y la encontraron llena de heridos de uno de los bandos, de donde apenas si pudieron escabullirse antes de que algunos de ellos tomaran sus armas con intención de fulminarlos? Por mucho que empatara las distintas versiones, nunca iba a estar seguro.

Darío hablaba para sí mismo, pero la expresión de su rostro, los gestos con que acompañaba las palabras, los rápidos ademanes de sus manos me hacían reconstruir la escena como si la estuviera viendo.

Contemplé a Norma en la penumbra de la calle, hermosa e imponente en su excitación, agarrando firme a Darío de la playera, jalándolo hacia el reducto de sombras que había entrevisto entre beso y beso. Lo vi a él avanzar con torpeza y seguirla, dando pasos forzados con las piernas abiertas, hasta tenerla bien arrinconada bajo el cobijo del zaguán.

No hicieron caso de los rumores furtivos que se escucharon al interior de esa casa, ni de los que arrastraba el aire de la calle. Ni siquiera de los truenos remotos que crepitaban en la lejanía, del otro lado del pueblo. Él besaba el cuello de Norma, untándole la cara en la piel, y recogía con labios y lengua la sal del sudor, en tanto una de sus manos pasaba de los pechos a las nalgas y la otra se deslizaba bajo la falda para repasar con urgencia la humedad en el centro de las bragas.

Nunca en su corta vida se había sentido tan caliente como cuando ella consiguió bajarle el cierre y, con dedos embadurnados del líquido que brotaba del pequeño orificio, comenzó a recorrer el miembro desde la base hasta la punta cada vez con mayor presión.

Sus sienes latían. Manchas movedizas de colores danzaban ante sus ojos.

Cógeme, Darío, jadeó Norma.

Él trató de voltear a la calle para ver si había testigos, pero ella lo sujetó del pelo de la nuca con la mano libre.

No hay nadie. No pienses. Métemela. Lo necesito, decía mientras jalaba su verga para conducirla adonde deseaba.

Darío hizo a un lado la tela del calzón y le metió dos dedos. La vulva de Norma era un charco oleaginoso. Los empujó hasta el fondo y ella soltó un quejido hondo. Luego reaccionó:

¡No quiero dedos! ¡Métemela ya!

Alzó la pierna izquierda y la apoyó en la cadera de Darío mientras con ambas manos lo empujaba hacia ella. Cuando el falo se apoyó en el vértice de la vulva ella soltó un gemido y él creyó que iba a explotar sin haber entrado. Con objeto de evitarlo, adelantó con violencia la cadera. La carne interna de Norma presentó resistencia pero al fin se abrió para recibirlo en tanto su garganta emitía un sonido ronco, semejante a un gruñido, que se transformó en grito cuando el glande de Darío tocó fondo e inició la retirada para arremeter de nuevo.

No podría aguantar mucho. Lo supo al escuchar junto a su mejilla las órdenes de "dame duro, así, fuerte" y al sentir las alarmas cosquilleantes que le vibraban enloquecidas en la columna vertebral, en la nuca, dentro del cerebro.

Mientras la sostenía de las nalgas con las dos manos, Norma levantó la otra pierna hasta quedar suspendida de la cintura masculina y el movimiento estrechó el espacio donde se deslizaba el miembro, acortándole a Darío el tiempo de resistencia, pero justo en ese instante el suelo se cimbró como víctima de un rayo cuyo trueno la hizo soltarla y salirse de ella.

Cayeron al suelo, aún con las piernas enredadas. La cabeza de Norma rebotó contra el cemento del zaguán, mas no alcanzó a quejarse porque enseguida la noche se iluminó con un resplandor brutal.

Una granada, dijo Darío mirándome a los ojos con decepción. Reventó a la vuelta, debajo de un coche, a unos treinta metros de nosotros. El tanque de gasolina explotó igual, alumbrando la calle por un par de segundos.

Guardó silencio. Sus pupilas se dirigieron a la ventana, al techo. Parecían buscar las sensaciones en fuga del segmento anterior de su recuerdo, ése en el que aún estaba dentro del cuerpo de su novia, los labios unidos a los de ella, confundiendo respiraciones. Cerró los párpados.

Yo hacía un intento vano por meterme en sus pensamientos. Quería usurpar ese placer que él hallaba en el cuerpo de Norma, pero por una extraña asociación lo único que acudió a mí fueron las imágenes espantosas del pueblo que llevaba tiempo, años, tratando de borrar.

La hilera de cabezas cercenadas frente a la presidencia del municipio.

Los cuerpos destrozados que trocas enormes, anónimas, siempre negras, siempre con los cristales impenetrables, arrojaban en la plaza después de la media noche para que los encontrara la gente al amanecer.

Las mantas plagadas de amenazas que los errores de ortografía volvían más agresivas.

Los hombres también vestidos de negro, encapuchados o no, que pasaban por las calles a cualquier hora atiborrando las bateas de las trocas, dándoles el aspecto de erizos gigantes que en vez de púas llevaran encima tubos de fusil.

Si Darío estaba recordando los detalles de una sola noche, a mí sus evocaciones me hacían recuperar un rosario de horrores que a fuerza de alcohol creí haber expulsado de la memoria.

Lo miré: lucía como ido.

Entonces, no sé la causa, pensé en el ejército. En la esperanza que años atrás había infundido en los habitantes de El Edén, de los pueblos y ciudades aledañas, el anuncio de que, ante la incapacidad de los cuerpos policiacos frente a los embates del crimen, en adelante serían los militares quienes patrullaran las calles y se encargaran de los delincuentes que nos tenían copados. La promesa vino desde el centro del país, de la Presidencia, y fue capaz de iluminar los semblantes e infundir ánimo… por unos días, mientras se trató de una posibilidad.

En cuanto proliferaron camiones verdes, tanquetas, vehículos artillados, hombres de uniforme y casco de campaña, la gente entendió que las cosas sólo empeorarían. Es cierto, hubo combates, arrestos y muchos maleantes muertos; pero también moría una mayor cantidad de gente inocente en las refriegas, desaparecieron decenas de hombres y mujeres a quienes los soldados tildaban de sospechosos, se llenaron las mazmorras de los cuarteles con chivos expiatorios.

De eso se hablaba en reuniones, cantinas, iglesias, mercados. Lo decían los periódicos, hasta que vino la orden de silenciarlos.

Nos dimos cuenta pronto de que, como pasaba antes con los policías, cuando el pueblo se llenaba de convoyes de maleantes no se veía a ningún militar cerca. Y cuando sí andaban por El Edén era nomás para atemorizar, para extorsionar, para hacerle la vida imposible a la población con el pretexto de que había guerra y ellos estaban ahí para combatir a los malos.

Los malos.

Ya no sabíamos quiénes eran.

Como pudimos, nos destrabamos de las piernas para ponernos de pie, dijo Darío al regresar de su viaje por los laberintos de la memoria.

Una sonrisa triste asomó a sus labios y se esfumó en un parpadeo.

Yo conseguí la vertical primero y extendí la mano para ayudarle a Norma a levantarse. Ella se dolía de un trancazo en la cabeza, pero, a pesar de eso, su imagen a la tenue luz de las llamas que había dejado la explosión me resultó tan cachonda que no he podido olvidarla en todos estos años.

La misma sonrisa de un momento antes volvió a aparecer en los labios de Darío, y la ocultó de mi vista al prender un cigarro, cubriendo la flama del encendedor con la mano. Dejé de verlo y traté de visualizar el cuadro de lo que me hablaba.

Norma estaba primero encaramada en el cuerpo de Darío, suspendida en el aire, la espalda tallando la pared, el rostro sudoroso congestionado por el esfuerzo, por la incomodidad, por la lujuria que los movimientos de él recompensaban al hundirse en su cuerpo.

Vino después la mueca de sorpresa, incertidumbre y terror, bien iluminada por el fogonazo de la granada y, cuando al soltarse de sus apoyos y sentir el vacío bajo su cuerpo la angustia se adueñó de sus rasgos, el resplandor intenso de la explosión del tanque alumbró los esfuerzos desesperados de sus manos por agarrarse de lo que fuera, el gesto adolorido al sentir el golpe de su nuca con el cemento y el choque de sus huesos y músculos con el suelo.

Dolor que no desbancó al placer: a pesar de la caída, el sistema nervioso de Norma enviaba pulsaciones de la entrepierna al cerebro, sus paredes internas generaban hormigueos húmedos, llevando a su expresión una mezcla de sensaciones en las que sobresalía la calentura.

Así la contempló Darío al ponerse de pie con el miembro aún duro fuera de la bragueta: como descoyuntada, con las piernas abiertas, la vulva expuesta, uno de los pechos al aire con el pezón erecto, el otro apenas cubierto por la tela de algodón que se alzaba en punta, los dedos de las manos retorcidos, la boca abierta en busca de oxígeno, el cuerpo entero anhelando mayor contacto, más sexo.

Luego la mano de él tendida hacia ella.

El alivio.

El impulso para ponerse de pie y salir de ahí a todo lo que dieran las piernas.

Corrimos como endemoniados, dijo Darío. Los ecos del estallido no habían dejado de presionar nuestros tímpanos cuando ya alcanzábamos la esquina contraria. Apenas a tiempo, porque en cosa de segundos surgieron de la nada dos o tres vehículos y varios hombres bajaron a revisar. Los taconeos de sus botas eran inconfundibles incluso entre el crepitar de las llamas: algunos llevaban placas de metal clavadas a las suelas. Se gritaban instrucciones unos a otros para cubrir los ángulos de la calle.

No nos vieron. Las sombras nos protegían.

Dimos vuelta en la esquina; me detuve y miré atrás. Los conos de luz de las trocas se cruzaban entre sí, iluminaban los rincones humeantes. Entre ellas vimos las siluetas: hombres de oscuro, anchos, poca estatura, el rifle de asalto listo en las manos, escudriñando zaguanes y covachas. Dos o tres no llevaban la cara cubierta y a la distancia su piel lucía muy morena, brillante, engrasada.

No tuvimos tiempo para verlos bien. La Norma me agarró del brazo y empezó a correr de nuevo. Íbamos lo más rápido que podíamos. En la siguiente esquina dimos vuelta sin saber por dónde andábamos, igual que si buceáramos en la oscuridad.

Tomamos un respiro cuando la noche volvió a caer en el silencio, cuando pasos, voces, el zumbido de los motores y los disparos parecían haberse extinguido. Norma, quien me había guiado durante ese trecho, me jaló de repente hacia detrás de unos matorrales al interior de un baldío.

Por un momento creí que deseaba seguir lo que habíamos dejado a medias, pero me equivoqué. Sus jadeos ahora obedecían a otra cosa. Tanteó el suelo y se acomodó sobre un tronco medio podrido. Yo localicé una piedra grande y también me senté.

No hablamos. Entre el aletear de los zancudos y el rumor de otros insectos, permanecimos cada quien dentro de su propio pensamiento hasta que los pulmones se sosegaron.

¿Los viste?, me preguntó ella luego de darse una palmada sonora en un antebrazo.

Sí, a los que no traían máscara, de los otros nomás vi la mancha cuando se movían de un lado a otro. ¿Qué estarían buscando?

Su voz se adelgazó al responder:

A quién matar.

Volvimos a callarnos unos minutos. Yo escuchaba su respiración sin arrimarme a ella mientras en mi cabeza se sucedían las escenas recientes.

Afiné los oídos. Tras el ruido de los insectos, se escuchaban disparos a lo lejos, en la orilla opuesta del pueblo. Pero, ¿cuál era la orilla opuesta? Sin luz no reconocía calles ni esquinas. Las siluetas de las casas no me decían nada. ¿Dónde estábamos?

Los hombres que bajaron de las trocas a contemplar el incendio del carro me habían parecido una multitud, un ejército, y sin embargo tripulaban dos o tres vehículos nomás. ¿Cómo se verían entonces en tierra los integrantes de un convoy, o de varios? ¿Cómo iba a quedar El Edén después de esa noche? ¿Destruido? ¿Lleno de cadáveres?

¿Dónde estaría Santiago?

Iba a preguntarle a Norma si ella tenía idea de cuál ruta seguir hasta casa de René, cuando oí que hablaba con un timbre que no le conocía; seco, rencoroso.

Yo también los vi, dijo. Parecían guachos. No son como los de aquí. Deben ser de otra parte, de esos que llegaron a hacerles la guerra quienes mandaban antes. Vienen del sur. ¿Qué buscan por estos rumbos?

Lo mismo que los otros, respondí.

Malditos naguales, dijo ella, cómo los odio.

Extendí la mano y tomé la suya: flácida, sin fuerza, fría. Le pregunté si el golpe en la cabeza había sido duro.

No contestó. Siguió muda un rato rumiando su rencor, su miedo, la frustración de unos minutos atrás. Luego soltó mi mano y escuché que se levantaba. Sus pies rozaron la yerba reseca, patearon un arbusto, una piedra.

Párate, dijo. ¿Piensas estar ahí toda la noche?

Guiándose por el sonido de sus pasos, Darío siguió a Norma hasta dejar atrás la espesura del baldío. En la calle trataron de orientarse con los contornos de las casas más altas recortados contra el cielo, pero las azoteas formaban un mazacote indistinguible. Había estrellas diminutas por aquí y por allá. La luna se sofocaba detrás de un enredo de nubes.

Su situación era paradójica: necesitaban un poco de luz para seguir el rumbo hacia donde suponían que andaba Santiago, mas esa noche cualquier destello significaba peligro de muerte.

Caminaron a tientas unos metros y los hizo detenerse un lejano tableteo de ametralladora. Ambos sudaban. Las gotas escurrían del cabello hasta alcanzar los ojos; ahí ardían, obligándolos a tallarlos. La balacera a lo lejos comenzó a nutrirse. Se oyeron dos explosiones. Otras más. Ahora sí se trataba de un enfrentamiento serio.

Debe ser cerca de la plaza, Darío no supo por qué lo dijo, quizá por puras ansias de orientación.

Norma no habló, había perdido el aplomo, o el miedo superaba su coraje. Al darse cuenta, Darío volvió a tomarla del brazo para conducirla en sentido contrario de donde se oían los tiros.

Yo, que me enorgullecía de conocer mi pueblo palmo a palmo, estaba extraviado sin remedio, dijo Darío y me miró como si se avergonzara, como si necesitara mi ayuda para continuar.

Desvió los ojos hacia el trozo de calle visible tras la ventana y los dejó ahí, paseándose entre las mujeres de la banqueta de enfrente. Ahora no seguí la dirección de su mirada, tenía la mía puesta en los hielos de mi vaso, en el rescoldo de ron aguado que acaso me daría para un sorbo mínimo.

El Edén sumergido en la oscuridad.

Dos adolescentes, por un lado, y un niño y un perro por otro, recorriendo las calles a tientas, ciegos.

Esa vergüenza que se siente al no reconocer los rumbos que se transitan a diario. Conocía la sensación.

Impotencia. Invalidez. Desespero.

No habían pasado ni tres semanas de la noche de la batalla en que mi vecino perdió la vida y casi la mitad del cuerpo, cuando el matadero volvió a precipitarse sobre las calles de El Edén. Esa vez el peligro me agarró fuera de casa.

Fue a finales de cursos, poco antes de las vacaciones de verano. Un día hermoso de calor insufrible. Los maestros de la secundaria, de la ETI y de otros planteles habíamos organizado, para despedir clases, una tardeada de esas que inician a la hora de la comida y se extienden más allá de la media noche. Llevábamos cervezas, botana, cortes de carne, una que otra botella. Iniciábamos la tomadera desde antes de encender el carbón, en medio de una charla general que cada trago de cerveza animaba un poco más.

Esa tarde, sin embargo, la plática no prendía del todo. No había entusiasmo. Se abordaba cualquier tema, decaía rápido y luego se instalaban entre nosotros largos silencios por los que se colaba el canto de los pájaros y el graznar de las urracas.

Había una maestra de la ETI, Leticia, con quien me llevaba muy bien. La verdad es que me gustaba, y creía que yo a ella. Siempre pasábamos esas reuniones uno junto al otro, hablando, riéndonos de cualquier cosa. Vivía con su madre, las dos solas. Por lo regular al término de una reunión la acompañaba a su casa, donde extendíamos la charla un rato parados en la puerta. A veces me dejaba robarle un beso, siempre rápido y cuidándonos de que su madre no apareciera. Igual que adolescentes, si bien éramos bastante mayores.

Pero en esa ocasión, al llegar, Leticia no vino a sentarse a mi lado tras saludar a los demás. Ocupó una silla entre otras dos maestras y ni siquiera volteaba hacia mí. Tampoco parecía molesta, sólo indiferente.

Supuse que le habían llegado comentarios acerca de mis intenciones de abandonar El Edén. Se las había mencionado a dos profesores después de la balacera de aquella noche, y en el pueblo cualquier comentario se volvía rumor y enseguida noticia. Yo aún no estaba seguro de irme, lo había dicho como una posibilidad, aunque me sentía cada vez más incómodo con los sucesos recientes.

A diferencia de las ciudades, lo que en principio ofrece la vida en un pueblo pequeño es paz y tranquilidad. Y en El Edén se habían perdido.

Pensé acercarme a Leticia cuando comenzara a salir la carne del asador y platicarle lo que sentía, y seguí departiendo con los colegas a pesar de que las conversaciones no fluyeran con soltura.

Se hablaba de los alumnos destacados, de la entrega de las calificaciones finales, de los equipos de futbol, de que el sindicato peleaba un pequeño aumento para el magisterio, hasta que Balderas, un profesor de la secundaria privada, gordo y con un collarín en el cuello, soltó al ruedo una pregunta que estalló entre nosotros igual que bomba:

¿A ninguno de ustedes le han pedido cooperación?

¿Cooperación?, reviró la pregunta Sánchez, el maestro de matemáticas de mi escuela.

Ya cooperamos, dijo otro que andaba medio achispado, yo traje un cartón, Juliana las papas y las cebollas, y Roberto, Sánchez e Ignacio se pusieron con la carne, ¿qué más quieren?

No, no me refiero a eso…

¿Entonces?, pregunté yo. ¿Quién te pidió cooperación y para qué?

Balderas nos recorrió con la mirada antes de decir:

Los malos.

El silencio que siguió fue casi sólido. Nadie decía nada. Sólo se oía el crepitar del carbón y, de tanto en tanto, el chirrido de la grasa de la carne. Nos veíamos unos a otros con expresión interrogante, unos fumaban, otros le daban un sorbo a su cerveza. De la casa de al lado llegó una risa infantil, el ladrido alegre de un perro.

Leticia fijó sus ojos en mí, enseguida los miró a todos antes de hablar.

¿Cómo está eso?, preguntó. ¿Qué quieres decir, Balderas?

El gordo lo pensó unos segundos y dijo:

Anteayer me quedé hasta tarde en el colegio a revisar los exámenes finales de un grupo. Se me hizo noche. Cuando salí ya no había nadie más en el edificio. Estaba echándole llave al portón y oí pasos a mi espalda. Me di vuelta. Eran dos muchachos.

¿Del colegio?, preguntó Sánchez.

No, cómo crees. A estos no los había visto nunca. Dos tipos de unos veinte años, normales, ni siquiera parecían malandros.

Y sí eran…, dijo Leticia inquieta.

Sí, afirmó Balderas. Me dijeron con toda tranquilidad que a partir de la siguiente quincena tenía que entregarles el treinta por ciento de mi sueldo.

No me digas que lo vas a hacer, reparó Danilo desde el asador, donde con las pinzas daba vuelta entre el carbón a una papa envuelta en papel aluminio.

Es como el derecho de piso que le cobran a los bares y restaurants, intervino Ignacio.

Pero no pueden…, se quedó trabado Roberto.

Tan pueden que lo están haciendo, dijo Leticia; enseguida preguntó: ¿Y si no?

Todas las miradas convergían en Balderas. Tal vez los demás pensaban que él era víctima de la extorsión por pertenecer a un colegio privado, que a los maestros de escuela oficial no se atreverían a exigirnos nada. Yo no estaba tan seguro.

Además me dijeron, contó Balderas acomodándose el collarín como si le molestara para hablar, sin empujones, sin gritos ni aspavientos, que les avisara a los otros maestros del colegio que, si el día fijado no pagaba uno, quienes la llevarían serían los alumnos, que iban a ametrallar el plantel sin fijarse a quién le daban, que a lo mejor hasta nos echaban unas granadas, y que si no había alumnos por las vacaciones irían a nuestras casas a hacer lo mismo pues saben dónde vivimos cada uno de nosotros.

Hijos de puta, ladró Roberto, si vienen a mí con lo mismo no les doy ni un centavo. ¡Que los mantenga su chingada madre!

Fue el único que tuvo por lo menos palabras para reaccionar, los demás nos quedamos petrificados, los semblantes tensos, cada uno metido en su miedo, preguntándonos cuánto se tardarían en cobrarnos a todos la cuota por seguir vivos, por trabajar, por educar a los niños y jóvenes del pueblo. Yo pensé que así debía sentirse alguien recién violado: indefenso, temeroso de quienes lo rodean, sin saber de dónde vendrá la siguiente agresión, el próximo golpe, el recordatorio de que la vida no nos pertenece.

Leticia entonces, sin emitir sonido, se levantó de su silla y vino a sentarse junto a mí en forma automática, sin alzar la vista del piso, y allí permaneció el resto de la tarde, casi sin voltear a verme, como si mi simple cercanía la reconfortara.

Danilo dijo con voz neutra que ya estaba la carne y nos pusimos de pie para acercarnos al asador, plato en mano, a tomar un trozo, unas tortillas, una papa o cebolla asada, y volver de inmediato a las sillas. Al empezar a comer, el ambiente pareció animarse un poco. Sin aludir a lo que había dicho Balderas, alguien hizo un comentario sobre el juego trasmitido por tele la noche anterior y un par de maestras platicaron sobre las compras que irían a hacer al otro lado para la ceremonia de graduación de los de tercero de secundaria.

Hubo intentos de hablar de otros temas durante el convivio, pero ninguna conversación alcanzó a generalizarse. De nuevo se tocaba cualquier tópico unos minutos hasta que nadie tenía nada que agregar, y venía el vacío. Se abordaba otra cuestión y lo mismo. Así que los asistentes a la tardeada nos dedicamos sobre todo a beber, a buscar en las cervezas y el trago algo que nos arrancara de nuestra realidad, por lo que ninguno reparó en los gañidos sordos que se escuchaban a lo lejos, lanzados al aire por un altoparlante en movimiento.

El sol declinaba cuando las primeras dos maestras se despidieron para regresar a sus casas. Aún era temprano, pero en una situación como la de El Edén, la oscuridad nocturna bien podía devenir amenaza. Sólo Roberto dijo:

No se vayan. Todavía quedan unas birrias y hay también tequila y ron.

Nadie lo secundó y ellas no le hicieron caso.

Luego se fue Ignacio, seguido de otras dos maestras.

Sin haberme dirigido la palabra, al caer la noche Leticia se levantó. Me dio un beso rápido en la mejilla, un beso que tronó más en el aire que en mi piel, se despidió de los demás y se fue.

Decidí tomarme otra cerveza, mientras Danilo le preguntaba a Balderas qué pensaba hacer acerca de lo que había contado.

Darles lo que quieren. No hay de otra. ¿Tú qué harías? ¿Arriesgarías a tus alumnos o a tu familia?

Ya no escuchamos la respuesta. Cuando Balderas terminaba de hablar, tres de los celulares timbraron alertando sobre la llegada de mensajes de texto. Enseguida sonó el mío y unos segundos más tarde el de Balderas. Ni siquiera necesitamos abrir las pantallas. Sabíamos de qué se trataba.

Otra vez, ¡carajo!, dijo Sánchez y se puso de pie de un salto, dejó el casco de su cerveza en la mesa, revisó la pantalla de su celular y marcó un número. ¿Regina? ¿Viste el mensaje?

¡Agarra a las niñas y váyanse al cuarto de servicio! ¡Métanse debajo de la cama si es posible! Sí, yo voy para allá en este momento. ¡Ya! ¡Cuelga y corre!

Sánchez cortó la llamada, se quedó unos segundos mirando la pantalla del aparato y volteó hacia donde estábamos los demás.

¿Cómo pueden hacer esto?, preguntó.

¿A qué te refieres?, respondió Balderas.

¿Cómo pueden enviar el mismo mensaje a todos nuestros celulares al mismo tiempo?

Nunca se me había ocurrido, dijo Danilo. ¿Quién les da nuestros números y nuestros correos? Porque también mandan avisos por internet.

Tienen harto dinero, la voz ronca de Roberto vibraba de coraje, con él pueden tener acceso a la tecnología más avanzada. Se la compran a los gringos.

Esto se hace con aparatos militares, añadió Balderas. ¿No serán los del ejército? ¿El mismo gobierno?

Sin atrevernos a aventurar una respuesta, guardamos silencio.

Sánchez caminó hacia el pasillo lateral de la casa que lo llevaría a la calle y antes de llegar a él se dio vuelta, nos hizo una seña de adiós con la mano y desapareció. Apenas se había ido, Balderas y Roberto se levantaron sin decir nada dirigiéndose a la salida. Ambos tenían a sus familias solas. Danilo alcanzó a advertirles:

Váyanse a pie. No se les ocurra irse en carro. Eso llama la atención y la queda ya inició.

En cuestión de segundos sólo restábamos en el patio de la carne asada algunos profesores solteros, sin mujer ni hijos. Yo me hallaba en shock, sentado, con la cerveza enfriándome los huevos en medio de las piernas, la vista fija en el suelo, y no me di cuenta de cuando los demás se retiraron.

Al alzar la cabeza vi que Danilo me miraba nervioso, como si se preguntara por qué no me movía. Un relámpago de lucidez me hizo entender que su mujer y sus hijos estaban dentro de la casa, solos, y que mi presencia le impedía ir con ellos a ocultarse.

¿Quieres quedarte aquí?, me preguntó. Nosotros nos vamos a meter en mi estudio, es el sitio más seguro. Te hacemos un campito.

No, mejor me voy, dije con un hilo de voz y me encaminé hacia afuera.

Quédate. Vives lejos, insistió Danilo sin muchas ganas, pero ni le respondí, ya iba por el costado de la casa hacia la calle.

Debo apurarme, pensaba, hay que caminar rápido.

Sin embargo, no había llegado aún a la tercera esquina cuando algo en el aire tronó, o lo imaginé así, y de pronto todas las luces del pueblo se extinguieron al mismo tiempo.

Darío bebió el resto de la cerveza y dio una especie de mazazo junto a la cubeta con el culo de la botella. Un eructo atorado le formó una mueca de ahogo en la cara. Se golpeó dos veces el pecho y, sin haber encontrado alivio, giró la cabeza para localizar a la mesera. Yo miré el fondo de mi vaso: sólo restaba hielo y un chisguete de agua. Era hora de que me trajeran otro trago y a él más cervezas.

Los vapores del alcohol se arremolinaban en nuestras sangres dándonos una tenue sensación de bienestar.

Seguí la mirada de Darío y vi a Renata de espaldas a nosotros. Lavaba vasos en el fregadero situado atrás de la barra donde permanecían tres bebedores, uno de ellos medio dormido. Las dos mesas seguían ocupadas, pero no se escuchaban conversaciones.

Darío parecía no querer seguir el relato con la boca seca. Fijó los ojos en mí, pensativo, dudando. Luego me dijo:

¿Sabe, profe? Ya no me acuerdo de cómo era El Edén antes de que empezaran los desmadres. A veces me veo en la mente, de niño, corriendo por las calles o en la plaza, muerto de la risa, y no logro ubicar de qué me reía. Me recuerdo de la mano de Paty, mi hermana, después de misa algún domingo, junto al puesto de los elotes; veo a otros niños a mi alrededor, unos traen globos o barquillos en la mano, otros juegan a la pelota, y no sé decirme cuándo pasó eso o si en verdad pasó.

Sí pasó, Darío, le dije. Sólo está sepultado debajo de lo que se vino más tarde. Yo mismo te recuerdo de muy chiquillo de la mano de Silverio y de tu mamá, columpiándote en el aire, también algún domingo en la plaza, y me parece que esa estampa pertenece a otra vida, anterior a la nuestra, a un tiempo que se esfumó sin que nos diéramos cuenta.

Tiene razón, profe, eso es de otro tiempo, de otra vida, empezó a decir él sin terminar porque en eso vio que la mesera al fin se daba vuelta y extendía una lánguida mirada hacia nosotros.

Darío alzó la mano y señaló con el índice mi vaso y su cubeta de cervezas mientras sin sonido sus labios formaban la palabra "igual". Renata hizo un gesto de fastidio, agarró una toalla sucia y se secó las manos. Usó la misma toalla para limpiar el sudor debajo de su papada y se dirigió a las hieleras.

Satisfecho, Darío volvió a posar en mí su mirada interrogante.

En ocasiones me vienen flashazos de los partidos de futbol, de los torneos que llegamos a ganar, de los goles, y de usté dándonos instrucciones desde la orilla de la cancha. Nomás que en esos flashazos usté no tiene rostro. No sé qué me pasa; las caras de la gente se me fueron borrando de a poco hasta desaparecer. Con algunas excepciones, claro. Mis padres, mis hermanos, la Norma, el Jaramillo y otros con los que me trencé a madrazos.

Dejé de ponerle atención por un segundo porque en mi campo visual apareció, a la distancia, aún tras la barra, la oblonga silueta de Renata sirviendo ron en un vaso chaparro lleno de hielo. Salivé. Mi lengua anhelaba el licor.

Él también la advirtió de reojo, pero no dejó de hablar.

A la que más recuerdo es a Norma. Me acuerdo incluso de la primera vez que la vi, cuando yo acababa de entrar a primer año y ella iba en tercero. No me llamó la atención la niña, sino la torta de machacado con huevo que se estaba almorzando a la hora del recreo.

A lo mejor ese día mi mamá no me había preparado lonche ni traía dinero para la tiendita, no sé, pero su torta era lo más apetitoso que había visto en mi vida. Ella se dio cuenta de que la miraba y primero, envidiosa, intentó darme la espalda, como si quisiera evitar que le pidiera un cacho. Luego lo pensó mejor y giró hasta quedar de frente a mí.

¿Quieres?, sonrió.

Dije sí con la cabeza y me extendió la torta. Al momento en que la mordía me preguntó si mi mamá no me daba nada para almorzar en la escuela. Le dije que ese día se le había olvidado.

Ten, come más, me dijo. Y si otro día se le vuelve a olvidar, búscame y yo te comparto de lo que traiga.

Y se alejó de mí caminando como si bailara con esas zancas flacas que tenía de niña, que parecían flotar dentro de la falda.

Lo interrumpió el roce de las chanclas de la mesera, que de tanto en tanto chacualeaban aplaudiendo en el silencio de la cantina. Renata andaba más despacio conforme transcurría la noche. Su aburrimiento o cansancio se acentuaba. De nuevo hizo lo suyo: limpió el cenicero, le dio un trapazo a la mesa con la toalla apestosa que había recogido su sudor y dejó el trago y la cerveza al alcance de nuestras manos. Apenas dio media vuelta, Darío retomó la palabra.

Otro recuerdo que tengo de ella es de cuando terminó la primaria, dos años antes que yo. Ya entonces le estaban saliendo las tetas y la rondaban cabrones más grandes. Incluso tenía novio, un güey al que yo veía enorme y viejísimo que debe haber estado en segundo de secundaria. No sabía por qué, pero cuando andaban de la mano afuera de la escuela me daba harto coraje. Todos los días fantaseaba con ser más grande, estar de su estatura y partirle el hocico. Carlos, se llamaba.

El día de su graduación se topó conmigo en el patio y me alborotó el copete con los dedos.

Ya crece, Darío, apúrate, para que andes conmigo, me soltó.

Yo sé que tal vez lo dijo nomás por decirlo, pero desde ese día la Norma se me volvió una idea fija, me quedé enamorado, no hacía otra cosa que pensar en ella.

Las pupilas de Darío brillaron por un instante: sonreían, a despecho de los labios que permanecían rectos, horizontales. Se movían de un lado a otro mirando hacia arriba, como si saborearan al interior de la memoria ese recuerdo.

Rodeé el vaso de ron con la mano, sentí en los dedos la frialdad del licor, mas no lo subí a mi boca. Continué mirándolo a él mientras llevaba a cabo la exploración interna por los retazos de su pasado. Aunque ansiaba que siguiera contándome lo de la noche del cerco, comprendí que había localizado en su interior una estampa feliz y no debía arrebatársela.

Yo, a pesar de no poder desprenderme de la sensación de oscuridad de la noche de la carne asada con los maestros, recordé a Norma recién entrada en la pubertad. Había sido testigo de cómo fue dejando atrás la niñez hasta transformarse en un ser atractivo, dueño de un poder de seducción casi diabólico.

En la sala de maestros de la escuela llegué a escuchar comentarios acerca de ella.

¿Ya vieron cómo se está poniendo la Normita?, dijo una tarde Galindo, joven profesor de física.

No había maestras presentes y el novato creyó que encontraría cierta complicidad entre los varones. Quien le respondió fue el maestro de civismo de la primaria, Rangel, un hombre maduro, bastante cuadrado.

¿Y sí se da cuenta usted, profesor Galindo, de que está hablando de una niña de la edad de mi hija y de la edad de las hijas de otros maestros?

Galindo se turbó:

Discúlpeme, profesor Rangel. Lo que pasa es que esa muchachita me pone nervioso. Sobre todo cuando me mira fijo con sus ojos borrados y se sonríe con esa sonrisita cínica que tiene.

Mientras Rangel miraba al joven maestro con indignación, Revueltas, el profesor de ciencias sociales, murmuró sin apartar la vista de un libro abierto:

Esa jovencita va a causar muchos problemas en los años venideros. Tiene el demonio adentro.

¿El demonio?, preguntó entonces Rangel. No me va a decir que usted cree en demonios, mi querido materialista histórico.

No se trata de cuestiones religiosas, ni de creencias en el más allá. Se trata de experiencia, profesor. Y mi experiencia me dice que la niña esa tiene bien metido el demonio de la lujuria. Es una verdadera ninfeta.

¿Y qué carajos es eso?, volvió a preguntar Rangel.

Revueltas no quiso responderle, nomás dirigió sus ojos hacia mí, seguro de que yo era el único que le había entendido.

Y sí. A esa edad en que las mujeres no acaban de dejar atrás la infancia pero aún no entran en la adolescencia, Norma ya era consciente de su poder sobre los hombres y comenzaba a ejercerlo. Lo curioso es que tampoco le gustaban los hombres hechos; prefería a los que apenas se hallaban en formación.

Y había elegido a Darío.

Estaba desesperado por crecer, profe, dijo él y volvió a sonreír con las pupilas, como si el recuerdo lo enterneciera. Por primera vez en mi vida me comía sin remilgos lo que mi madre me ponía en el plato, hasta lo que no me gustaba. Debe acordarse de ese tiempo. Fue cuando empecé en verdad a echarle ganas al deporte y, al ver mis esfuerzos, usté decidió cambiarme de posición en el equipo, de defensa a delantero.

Me gusta el hambre que muestras, me dijo, vamos a ver qué puedes hacer con ella si te mando adelante.

Y tuvo tino, porque desde los primeros partidos metí goles. Entrenaba, comía bien, estudiaba con ganas, y al salir de clases seguía viendo a Norma de la mano de ese cabrón y me daban ganas de morirme. De morirme o de matarlo. ¿Nunca se imaginó mi malestar? No, por supuesto que no. Como mi profesor, usté nomás veía en mí a uno de los alumnos destacados de quinto, a un goleador en potencia.

Cómo podía saber que en mi casa, después de terminar la tarea, pasaba horas mirándome al espejo, estudiando mi cara en busca del primer pelo del bigote, de la primera barba, de algún rasgo que indicara que pronto me convertiría en hombre. Luego me tiraba en la cama, por horas también, bocarriba, a pensar en Norma.

Me preguntaba qué se sentiría llevarla de la mano. Me imaginaba besándola. Y esos pensamientos me llenaban de cosquillas el pecho, el estómago y los huevos sin que supiera por qué, porque ni siquiera tenía idea de lo que era jalársela. Había oído en la escuela que todos hablaban de la puñeta, pero creo que aún no sabía bien a qué se referían, y ni por aquí me pasaba que yo mismo podía resolver mis necesidades con la mano.

Eso lo supe después, claro. Y aunque lo hubiera sabido entonces, no lo habría hecho. Mi sentir por Norma era distinto. No se reducía a que me gustara, aunque muchas veces al pensar en ella se me parara el pito, sino a que en verdad la necesitaba. Norma iba a ser mía. Debía serlo. Mía nomás.

Me había dicho "Ya crece, Darío" y la iba a obedecer, aunque me tardara un poco.

Traté de recordar entonces cuándo vi por primera vez juntos a Darío y a Norma. Había sido cuando él pasó a secundaria, luego de dar el estirón que nos sorprendió a todos. De huerco flaco, de estatura promedio y con voz aguda al terminar sexto año, regresó de las vacaciones como uno de los más altos de su salón, con músculos marcados en las piernas y unas espaldas que empezaban a ensancharse al grado de que las playeras le quedaban estrechas, pero sobre todo con una voz ronca que hacía ver a sus compañeros como niños mucho menores que él.

Sí, fue en el primer año de secundaria de Darío, porque ese año Norma, que iba en tercero, comenzó a hacerse presente en los partidos de futbol.

Antes de eso la vi acompañada de otros dos o tres muchachos durante los descansos o al término de clases, y en la sala de maestros escuché más comentarios sobre su atractivo y su coquetería, pero ninguno que en realidad provocara escándalos ni llamara demasiado mi atención.

Igual que si entendiera lo que pasaba por mi mente, Darío me miró con un dejo de alegría en las pupilas.

¿Y sabe qué, profe? De algún modo ella me esperó. Sé que anduvo con el pendejo ese y con otros mientras yo todavía no era más que un huerco meado, pero en cuanto nos encontramos en la secundaria y vio en mi cara las sombras del bigote y la barba, cuando vio que la superaba en estatura, me agarró de la mano y nomás me dijo:

Creciste, Darío.

Creo que si no hubiéramos estado en el patio durante el recreo me habría abrazado, y quizás hasta besado, pero se conformó con apretarme los dedos mientras caminábamos uno junto al otro y me explicaba cómo eran las cosas ahí. No recuerdo de qué hablamos, aunque no nos paró la lengua hasta que sonó el timbre y quedamos de encontrarnos a la hora de la salida para que yo la acompañara a su casa.

Eso fue el primer o segundo día de clases.

Lo que no sabía era que ella andaba con un pendejo, Dante, un güey que recién había salido de secundaria y que, como no lo admitieron en la prepa de Reynosa, se quedó a trabajar en el pueblo en la bodega familiar. Desde antes de que dieran la salida, él la esperaba en una mesa de la refresquería frente a la escuela.

La refresquería.

El centro de reunión de los alumnos cuando terminaban las clases.

Al escuchar que Darío la mencionaba, la imagen del local volvió a mí nítida, igual que el griterío de los muchachos abandonando la escuela, apenas sofocado por la música que brotaba de las bocinas de la sinfonola.

Ahí se iniciaron muchos romances que a la larga terminaron en matrimonio. Ahí también nacían muchos de los pleitos que luego se resolvían a patadas en la banqueta o a mitad de la calle.

La tarde a la que él se refería yo me hallaba ahí comiéndome unos tacos porque, al tocar entrenamiento después de clases, no tenía tiempo de ir hasta mi casa. Muchas de las mesas estaban saturadas de muchachos recién salidos de las aulas, platicaban a gritos y se reían fuerte.

Me acuerdo de Dante, alumno mío en cursos anteriores, sentado solo, fumando, con la vista fija en el otro lado de la calle. En mi recuerdo de ese día al principio no pintaba Darío, pero al escuchar sus palabras en la cantina lo ubiqué de inmediato en la escena que a trozos reconstruía mi mente.

Yo salí primero, dijo, porque el maestro de historia debía hacer no sé qué y suspendió su clase unos quince minutos antes de la hora. Busqué un hueco libre en la barda para esperar a Norma, sólo que cuando apareció no vino hacia mí. Me vio de reojo y caminó directo a la refresquería como si tuviera allí un pendiente.

Darío continuó mientras yo seguía la escena en la memoria, donde sus palabras se encimaban a las imágenes guardadas.

Bajo el furioso sol del mediodía, la figura de Norma en uniforme blanco partió la calle atestada de vehículos a vuelta de rueda y de estudiantes que la atravesaban en cualquier dirección. Regia, hermosa, desafiante. Una hembra de quince, dieciséis años, que había empezado a ser mujer desde los doce.

Al caminar, sus piernas firmes adquirían esplendor y sus pechos vibraban penetrando el aire para abrirle camino. Incluso el sudor en su rostro era capaz de despertar malos pensamientos en cualquiera. Un par de padres de familia dejaron de vigilar la salida de sus hijos para lamerla con los ojos desde los asientos de sus autos, y los adolescentes la contemplaban como algo inalcanzable.

Al llegar cerca de la refresquería, a unos pasos de la mesa de Dante, hizo alto. Acaso pensaba qué decirle, porque volvió la vista atrás, respiró y siguió adelante.

Yo me hallaba junto al mostrador, en uno de los costados del local, y no sé qué me impulsó a caminar hacia las mesas cercanas a la calle. Vi a Darío. Quizá su presencia no me habría llamado la atención si él no hubiera mirado a la muchacha con actitud de sorpresa, de desconcierto. Eso me intrigó, aunque no tuve tiempo de pensarlo porque ya Norma llegaba hasta Dante, quien se puso en pie para recibirla, y de sopetón, con voz firme que se oyó a pesar de los berridos salseados de la sinfonola, le dijo:

Ya no quiero andar contigo. Terminamos.

El muchacho, que seguro esperaba una sonrisa y un beso de saludo, reaccionó igual que si le hubieran lanzado un escupitajo al rostro. Hizo un movimiento brusco hacia atrás y se le quedó viendo a Norma con la boca abierta, sin saber qué decir. Luego rumió algo parecido a "¿Qué dijiste?", mientras la piel de la cara se le oscurecía, y volvió a quedarse inmóvil al escuchar la respuesta:

Que ya no andamos, Dante. Se acabó.

El disco de salsa terminó de girar y en el intermedio de calma antes del siguiente me di cuenta de que nadie hablaba en el local. Lo mismo que yo, los estudiantes seguían la escena mudos.

Dante, quien no acababa de asimilar las palabras de su ahora exnovia, parecía encogerse segundo a segundo en tanto ella, erguida y en actitud de reto, daba la impresión de crecer dentro de la blancura del uniforme.

Pero ¿por qué?, musitó él cuando Darío llegaba junto a Norma y las trompetas de una cumbia comenzaban a hinchar las bocinas.

A pesar de ser más alto, la diferencia de edades se tornó en ese momento obvia entre los dos, por eso cuando ella le puso una mano en el hombro a Darío al tiempo que decía "Porque ando con otro", el revuelo que se armó en la refresquería fue intenso. Yo mismo estuve a punto de reír. Más que pareja, parecían una muchacha cuidando al hermanito acostumbrado a obedecer sin chistar.

Sin embargo, para Dante no era cosa de risa. Su expresión transitó del pasmo a la rabia y, como yo estaba cerca de él, advertí que sus hombros se sacudían preparándose para pelear. Rugió:

¿Por este pinche meco me estás dejando?

Norma lo miró de arriba abajo mientras sonreía con desprecio. Terminado lo que debía hacer, iba a darse la vuelta para alejarse con su nuevo novio cuando, por encima de la cumbia, se oyó la voz gruesa de Darío:

¿Cómo me dijiste, pendejo?

Y ahí en verdad nos fijamos en él: de su rostro congestionado por la ira habían desaparecido las líneas infantiles y el desconcierto de instantes atrás, dando paso a los rasgos de un hombre decidido. Una vena se le hinchaba en el cuello y le vibraban, no los hombros, sino las manos ansiosas.

Dante fue el primero en atacar. En tanto masticaba las palabras "Te dije meco", se lanzó al frente y asentó en la mandíbula de Darío un puñetazo que lo hizo derrumbarse igual que un bulto. Dante era cuatro o cinco años mayor y el impacto debió ser brutal para un huerco de doce.

Traté de intervenir, pero cuando quise avanzar a ellos los mirones se adelantaron estableciendo a su alrededor una barrera. De nada valieron mis órdenes para que se hicieran a un lado. Nadie me escuchaba a causa de la música y los gritos. Entre tantas cabezas de adolescente perdí de vista a Darío.

Sólo alcancé a ver que Dante le daba dos patadas en el suelo y luego se montaba sobre su cuerpo para castigarlo con los puños. No contaba con Norma, que, enloquecida, lo jaló de los cabellos y lo puso de pie otra vez, mientras Darío trataba de incorporarse.

Yo seguía empujando a los estudiantes a codazos con el fin de abrirme paso, pero a los mirones de la refresquería se habían sumado los de la calle y los que salían de la escuela, y la muchedumbre me impedía avanzar. Desde unos metros observé que Dante tiraba golpes hacia atrás, donde Norma lo aferraba de la melena, y que uno de ellos le dio en la nariz sacándole sangre. Ni así se vio libre. La muchacha no lo soltó sino hasta que Darío estuvo en pie para pelear con su rival en igualdad de circunstancias.

Logré colarme cerca de las primeras filas y, mientras apartaba cuerpos de mi camino, vi que los dos se trenzaban en un nutrido intercambio de puñetazos y puntapiés. Darío peleaba como alguien mayor. Acertaba gran parte de sus golpes y recibía sin achicarse los de Dante, quien poco a poco daba muestras de cansancio.

Al fin pude escurrirme entre la primera fila. Los dos lucían la cara hinchada, sangraban de nariz y boca, tenían los brazos llenos de raspones y la ropa desgarrada. Aún lanzaban golpes y me interpuse entre ellos.

Mientras intentaba aplacar a Dante, por ser el mayor, Darío le dio un par de trancazos más, y uno a mí de refilón, que sentí como si viniera de un adulto. Estaba encarrerado, y hubiera seguido tundiéndonos de no ser porque Norma lo detuvo. Le revisaba el rostro y le daba besos ahí donde los puños del otro le habían hecho mayor daño.

Al detenerse el pleito, los mirones comenzaron a disgregarse y, en tanto yo contenía a mi exalumno, Norma se llevó a Darío por uno de los callejones que desembocan en la secundaria.

Dante estaba sin fuerzas, machacado a golpes, pero sobre todo sorprendido de que un puberto lo hubiera dejado así.

Aunque no tan sorprendido como yo mismo.

A propósito, dijo Darío, nunca le pedí perdón por el chingazo que se llevó aquella tarde. Aunque creo que tengo disculpa: fue la primera vez en mi vida que peleaba por una mujer.

Sus ojos brillaban y ahora sí estuve seguro de que sus labios habían sonreído por un segundo. Ese recuerdo lo colmaba de un orgullo nada infantil. Le sonreí también.

No fue nada, mentí. Eras casi un niño.

No obstante, recordé que el puño de Darío me había tallado la clavícula para después estrellarse en mi cuello, dejándome un moretón tres días. No pasé reporte a la dirección porque no me gustaba acusar a los alumnos, y porque Dante ya no pertenecía a la escuela y él era quien habría llevado culpa por tratar de abusar de alguien menor.

Ni tan niño, profe, dijo Darío con cierta suficiencia mientras acariciaba con los dedos el vidrio helado de una botella y volvía a dejar correr la vista hacia la calle.

¿Qué tenías entonces?, le pregunté. ¿Doce? ¿Trece?

Eso no importa, respondió. Aquel día, mientras me trenzaba con ese cabrón, me sentí hombre. Y no pasó mucho para que en verdad lo fuera.

No sé si suspiró o nomás respiró; era evidente que saboreaba otra imagen de su pasado.

Igual que sucedía conmigo, la plática en esa mesa de cantina le estaba abriendo a Darío las vetas de una memoria que llevaba años clausurada. Y desde ellas salían a la superficie hechos y cosas que habían estado ocultos bajo miles de escombros.

Yo seguía sumergido en una sensación de oscuridad, pero él atravesaba en esos instantes un tramo luminoso.

Esa tarde, dijo él, en el parque viejísimo ubicado a dos cuadras de la escuela, en una banca de piedra a la que le faltaba un trozo de asiento, tras limpiarme la sangre con un pañuelo mientras repetía pobrecito una y otra vez, Norma me dio mi primer beso.

Un beso doloroso, que recibí en los labios hinchados. Que se hizo húmedo cuando comenzó a lamer los sitios donde la piel se había abierto. Que dejó de arderme cuando su boca se volvió voraz y quería comerse la mía a mordidas y lengüetazos sin que yo tuviera idea de cómo reaccionar, sintiendo al principio algo así como rechazo o repulsión al ser invadido por esa carne ajena, para enseguida ceder, aceptar que aquello me resultaba placentero, y darme cuenta de que no quería que terminara nunca.

Norma untaba su cuerpo al mío. Me arrinconaba contra el respaldo de piedra. Yo no podía moverme. Mis manos estaban yertas en el asiento de la banca. Ella me frotaba las tetas en los brazos, en el pecho, y sus besos y el contacto con esa carne caliente, blanda y dura a la vez, hacía que me mareara, que me fallara la respiración.

En un momento, sin despegar su boca de la mía, me encimó una pierna y con el contacto fui consciente de mi erección. No la había advertido, a pesar de que toda mi piel latía y se ponía de punta. Al sentirla ella también, empezó a tallarla con el muslo y la escuché gemir quedito. Mi cuerpo se arqueó por sí solo. Creí que iba a romperme.

Norma se montó por completo en mí y el calor que surgía de su centro me abrasó la verga como si ambos estuviéramos desnudos.

Entonces dejó de besarme, apartó un poco el rostro y me miró.

Ay, cómo te dejó ese idiota, dijo y me hizo una caricia suave con los dedos.

Su rostro se había transformado. Agitada, sudorosa, muy roja, en los labios tenía una sonrisa chueca.

Luego me besó las heridas, las lamió igual que si quisiera probar la sangre, y al tiempo que dejaba caer su cuerpo abierto sobre mi braqueta como si me cabalgara agarró con las suyas mis manos, que seguían pegadas al asiento de la banca, y las llevó a sus pechos acomodándolas para que los cubrieran por completo y los apretaran fuerte.

Ahora sí gemía sin reparos, en el parque, a plena luz.

Las violentas fricciones de su vulva contra mi miembro me impidieron pensar. Sólo era capaz de sentir lo que nunca había sentido: la humedad caliente de su entrepierna multiplicando el cosquilleo que me hacía levantar las caderas para tratar de hundirme en ella, la carne suave que se amasaba entre mis dedos, el juego de su lengua y las mordidas que me exprimían la sangre de los labios, el vapor que nos envolvía, los chispazos eléctricos que estallaban en mi nuca.

Escuchaba su respiración ronca, sus jadeos, sus gemidos apenas sofocados por los besos, y percibía un olor amargo, intenso.

Y de pronto, mientras ella aceleraba sus movimientos, algo extrañísimo: mi cuerpo se paralizó como si me hubieran pegado un bloque de hielo en la espalda, sentí que me orinaba, vi luces de colores y para no gritar mordí su labio inferior hasta que mi boca se llenó del sabor jugoso de su sangre, un tanto dulzón. Norma se quejó de dolor, pero cuando al fin consiguió desprenderse de mis dientes apretados me miró a los ojos muy de cerca con un gesto divertido.

¿Te viniste?, me preguntó en la oreja y su aliento me provocó un espasmo que la sacudió también.

No había oído sus palabras. Me había mareado en ese revoltijo de sensaciones para mí desconocidas. Los latidos del corazón me retumbaban en diferentes partes del cuerpo, sobre todo en las sienes, tenía la vista desenfocada y aún sentía insectos corriendo por debajo de mi piel. Estaba exhausto.

Norma continuaba estudiando mi cara. Sonreía.

¿Te viniste?, repitió.

Vi sus labios partidos a causa de mis dentelladas, el sudor que le bañaba frente y mejillas. Mis manos aún aferraban sus pechos. Los solté despacio, sin querer dejar de tocarlos.

¿Cómo dices?, pregunté.

¿Que si te viniste?

No sé, respondí.

Entonces ella apartó su torso del mío y vi cómo el sudor dibujaba el contorno de sus tetas sobre la playera del uniforme, donde sobresalían dos botones duros. Alisó su falda sobre los muslos casi descubiertos y con cuidado, con un leve quejido, se desmontó de mí con la mirada fija en mis pantalones. Apenas nos separamos, el olor marino se colgó del aire a nuestro alrededor.

Norma abrió mucho los ojos, su sonrisa se hizo amplia.

Sí te viniste, Darío, casi gritó.

Vi la mancha que dibujaba algo semejante a un mapa junto a la bragueta y primero me avergoncé creyendo que eran meados, pero cuando ella adelantó la mano para tocar la humedad empecé a comprender. Rodeó el bulto de mi miembro todavía erecto con los dedos y recorrió la tela caqui con el índice ahí donde se insinuaba la cabeza. Me mostró la viscosidad del líquido juntando y separando el índice y el pulgar. Estaba maravillada.

¿Es la primera vez?, preguntó.

La piel del rostro me ardía.

Creo que sí, dije.

¿Crees o es la primera?

No sé, titubeé. Una noche… dormido…

No, eso no cuenta, dijo Norma tajante con actitud triunfal. Ésta es tu primera vez. Me alegro de haber sido yo.

Y volvió a besarme ansiosa, con un beso que ahora sí despertó en mí y en ella los dolores de las mordidas recientes.

Estuvimos juntos en esa banca un rato más, ya sin besarnos ni fajarnos, en tanto se evaporaba la humedad de mis pantalones. Luego nos fuimos de aquel parque olvidado donde nomás había arbustos resecos y bancas destruidas.

La acompañé a su casa, y ya nunca dejé de hacerlo. Íbamos de la mano por unas calles que el rencoroso sol de la tarde mantenía desiertas, sin un alma que las perturbara, sin un perro que nos olisqueara meneando la cola, sin un carro que sonara el claxon para que nos quitáramos de su camino. Íbamos juntos y solos, y así seguimos mucho tiempo.

Hasta la noche del cerco.

Una nube ensombreció las pupilas de Darío, ahuyentando su brillo momentáneo. Bajó la mirada a la cerveza y se quedó sin habla, inmóvil, con una expresión huraña, como si en su interior se enfrentaran los recuerdos alegres con los terribles y las palabras se escondieran mientras durara la pugna.

Dio un trago, esperó; dio otro y volvió a esperar.

Yo comencé a sentir que en ese silencio la oscuridad volvía a cernirse sobre mí. La oscuridad de la noche de la tardeada. Necesitaba el sonido de la voz de Darío para alejarla, las imágenes que su memoria devolvía a mi memoria.

Miré a la barra, extendí la vista a los rincones de la cantina sin reparar en los parroquianos y el galerón me pareció un enorme hueco, negro a pesar de las luces encendidas. De la calle llegaban rumores dispersos, ruido de motores, gritos lejanos.

Vi a Darío: seguía igual. Si no hubiera sido por los pequeños sorbos que daba a la cerveza, como si quisiera probar sólo la espuma, habría dudado de que respiraba.

Así salí de casa de Danilo aquella noche, pensé. Tratando de que no se notara mi respiración para pasar desapercibido.

De un trago me tomé lo que había en mi vaso. El líquido frío que resbaló por mi garganta no me supo a nada.

Tras el trueno real o imaginario que me retumbó en los tímpanos, las luces del pueblo desaparecieron de golpe. Todas. No quedó una chispa. Ni el destello de una veladora ni de una linterna de mano detrás de un cristal. Ni rastros de la luna en el cielo.

Había avanzado poco más de trescientos metros desde casa de Danilo y me detuve por la sorpresa. Mi primer impulso fue dar vuelta para regresar, y al hacerlo mi orientación se fue al carajo, igual que en aquel juego infantil donde a uno le ponen la venda en los ojos y lo hacen girar muchas veces.

La oscuridad había caído sobre mí como una sustancia viscosa semejante al chapopote; al moverme la sentía estirarse y contraerse sobre la piel. Se trataba de mi imaginación, lo sabía, pero me resultaba imposible eludir la sensación.

Agucé el oído: sólo percibía mi respirar y el tamborileo de mis latidos. Di pasos laterales hasta que mi pie topó con la banqueta. Decidí sentarme en tanto mis ojos se habituaban a la negrura, y en eso recordé que mi celular traía una lamparita, mas me dio miedo hacerme visible y preferí olvidarlo. Pensé en mis compañeros de tardeada. ¿Habrían alcanzado a llegar a sus casas? ¿Estaría Leticia segura?

No pude hacerme otras preguntas porque en cuanto mi trasero tocó la superficie de la banqueta advertí el temblor de mis piernas. Fuerte, continuo. Como cuando en la juventud intenté correr un maratón en Reynosa y debí abandonar la prueba antes de la mitad del recorrido. Llevé las manos a los muslos y los encontré duros, vibrantes, pero sin energía. ¿Y si aparecieran los malandros ahora? No voy a poder caminar, mucho menos correr, me dije, y fue como invocararlos: el rumor de varios motores se me enroscó en los tímpanos, taladrándolos con las agujas del miedo.

Un pájaro aleteó entre el follaje de un árbol solitario. Por instinto me eché atrás, recogí las piernas. Al sentir algo duro en la espalda, creí que había topado con una suerte de parapeto y quise fundirme en él al tiempo que me abrazaba las rodillas.

El rumor de los motores iba en aumento. No estaban lejos. Era el zumbar de un enjambre gigantesco.

Recordé el cuerpo de mi vecino mutilado por la explosión. Los otros cadáveres de aquella vez, alineados en la parroquia junto al altar en la misa de difuntos. Las campanas de la iglesia tocando a muerto. Los escalofríos me invadían con cada imagen.

El enjambre se acercaba. Creí reconocer el zumbido a pocas cuadras de distancia. Mis ojos se habían impuesto a la oscuridad y vi que estaba recargado en un poste. Debía ponerme en pie, ocultarme en un lugar más propicio.

Entonces sonaron disparos.

No hubo advertencia ni tiros de prueba. Eran muchas armas arrojando muerte al mismo tiempo. Una batalla en forma. Dos bandos dándose con todo a pocos metros de mí, iluminando el cielo con las descargas de sus fusiles. Un frío brutal me entumió la piel, los huesos. No conseguía moverme. Igual que si estuviera drogado, desmenuzaba la escena a fuerza de oído y distinguía cada tiro, cada rugido de motor, cada frenazo, cada insulto, cada grito de amenaza o de dolor. Supe cuando en el centro de la batalla se rompió una formación y los vehículos se dispersaron en persecuciones fragmentadas.

Los rechinidos de llanta sonaban cerca, demasiado, y de pronto me vi de pie, con las piernas trémulas, emprendiendo una carrera ciega y trastabillante adonde fuera con tal de alejarme del poste. Tropecé en un bache, pero en un segundo estaba otra vez corriendo hasta sentir un golpe agudo en el esternón: había chocado con una cerca chaparra de madera cuyos tablones terminaban en punta. La salté.

Caía en un prado de zacate y arbustos medio secos justo cuando una Lobo daba vuelta en la esquina levantando una nube de polvo y la luz de sus faros me alumbró un par de segundos en tanto una bocanada picante de pólvora, humo y tierra invadía el aire. Los tripulantes de la Lobo no me vieron, o si me vieron no pudieron hacer nada porque los de otra troca disparaban tras ellos.

Con el mentón hundido en el suelo y los ojos cruzados de yerba vi la escena entre las tablas podridas de la barda. Tres trocas. Dos perseguían a la Lobo que, al recibir varios impactos en el cristal trasero, perdió el control y fue a estrellarse en el poste que me había servido de refugio, dio dos reparos de caballo encabritado y después embistió una casa desatando al otro lado del muro una serie de gritos de mujeres que callaron de inmediato.

La pólvora en el aire me hacía llorar, escocía mi garganta. Reprimí la tos mientras miraba cómo uno de los hombres de la Lobo, alto, de sombrero tejano, salía como borracho de la cabina con un arma de cañón largo para vaciar el cargador sobre los otros vehículos.

Los contrarios respondieron y lo acribillaron al instante. El hombre inició a la luz de los faros una danza grotesca y luego se fue al suelo. El tronadero era infernal. Varios tiros impactaron los tablones de la barda, mas no aparté la vista: estaba hipnotizado.

De pronto el ruido cesó. El silencio me clavó un aguijón de angustia en la garganta. Los motores acallaron sus bramidos. Las luces de las dos trocas apuntaban a la Lobo, a lo que quedaba de ella.

Seis hombres se aproximaron con sigilo, el rostro cubierto con pasamontañas, uniforme negro, botas militares. No eran soldados: uno traía una gruesa cadena de oro en el pecho, otro llevaba una escuadra cuya cacha resplandecía por las incrustaciones de joyas. Al desplegarse para rodear la troca pasaron tan cerca de mí que pude oler su sudor acre mezclado con el tufo a pólvora.

El de la escuadra oyó un susurro en la batea y disparó, sólo una vez porque desde la cabina repelieron el ataque y su cuerpo cayó retorciéndose sobre el pavimento. No se quejó. Nomás se oía el rechinar de sus dientes.

Los otros cinco, entonces, sin buscar refugio, accionaron los gatillos y no dejaron de hacerlo sino hasta que en ese colador en que se había convertido la Lobo no hubo ruido ni movimiento.

¡Ya! ¡Agüítenla! ¡Estos cabrones valieron madre! ¡Les rompimos el hocico!, gritó el de la cadena de oro con acento cantadito.

Yo iba a bajar los ojos, con la absurda idea de que eso me haría invisible, cuando vi que el hombre de la escuadra enjoyada me veía. Movió los labios como si fuera a decir algo y sentí que mi mundo se terminaba, pero de su boca sólo salió un borbotón oscuro que escurrió al piso.

Respiré. Seguí tieso, pues no estaba seguro de que hubiera muerto, aunque comprendí que por lo menos no hablaría. El corazón me latía tan recio que tuve miedo de delatar mi presencia.

Los otros cinco revisaban la Lobo. Uno abrió la puerta del copiloto y gritó:

¡Aquí hay uno y todavía respira!

¡Jálatelo pacá!, dijo el de la cadena.

El otro arrastró al herido de las greñas hasta donde yacía el hombre de la escuadra. Tenía grandes manchas de sangre en el torso y en una pierna, y se quejaba de los estirones de pelo.

El que daba las órdenes se puso en cuclillas junto a su compañero caído, recogió la pistola cuajada de joyas y le quitó el pasamontañas. Cuando el brillo de sus ojos siguió fijo en mí a pesar del jalón, supe que había muerto. Era moreno, aindiado, o al menos así me pareció en aquella penumbra.

Bajaron a mi compadre Medronio, dijo el otro con pesadumbre. ¡Se lo chingaron!, gritó rabioso esta vez dirigiéndose al herido. ¿Oyites, hijo de tu puta madre?

Volvió a ponerse en pie, se encajó la escuadra en el cinto, caminó hacia uno de sus camaradas y le entregó su fusil de asalto. Regresó junto al herido y llevaba en la mano lo que parecía un enorme cuchillo de caza.

Te pregunté que si oyites, dijo mordiendo las palabras en tanto se agachaba.

El herido nomás gruñó. El de la cadena se quitó también el pasamontañas, del que brotaron una pelambre hirsuta y un rostro prieto de gesto fiero.

¡Quiero que veas quién te va a dejar sin corrido, pinche puto!, dijo y le clavó la punta del arma en la clavícula arrancándole un alarido.

El agresor sonrió y un diente dorado lanzó un destello a la oscuridad. Apoyó el peso de su cuerpo en la mano que sostenía el cuchillo para hundírselo al otro de un solo golpe en la tráquea.

Cerré los ojos. Oí gañidos y un leve gorgoteo, patadas en el suelo. Mi esqueleto empezó a cimbrarse otra vez y apreté los párpados fuerte mientras oía el sonido de la carne que se rasga, el crujido de los huesos al separarse y la risa silbante que salía de la boca del agresor.

Hubo un breve silencio, después el golpe sordo de algo que cae sobre el pavimento y rueda como piedra.

¡Llévatela, Delmiro! ¡Las vamos a dejar todas en la plaza cuando la bronca acabe!, dijo el hombre del cuchillo.

Seguí con los ojos cerrados, la cara embarrada entre las raíces del zacate. Escuché pasos, que por momentos se acercaban a mí y me hacían estremecerme aún más. Escuché golpes de machete o hacha, igual que si alguien cortara leña, seguidos de risas burlonas. Escuché que recogían las armas.

Cuando los pasos se retiraron y sonaron las puertas de las camionetas, supe que la había librado.

Un líquido abundante y caliente escurrió en mi entrepierna.

El rugido de los motores llenó la noche y, al abrir los ojos, antes que las luces de los faros dieran vuelta, alcancé a ver seis cuerpos sin cabeza tendidos en la calle.

Luego otra vez la negrura y un zumbido interno en los tímpanos que confundí con el silencio.

Es terrible ver un pueblo sumido en las tinieblas, le dije a Darío.

Él permaneció sin hablar todavía unos minutos, sorbiendo primero la espuma en la botella, después el líquido ámbar que yo imaginaba más y más tibio. Inclinaba el envase lo suficiente y no le daba tragos, sino lengüetazos, como un gato lamiendo su leche, mientras su rostro transitaba de la serenidad de la imagen feliz a la angustia del recuerdo tormentoso.

Yo aguardaba a que retomara la palabra, y durante la espera lo vi envejecer años cada minuto. Sólo entonces reparé en que, si su memoria le traía pasajes alegres al lado de Norma, su cuerpo y su rostro recuperaban la juventud que les correspondía.

Cuando sus rasgos se instalaron de nuevo en la ancianidad prematura, encendió otro cigarro, tosió y, con el fin de aclararse la garganta, se bebió lo que había en la botella. Habló y su voz sonó cavernosa, igual que si llegara de otro tiempo.

Nos habíamos alejado de lo que creíamos que era lo más tupido del combate, dijo, de las explosiones y granadazos, pero seguíamos sin reconocer qué calles del pueblo pisaban nuestros pies. Aun así, caminábamos rápido. Ahora era Norma quien me jalaba de la mano y yo me dejaba guiar. Confiaba en su instinto de orientación, no sé por qué. A unas seis o siete cuadras del baldío donde recuperamos el aliento, luego de dejar atrás los restos de un carro que acababa de volar en pedazos, ella reconoció en lo alto las torres de una capilla. Su contorno se dibujó en el cielo porque la luna había conseguido quitarse de encima algunas nubes.

Mira, Darío, es la que está cerca del mercado, ¿no?, la de La Soledad.

Identifiqué las torres chaparras, cuadradas; miré a nuestro alrededor hasta ubicar un edificio chato que se alzaba a la izquierda. La bodega de implementos agrícolas. ¿La recuerda, profe?

Asentí, aunque Darío ni se dio cuenta. La recordaba. Fue uno de los primeros negocios que los malandros expropiaron.

Al perderlo, Diego Marroquín, el dueño, tuvo que irse a Nuevo Laredo con la familia.

Nos habíamos desviado de la ruta y ahora andábamos cerca de una de las orillas de El Edén, prosiguió Darío. Si continuábamos por ese rumbo, podríamos rodear las calles del centro cercanas a la plaza, donde ahora se oían tiros aislados. Enseguida podríamos tomar cualquier ruta periférica para llegar a casa de René. Norma miró al cielo.

¿Ya viste, Darío?

Alcé la vista: la luna, que parecía sufrir temblores continuos, terminaba de sacudirse el último liacho de nube que la empañaba y comenzó a bañarnos de luz amarillenta. Resurgieron siluetas, trazos nítidos, algunos colores pálidos.

Pude ver un gran agujero en el muro de sillar de una de las casas, con los bordes renegridos todavía humeando. Pude ver dos siluetas que salían de la puerta de una casa, atravesaban la calle a toda velocidad y se metían en el edificio de enfrente. Pude ver un pequeño Datsun con el techo en tierra y las llantas al aire, como una tortuga que alguien hubiera volteado por diversión. Pude ver, ahora sí, el rostro sudado de la Norma.

Qué bonito, dijo ella y sonrió.

Entonces caí en la cuenta de que con esa luna los combatientes igual podían distinguirnos. Estábamos expuestos. Tomé a Norma del brazo y la conduje hasta el portal de la capilla. Ella se resistía y tuve que jalarla. Fue una buena decisión porque, apenas nos apretábamos a las hojas de madera labrada, dos esquinas más adelante un convoy atravesó la calle.

Alrededor de diez trocas negras a poca velocidad, como si anduvieran de patrulla.

La última se detuvo unos segundos en el cruce, e imaginé a los tripulantes estirando el cuello y forzando los ojos para escudriñar los rincones en busca de víctimas. De víctimas, sí, no nomás de enemigos. Porque para esas alturas les daba lo mismo a quién mataban, profe. Le tiraban a todo lo que se moviera.

El convoy se perdió más allá de la bocacalle; la Norma tomó mi mano y echó a andar en esa dirección.

¿Qué te pasa?, le pregunté. ¿Estás loca? Vamos hacia ellos.

No, respondió, justo acaban de pasar por ahí. No van a regresar.

Creí que tenía sentido. La seguí. Lo que no tomamos en cuenta fue que no había sólo un grupo recorriendo las calles del pueblo, sino dos o más, y que unos buscaban a los otros para exterminarlos. Norma se equivocaba. A punto de alcanzar la esquina por donde había pasado la hilera de trocas, escuchamos con claridad un ronroneo de motores que venían por el mismo camino. Nos detuvimos.

El ruido crecía.

Dimos marcha atrás. En chinga, porque ya la luz de los primeros faros dibujaba óvalos en el pavimento. No volvimos a la capilla. Doblamos en la esquina anterior y de nuevo buscamos un zaguán para ocultarnos.

No nos tocó ver la refriega. Los dos grupos chocaron a unas cuadras de distancia por nuestra misma calle. Desde que oímos cómo enloquecían los motores en una persecución corta, llena de bufidos y rechinar de llantas, al mismo tiempo que una nube negra volvía a cubrir la luna, Norma y yo nos amasamos en un abrazo que esta vez no tenía nada de sensual.

Nos sacudimos con violencia al oír los primeros tiros, un choque de trocas, una explosión. Casi fundimos nuestros cuerpos cuando se generalizó la balacera, al grado de que ya no teníamos idea de por cuál rumbo se estaban matando esos hombres.

Los tableteos se escuchaban lo mismo a un par de manzanas que atrás del mercado; había tiros por el lado de la plaza y más allá, en una lejanía que era imposible de ubicar. El Edén estaba en guerra franca. Los fogonazos alumbraban la noche. En cada barrio, en todos los rumbos había tiroteos, incendios. Y en ese caos sucedían cosas inexplicables.

Mientras la Norma y yo nos apretábamos con la fuerza que nomás el miedo a la muerte es capaz de otorgar, dos balas fueron a estrellarse en el portón del zaguán que nos protegía. Dos tiros seguidos que salieron de quién sabe dónde. Pegaron a unos centímetros de nuestras cabezas. De los impactos saltaron astillas y una de ellas se me clavó en un párpado.

Dentro de la casa se oyó un alarido de angustia y un "¡No, por favor! ¡Aquí no!".

Gritos de mujer.

Norma miró con ojos incrédulos el sitio donde impactaron las balas, estiró la mano y tocó los boquetes.

Está caliente, dijo.

Luego reparó en mí, que trataba de sacarme la astilla. No me distinguía bien y se asustó.

¿Te dio en el ojo? ¡Déjame ver!

No, respondí, es una astilla en el párpado.

La desprendí de mi piel e intenté mostrársela, pero no se veía nada en la oscuridad.

¿Tenemos que irnos de aquí!, gritó ella. ¡No es seguro! ¡Nada es seguro!

Iba a pegar la carrera y un ruido cercano me hizo taclearla y tirarla al piso.

Otra troca. Venía por nuestra calle.

Atraje a Norma al zaguán y me tumbé sobre ella.

Quédate quieta, le dije al sentir cómo las formas de su cuerpo se amoldaban al mío.

No era una troca, sino cuatro. La primera pasó ante nosotros no muy rápido; antes de llegar a la esquina aceleró a fondo de repente y giró chillando llanta, seguida por la segunda y la tercera que hicieron lo mismo. La cuarta no reaccionó así. Mantuvo una velocidad baja y, al pasar frente a nosotros, uno de los hombres que viajaban en la batea nos vio al encender un cigarro. No llevaba pasamontañas ni capucha. Sí el rostro pintado de negro como a brochazos. Era joven, un par de años mayor que yo.

Desde el suelo vi que sus ojos brillaron a la luz del encendedor al descubrirnos entre las sombras. Quizá sólo me vio a mí. O tal vez nomás un bulto sobre la banqueta. Como sea, alertó a los suyos.

¡Ey, ahí hay alguien!, gritó y los otros tres que lo acompañaban voltearon.

Él se llevó el fusil al rostro, nos apuntó y soltó una ráfaga que agujeró el portón tras nosotros provocando nuevos gritos al interior de la casa. Iba a volver a dispararnos, lo mismo que sus compañeros, cuando se oyó una voz distorsionada en la bocina de un radio.

La troca aceleró siguiendo a las tres primeras y lo dejó con las ganas. Doblaron en la esquina y se alejaron rápido.

¿Estás bien?, le pregunté a Norma.

No respondía. Me quité de encima de ella y repetí la pregunta.

Entonces en el interior de la casa, además de gritos se escucharon llantos y gemidos de dolor. Habían herido a alguien.

Norma se puso en pie.

¡Si quieres tú quédate!, gritó. ¡Yo no pienso morirme allí!

Y, antes de que pudiera detenerla, se alejó de mí corriendo.

El tropel de recuerdos en la mente de Darío pareció desvanecerse. Mientras desviaba la vista a la calle su mano fue a la cubeta y sacó una cerveza nueva. Antes de destaparla, advirtió que el cigarro en sus labios se había apagado y lo volvió a encender sin dejar de mirar afuera.

Yo imaginé que un pensamiento poderoso cruzaba su cabeza, y hubiera dado lo que fuera por saber cuál. Bebí. Sabía que sin el sonido de sus palabras mis propios recuerdos amenazaban con aparecer y no quería que eso ocurriera. Al no poner atención a algo externo, la imagen de mí mismo pecho a tierra con una matanza desarrollándose a unos metros regresaba ineludible a mi cerebro.

Miré a Darío con gesto de súplica, mas él no lo advirtió. Sus ojos recorrían a las mujeres de la banqueta de enfrente, a los clientes que las asediaban, a la granadera que pasaba una vez y otra en su simulación de vigilancia.

Y yo me veía a mí mismo detrás de los tablones podridos de la cerca. Inmóvil, a pesar de que los asesinos se habían ido del lugar llevándose como trofeo las cabezas de sus enemigos vencidos.

No me levanté hasta mucho rato después, cuando los temblores de mi cuerpo cedieron y ya no se oía cerca ni un motor ni un disparo. Casi sin fuerzas, me puse de rodillas y apoyé las palmas en el suelo para escrutar las sombras.

Aún no había luna. Tras el combate, el humo y el polvo se habían quedado suspendidos en el aire y todo lo que veían mis ojos parecía haberse desplazado de sitio, ocultándose, mezclándose. Los tablones de la cerca estaban apartados de mí, y sin embargo podía sentir la contigüidad de los cuerpos sin cabeza. Lo lejano se acercaba, lo próximo se alejaba. ¿A causa de la bruma? ¿O producto del miedo que acababa de pasar?

Tal vez el motivo era que me hallaba a gatas, así que hice un esfuerzo para levantarme. Mis rodillas crujieron, la cintura se quejó, sentí un fuerte mareo al alcanzar la vertical.

Y empezaron los gritos.

Venían de la casa que había sido impactada por la Lobo, detrás de los escombros del muro.

Al oírlos, mis piernas volvieron a flaquear y algo pesado me oprimió el pecho. Era el terror. Un terror que ya no me abandonaría mientras permaneciera en El Edén.

Un terror que en ese preciso instante me hizo saber que me iría del pueblo para siempre.

Darío se llevó la colilla a la boca, inhaló y sus rasgos se torcieron en un gesto de dolor.

Carajo, dijo y la arrojó por la ventana.

¿Te quemaste?, pregunté lo obvio.

Volteó hacia mí al tiempo que acariciaba la cerveza fría con el pulgar y el índice para amortiguar el ardor. Sonrió disculpándose, pero enseguida extrajo otro cigarro de la cajetilla.

¿Desde cuándo fumas, Darío?

La pregunta no llevaba reproche implícito, aunque a él seguro le sonó a regaño de su antiguo maestro y entrenador. Me miró, volvió a sonreír y dejó el cigarro sin encender sobre la mesa.

¿Desde cuándo cree?, respondió.

Con el culo del encendedor destapó la cerveza y le dio un trago.

Poco después de la noche del cerco, profe, dijo. Y ya nunca volví a hacer deporte tampoco. No le encontré el caso. Luego de eso todo cambió y ya nunca volverá a ser como antes, ¿qué no?

Dejó vagar la vista por la calle.

Nada, repitió.

Expresadas sus razones, recogió el cigarro y le dio fuego. Tras la bocanada inicial, observó la brasa unos segundos.

Quien ve su pueblo natal destrozado por las explosiones, por los incendios, por el paso de la guerra, no puede volver a ser el mismo, dijo.

Posó el cigarro en el cenicero y metió la mano en el agua helada de la cubeta: aún le escocían las yemas de los dedos. Su voz se agravó de nuevo:

Quien ve los cadáveres destripados de sus conocidos, de sus amigos, de sus seres queridos, tiene que intentar convertirse en otro; dejar eso atrás. Éste es el que soy ahora, profe. Una ruina. Un fantasma. Igual que El Edén.

Igual que yo, dije.

Al escucharme, Darío me miró como si lo hiciera por vez primera. Vio mi ropa jodida, mis manos sucias llenas de manchas, mi rostro arrugado y rasposo. Mis ojos sin brillo, enrojecidos por el alcohol. No mostró sorpresa. Seguro yo lucía como me había imaginado, como esperaba que luciéramos los antiguos habitantes del pueblo.

Levantó la cerveza para brindar conmigo; yo hice lo propio con mi vaso.

Darío llevaba hablándome toda la noche de sus experiencias en el infierno y hasta ahora se daba cuenta cabal de que éramos compañeros de desgracia, de que los dos proveníamos del horror.

Me dio la impresión de que eso lo animaba. Su actitud cambió. Alzó la cubeta con una mano y la golpeó con la botella con intención de llamar la atención de Renata, que nos había abandonado. Platicaba con un señor en la barra, un hombre que antes no estaba, y al escuchar el gong miró a la mesa con fastidio. El hombre le dijo algo al oído y ella soltó una carcajada que retumbó en la soledad del local.

Salvo ese nuevo parroquiano, la concurrencia seguía menguando. Cuando fuéramos los últimos, Renata nos traería la cuenta para corrernos de la cantina. Pero si el nuevo tipo en la barra le gustaba, eso no iba a suceder hasta que lo emborrachara con el fin de seducirlo poco a poco y llevárselo a dormir con ella.

Yo lo sabía porque, años antes, cuando empecé a venir, había hecho lo mismo conmigo.

Una noche que andaba corto de dinero, me sirvió varios rones "por cuenta de la casa" y se instaló en la barra frente a mí, sin atender a nadie más.

El resto de los bebedores no paraba de quejarse.

Sonreía coqueta con sus abultados labios y me platicaba cosas de su vida que olvidé en cuestión de minutos. Lo único que conservo claro en la memoria es su actitud provocativa, si se le puede llamar así en una mujer como Renata. Tal vez sería más exacto decir: sus ganas de cogerme.

Yo quería irme, hice el intento un par de veces, pero al advertirlo ella me ponía delante otro ron con hielo, y ¿quién es capaz de rechazar un trago regalado? No yo. Así que aguanté con estoicismo sus insinuaciones, las caricias de sus dedos en mis brazos, alisándome el vello hacia un lado y enseguida al contrario, y una plática que, conforme más bebía, más escapaba de mi entendimiento. Al hablar, Renata se inclinaba sobre la superficie de la barra para que su escote se abriera y asomara el nacimiento de sus enormes pechos. Echaba madres del calor y se abanicaba con el mismo escote volviéndolo profundo. ¿Y quién es capaz de resistirse a unas tetas jóvenes? No importa hasta dónde caigan, ni si su consistencia es igual que una enorme ampolla: tetas son tetas, ¿o no?

Así estuve horas, bebiendo y mirando, hasta que en la cantina sólo había ya un trío de borrachos perdidos en una mesa.

Renata les llevó una ronda, la última, y les dijo que era hora de que fueran ahuecando el ala. Trajo el dinero, lo metió en la caja y comenzó a cerrar mientras los clientes se largaban insultándola en voz baja. No limpió las mesas ni la barra. Tenía prisa.

Agarró una botella de ron. Me ayudó a bajarme del banco e hizo que le pasara el brazo por el cuello. Su carne olía a grasa, a humo y a los restos de un perfume dulzón que se le había evaporado horas atrás.

Mi mano quedó a la altura de su pecho y la metí por el escote. Salimos, cerró la puerta con llave y caminamos a su casa, a unos doscientos metros de la cantina. Por el camino fui sobándole las tetas. Metía los dedos bajo su sostén hasta la piel resbalosa. Al localizar un pezón lo apreté y ella giró la cara hacia mí. Me besó con ansia. Su lengua hurgó en los rincones de mi boca, llenándola de una saliva agria que me hizo anhelar un trago de ron.

Recuerdo que nos detuvimos junto a un edificio sin luz y me empujó para que me pegara a la pared. Me besó de nuevo al tiempo que me echaba toda su humanidad encima. Una sensación cálida me envolvió el cuerpo entero, como si de pronto tuviera una segunda piel, gruesa, viscosa. Me faltó el aliento por unos instantes. Renata se apartó y sentí una corriente de aire frío igual que si me hubieran descobijado en una noche fresca. Me miró a los ojos con sorna y continuó el camino a su casa, jalándome, mas no de la mano: me llevaba agarrado de la verga, que había extraído de mi bragueta sin que me diera cuenta. Sonreí con una mezcla de vergüenza y entusiasmo, y me dejé conducir.

Pero lo que más me sorprendió fue caer en la cuenta de que mi miembro adquiría consistencia a fuerza de apretones conforme avanzábamos por la calle y que al llegar a su casa estuviera erecto por completo. Ella lo miró con codicia, lo soltó mientras abría la puerta y volvió a tomarlo para darme un último jalón hasta el interior.

Renata no parecía acordarse de aquella noche cuando se acercó a nuestra mesa con mi vaso y la cubeta de Darío.

Ni siquiera nos miró, aunque yo sí advertí su actitud reconcentrada, semejante a la de quien anticipa un placer que no obtiene seguido: la sonrisa oculta detrás de los labios rectos, el brillo de la mirada bajo los párpados. Dejó el pedido, dio media vuelta y chacualeando las chanclas regresó a la barra donde el hombre la esperaba.

Lo miré. Era semejante a mí en edad y condición. Estaba ebrio, aunque aún no se tambaleaba. Ella podía habérselo llevado a la cama en este instante, pero iba a esperar a que el alcohol lo dejara indefenso. Lo sabía.

Giré la vista hacia Darío; él me miraba.

¿Se imaginará mis pensamientos?, me pregunté sintiéndome algo ridículo al comparar mi recuerdo con los que él me había contado de sus experiencias con Norma.

Pero Darío no pensaba en mí.

Y la Norma se echó a correr, profe. Tan rápido que no me dio tiempo de levantarme y seguirla, dijo. Iba aterrada, sin pensar ni calcular las consecuencias. Su valentía, aquella entereza que había mostrado en casa ante mis padres, se rompió con los peligros que corríamos. Yo me estaba poniendo de pie, cuando tras el portón se oyeron claro los gritos de una señora:

¡No! ¡No! ¡Ramiro! ¡Lo mataron! ¡Malditos narcos! ¡Jimena, mataron a tu papá! ¡Nos lo mataron!

Me paralicé. No supe reaccionar. Por un segundo tuve el impulso de llamar para que me abrieran y ayudarlos, pero…

Darío detuvo sus palabras. Respiró en un intento por controlarse, mas en sus rasgos se dibujó un gesto de impotencia. Enseguida me miró.

Sin quitar la vista de la puerta agujerada, dijo, caminé hacia atrás alejándome y, al girar con el fin de seguir a mi novia, la había perdido en la oscuridad.

En ese momento, del otro lado del pueblo, se oyó una fuerte explosión y una inmensa bola de lumbre iluminó el cielo, espantando a los pájaros que huyeron de los árboles. Yo nomás había visto algo así en el cine: el centro entre color rojo y un blanco cegador, y en las orillas negras de humo, escombros, pedazos de madera, trozos de metal y hasta piedras como suspendidas en las alturas. Fue lejos, pero la vi igual que si hubiera ocurrido a unos pasos.

El estruendo cimbró el piso, desató alarmas de coches, rompió cristales y se mantuvo vibrando en el aire por varios segundos. Luego la bola se achicó; quedaron la humareda y las llamas agitándose entre siluetas de edificios.

Cuando pude pensar de nuevo pensé en Norma. No en Santiago. En Santiago pensé hasta un minuto más tarde, y al hacerlo me sentí mal. Llevaba mucho rato sin acordarme de él. Y corrí por donde supuse que había corrido la Norma, porque estaba seguro de que sin ella no sería capaz de encontrar a mi hermano. Corrí una cuadra, dos, tres, midiendo la distancia por las esquinas ahora que los incendios permitían ubicar sombras y líneas rectas. Por momentos reconocía una casa; enseguida la desorientación regresaba. Dos veces tropecé con cuerpos tendidos en el suelo, sin detenerme a ver si vivían aún o eran cadáveres, si estaban completos o les faltaban partes. Al distinguir hombres de pie buscaba una covacha, un rincón dónde esconderme.

Mis ojos lloraban, cada cinco o seis pasos me debatía para sofocar la tos. Los incendios habían recalentado el aire y no paraba de sudar.

En una ocasión pateé una botella de plástico, salió disparada y la perseguí entre las sombras. Di con ella. ¡Tenía agua! Me la empiné hasta vaciarla porque la sed era una tortura de la que no me había dado cuenta hasta ese instante.

Seguía avanzando mientras en la mente repetía los dos nombres como si desgranara una oración: Santiago, Norma, Santiago, Norma, Santiago. Norma debía andar cerca. Santiago, a saber dónde. Los había perdido. A los dos.

Entre las brumas de mi desesperación advertí que los tiroteos alrededor se sucedían sin descanso. Los estallidos se multiplicaban. En una bocacalle casi me arrolla un caballo desbocado que galopaba en medio de aquel infierno. Sus cascos retumbaban en el pavimento igual que si se tratara de una aparición. También me topé con perros en carrera desaforada que ladraban y gemían como si suplicaran silencio. Varias veces vi acercarse trocas solitarias a toda velocidad, con sus tripulantes disparándole a la noche, y me tiraba al piso hasta que desaparecían.

¿Dónde podía estar Norma? ¿Dónde Santiago?

Me detenía por completo. Volvía a arrancar. Continuaba mi búsqueda ciega y si escuchaba los motores de un convoy corría en dirección contraria.

En mi carrera enloquecida y sin dirección, al dar vuelta en una esquina topé de frente con un combate entre dos bandos y lo único que alcancé a hacer fue echarme bajo una carrocería hecha pedazos, carbonizada, aunque erguida sobre sus cuatro llantas. Antes de que la quemaran, había sido un camión de tonelada y media; ahora, pura chatarra humeante. Al caer de panza debajo de ella me tapé la cara con los brazos y de inmediato sentí que los fierros encima de mí estaban muy calientes. Un horno.

El tiroteo en la esquina era semejante al coheterío de las procesiones del Niño Fidencio, o de la Virgen de Guadalupe, pero más nutrido y aterrador. Peleaban a media cuadra de mí, unos de un lado de la calle y los otros en el contrario.

El sudor me escurría por la cara, se estancaba en mis párpados, desbordaba hasta las mejillas. Levanté poco a poco la vista: siluetas, fogonazos, no se veía otra cosa. Tardé un par de minutos en distinguir voces, gritos. Los enemigos se insultaban entre sí en tanto vaciaban sus cargadores. Se lanzaban metralla y mentadas de madre al mismo tiempo. De vez en vez se oían gemidos, quejas, gritos de dolor de los heridos, y el tiroteo no paraba ni disminuía.

No sé cuánto tiempo pasó. A pesar del sudor y el miedo de pronto podía visualizar a los miembros de los bandos rivales. Los de la derecha vestían uniforme negro o de camuflaje, botas tipo militar y pasamontañas. Los de la izquierda iban de mezclilla, botas vaqueras y camisas a cuadros; algunos traían sombreros tejanos. Norteños contra guachos; pero guachos que no eran del gobierno, sino desertores. Eso decía la gente; yo nunca los vi antes de esa noche.

De los dos lados había bajas. Un buen número de cuerpos, caídos en el pavimento, rodeaban las trocas que servían de parapeto. Gracias a los fogonazos de las armas vi que algunos se movían o se arrastraban en busca de refugio, antes de ser rematados por sus rivales.

Los guachos lucían mejor organizados. Se hacían señas unos a otros al avanzar o retroceder. Mantenían la formación y resultaba claro que seguían a sus líderes. Los norteños, si bien fieros, andaban cada uno por su lado. No se comunicaban ni mostraban disciplina. Y sin embargo se veía que conocían mejor el terreno, que eran de por aquí. O tal vez sólo eran más.

Cuando distinguí cuatro siluetas con sombreros tejanos acercándose por las azoteas al centro del combate supe que, al menos en lo que respectaba a esa esquina, las cosas terminarían pronto.

No me equivoqué: mientras los norteños de la calle mantenían ocupados a los guachos, los de las azoteas lograron ubicarse en posición de tiro y comenzaron a atacar desde las alturas. Una de las sombras, en un techo apartado, se llevó al hombro un tubo grueso, semejante a los desagües de las azoteas. Lo dirigió hacia los guachos y de él brotó una llamarada corta. Enseguida hubo una explosión que lanzó un par de cuerpos por el aire. Un bazucazo.

Antes de que pudiera lanzar otro, todos los contrarios apuntaron sus armas contra él y dispararon. En menos de dos segundos hombre y bazuca se habían desbarrancado sobre la banqueta.

Al mismo tiempo, varios tipos con botas militares pasaron corriendo junto a mi escondite rumbo a la balacera. Las placas metálicas de sus suelas retumbaban a pesar del tiroteo. Uno de ellos le gritó a otro "¡Águila con las granadas!", y yo no supe si se refería a las que les habían arrojado, pero igual me replegué hacia la llanta como si pudiera protegerme. Sólo al ver que el aludido llevaba una caja y que dos de sus compañeros sacaban de ella las pelotas de metal para aventarlas a las azoteas entendí de qué hablaban.

El primer estallido levantó una nube de polvo sobre la casa de la mera esquina. Pegué aún más la cabeza a la llanta.

La segunda explosión hizo que la troca que cubría a los norteños diera un vuelco en el aire para caer con un estruendo de cristales rotos y fierros retorcidos sobre varios de los cuerpos que yacían en el pavimento y sobre los que se mantenían en pie y no pudieron correr. Hubo un griterío. Ahí dejé de mirar, tanto a causa del horror como del escombro que se le vino encima a la carrocería donde me ocultaba.

Ahora sí se escucharon lamentos de desesperación, de dolor, de agonía.

El tiroteo se incrementó. De todas partes les caían balas a los guachos que respondían a granadazos.

Fueron más de veinte estallidos alrededor de la esquina. Los oí con los ojos bien cerrados y a pesar de que me tapaba las orejas con ambas manos. Polvo, piedras, vidrios, trozos de madera caían sobre la carrocería, algunos me golpeaban las piernas, los brazos. Explotaron tanques de gasolina en la calle y de gas en las azoteas.

A través de los párpados apretados percibía los flashazos de las detonaciones y después, más débiles, los fogonazos de los cuernos de chivo al agotarse las granadas. Pero éstos también fueron bajando de intensidad hasta que nomás hubo tiros intermitentes, y yo, con el cuerpo apretado a la llanta igual que si fuera un escudo milagroso, me imaginaba a los sobrevivientes rematando a sus enemigos.

Cuando entre disparo y disparo hubo intervalos de varios segundos, me atreví a abrir los ojos.

En un principio no vi nada. Una densa niebla de humo y polvo se arrastraba a ras del pavimento. Luego, a lo lejos, vi tres hombres que se movían como entre escombros en la esquina.

Darío detuvo su relación y me miró con semblante turbado.

Algo que nunca he entendido, profe, es por qué, al darme cuenta de que quienes deambulaban entre la bruma de la pólvora portaban sombrero tejano sentí un ramalazo de alegría, dijo. ¿Sería porque habían ganado los nuestros? ¿Porque los últimos hombres de pie en esa carnicería fueron los norteños? No tenía por qué alegrarme, lo sé, ellos eran tan hijos de puta como los otros, o peores… y aun así me alegraba.

Lo tomaste como una cuestión deportiva, Darío, dije porque no se me ocurrió otra cosa.

Tal vez, respondió él con cierta sorna. Es absurdo, pero me dio gusto la victoria de los locales sobre los fuereños.

Se quedó pensativo, como si sopesara su sentir al respecto desde un punto de vista ético y lo encontrara reprobable.

Quise decirle que en una situación como la que él vivió, como la que todos vivimos y seguimos viviendo en esta región, en este país, los razonamientos morales no tienen cabida, o por lo menos no pueden ser tomados en cuenta igual que en épocas normales, aunque ya nadie sepa qué son, o qué fueron las épocas normales.

Que la guerra trastoca convicciones, tradiciones, comportamientos, querencias y hasta los anhelos y esperanzas.

Que cuando la muerte nos ronda cerca y la violencia destruye lo que creíamos estable, o inmutable, hasta la fe se viene abajo, cuantimás las maneras de ver el mundo cotidiano.

Quise decirle muchas cosas, sin embargo, cuando acabé de darle forma a los conceptos en la mente advertí que Darío había vuelto a enfrascarse en la contemplación de las putas de la acera contraria mientras masticaba, tal vez, otro recuerdo de Norma.

Agarraba la botella de cerveza con la mano, pero tenía rato de no beber de ella. Tampoco fumaba.

¿Le había molestado mi pregunta sobre su vicio? ¿O el humo de su relato lo había saturado y esperaba a que se disipara?

¿Ese mismo humo que me había ardido en los pulmones unas semanas antes que a él, cuando al fin pude ponerme en pie tras los tablones de la cerca y me estremecieron los gritos que provenían de la casa donde había chocado la Lobo?

Los escuché tieso a causa del miedo: alaridos nocturnos, dolorosos; lamentos en la oscuridad, semejantes a los que refiere la leyenda de la Llorona.

Y aunque en aquel sitio sólo era posible distinguir sombras, yo sabía que para llegar a la construcción derruida de donde brotaban tendría que atravesar una calle empedrada de cadáveres.

Cadáveres a los que yo había visto cómo decapitaban.

Al pasar por encima de la cerca y ver que lograba mantenerme en pie, mi primer impulso fue huir. No corría peligro ya, y enfrentarme a una tragedia de familia estaba más allá de mis fuerzas. Además, seguía desorientado.

Me sostuve de uno de los tablones y alcé la cabeza. Pasé revista a mis sentidos. Los ojos se perdían en la negrura y cuando mucho lograban separar manchas tenues de otras más espesas. Algunas estrellas brillaban en el cielo, sin energía suficiente para indicarme en qué calle me hallaba. Di dos pasos tanteando con el pie y al topar con algo blando volví a paralizarme.

En la nariz disminuía el escozor de la pólvora, aunque seguía el tufo a polvo ensangrentado. Los tímpanos captaban, además de los gritos en la casa, rumores indefinidos como los de cualquier noche. Ya no había disparos ni rugir de motores. Los malandros tal vez se habían ido de El Edén después de depositar su ofrenda macabra en la plaza principal.

Lo único que me servía para guiarme era el tacto, pero tocar los cadáveres o algún charco de sangre o un miembro desprendido del cuerpo o sesos me horrorizaba.

Volví los ojos al cielo. La luna embozada tras las nubes pugnaba por abrirse paso. Pronto lo conseguiría: un viento leve se había soltado en las alturas.

Entonces pensé: si de pronto la luz se hace presente, me sorprenderá de pie en medio de un racimo de decapitados, con una troca hecha pedazos que a su vez destrozó una casa de la que salen lamentos como de ultratumba: una escena infernal. Mi corazón se lanzó en un galope delirante. Quise llorar a gritos. Debía irme de ahí. Pero mis piernas no sólo no me obedecían sino que, eligiendo su propio rumbo, avanzaron hacia el hueco que había abierto la Lobo en el muro al estrellarse.

Caminaba igual que en campo minado. Con pasos muy cortos y las piernas levantadas. Rozaba el piso con la suela antes de acomodar el pie.

Topé con un cadáver y lo salté. Uno más. Al sentir que mi zapato se asentaba sobre el estómago del tercero, dejé de experimentar horror. Ya no se trata de un hombre, me dije estremeciéndome, sino tan sólo de carne. Carne muerta. Semejante a la de un perro atropellado.

Llegué a la Lobo. Palpé los agujeros de las balas en la carrocería. Pisé cristales y crujieron llenando la noche con su sonido de morralla en una bolsa de pantalón. Ante el ruido, los lamentos dentro de la casa se apagaron.

Pensé: el miedo de la mujer que lloraba a gritos es más fuerte que su dolor. Pensé: ha de creer que soy uno de los malos. Me pregunté entonces si no me atacaría al sentirme cerca y, aunque ya me hallaba junto a la puerta abierta del conductor de la troca, me detuve. ¿Qué hacer? ¿Anunciar que no soy uno de ellos, sino un vecino de El Edén, un maestro al que la oscuridad y los balazos agarraron de camino a su casa?

Me arrimé a la doble cabina. De su interior habían sacado al hombre herido al que después descabezó el de la cadena de oro. Palpé los asientos. En el delantero había sangre y vidrios. Un rifle. Una botella. En la parte trasera, caído en el piso, otro cadáver. Éste conservaba la cabeza: toqué su cabellera apelmazada de sangre. Tenía otro rifle entre las piernas.

El interior de la casa continuaba en silencio. Estaba tan cerca del agujero en el muro que si la mujer hubiera nomás sollozado la habría oído. Se me ocurrió que si encendía las luces de la troca rompería la oscuridad. Lo intenté, pero los faros se habían hecho añicos con el choque. ¿Y el interior de la cabina? Mi mano temblaba. Imaginé la escena: el muerto del asiento trasero mostrando su rostro desfigurado, sus heridas; los de la calle con un muñón sanguinolento en lugar del pescuezo; la mujer en la casa abrazando el cadáver de su marido, quizá de uno de sus hijos.

Arrepentido, iba a apartar la mano del interruptor cuando el aire de la noche se llenó con un chasquido familiar, enseguida un zumbido eléctrico se desparramó en el silencio y la luz de los faroles públicos se me echó encima con la misma virulencia con que lo había hecho antes la oscuridad.

Fue un impacto. Un deslumbramiento que casi me hace caer de espaldas. Cubrí mis ojos con la palma al tiempo que advertía las habitaciones de la casa iluminadas y a una mujer con manchas rojas en el rostro que, inclinada sobre el cuerpo de un hombre, me miraba muerta de espanto.

¡No tenga miedo, señora!, dije mostrándole las manos. ¡Soy un maestro de la secundaria!

Ella siguió mirándome sin comprender mis palabras, hasta que el hombre levantó un brazo y le acarició la mejilla con los dedos como diciéndole "Mírame, no me he muerto, estoy vivo todavía, todo va a estar bien". La mujer se olvidó de mí para abrazar a su herido, y yo miré hacia atrás: la escena era semejante a lo que había imaginado, pero a la luz de los faroles resultaba peor.

Donde faltaban las cabezas de los muertos se extendían charcos de sangre. Los cuerpos guardaban posiciones imposibles: rodillas flexionadas, brazos levantados con el índice extendido señalando el cielo, cinturas torcidas. Y las moscas. Hasta que las vi percibí el zumbido de sus alas. Se repartían en nubes entre los muñones del pescuezo y la entrepierna, donde identifiqué charcos de orina. Una peste repentina me anunció que los hombres habían vaciado las tripas al momento de morir.

Aunque yo mismo arrastraba el tufo de mis meados, me dobló un golpe de asco que se enredaba con el miedo dentro de mí. Antes de vomitar la carne y el alcohol que aún llevaba en el estómago, alcancé a ver siluetas en las ventanas iluminadas, puertas que se abrían. Luego unas arcadas furiosas taparon mis oídos y me anegaron los ojos de lágrimas. Lo arrojé todo, ahí junto a la cabina de la Lobo.

Cuando las sacudidas del estómago empezaban a ceder, me tallé los ojos y la visión del muerto del asiento trasero, a quien un agujero enorme le atravesaba la cabeza desde el ojo derecho hasta la nuca, me hizo devolver de nuevo. Al apretar los párpados a causa del esfuerzo intenté visualizar algo menos grotesco, mas lo único que acudió a mi mente fueron los grabados que ilustraban mi edición de la *Comedia* de Dante.

Entonces no pude contenerme más. Lloré. A gritos. Disfrazando mis lamentos con arcadas, mis gemidos con las contracciones del vientre, mis sollozos con la respiración aguda y entrecortada. Hasta quedar vacío. Hasta oír ruidos a mi alrededor.

Hasta sentir una mano en la espalda que me sobaba como dándome ánimo.

Ya pasó lo peor, profe. Cálmese. ¿Se siente muy mal?, dijo una voz junto a mí.

Era Blanca, una de mis alumnas de tercero de secundaria. Me tendía una botella de agua.

Tome, enjuáguese la boca.

La muchacha tenía los ojos llorosos, mocos bajo la nariz, la piel manchada de negro y una sonrisa triste. Agarré la botella e hice un buche. Lo escupí. Enseguida bebí un par de tragos. El agua resbalaba en mi interior y lo llenaba de frescura, regresándome un poco de calma.

Iba a devolverle la botella, pero Blanca ya no se hallaba ahí. Había atravesado los escombros y ayudaba a la mujer con el hombre herido dentro de la casa. Giré la vista hacia los cadáveres tirados en la calle.

Varios niños y adultos deambulaban entre ellos con los ojos muy abiertos, como si no dieran crédito a lo que veían. Parecían sonámbulos. Almas en pena.

No todos: un chiquillo de unos siete años traía una vara en la mano e, iracundo y al mismo tiempo sonriente, azotaba los cuerpos con ella. Se puso en cuclillas junto a un cadáver y comenzó a hurgar el muñón del cuello con la punta de la vara, después con el índice. Llevó el dedo a la altura de sus ojos para mirar de cerca la sangre y lanzó una carcajada. Una mujer lo regañó. El niño no hizo caso y siguió en lo suyo hasta que la misma mujer se acercó y le dio un coscorrón. Él se sobó la cabeza, miró a la mujer con coraje y, en cuanto ella se alejó, fue a ver de cerca otro de los cuerpos decapitados.

De pie junto a la cabina de la Lobo, sin poder hacer otra cosa que mirar, vi cómo esta vez el niño ignoraba la herida en el cuello y metía la mano directo en el bolsillo trasero del pantalón del cadáver. Extrajo una cartera abultada. La abrió. La sorpresa se le reflejó en el rostro y volteó a los lados para comprobar que nadie lo vigilara. Vio que yo lo miraba y mi presencia no le importó. Sacó un fajo de dólares de la cartera y se lo echó a la bolsa. Tiró a la calle las credenciales y un par de fotos.

Luego se agachó junto a otro cuerpo. Sus rasgos infantiles delataban una codicia adulta. Había algo maligno en sus ojos. Algo que provocó que mi asco regresara.

Desvié la vista.

La gente de la cuadra que había salido ilesa del tiroteo hacía lo mismo que ese niño. Esculcaban la ropa de los cuerpos en el pavimento, volteaban los bolsillos al revés, arrancaban anillos de los dedos y relojes de las muñecas.

Rapiña como desquite del terror sufrido. Consuelo en la desgracia.

Un adolescente luchaba para despojar a un cadáver de las botas. Una muchacha conseguía arrancar un cinto piteado de una cintura inerte.

Y en los rostros de quienes se aplicaban al saqueo, en todos los ojos distinguí ese brillo maligno que había advertido en el primer huerco. Esa ausencia total de lástima, de empatía, que me provocaban frío y malestar. ¿Qué estaba pasando con esa gente? ¿Con mi gente?

Un ruido cerca de mí me hizo volver la cara.

Del otro lado de la cabina, con la puerta trasera abierta, otra alumna mía, una muchacha de segundo de secundaria, Toña, registraba al hombre con el agujero en la cabeza. Le sacó la cartera y la echó en un morral. El reloj, unos lentes oscuros manchados de sangre y sesos, una navaja de muelle, un encendedor de oro. Vio que la miraba y me reconoció. Alzó los hombros y me dijo:

Él ya no va a necesitar esto, ¿o no, profe? Además, se lo merece por hijo de la chingada.

Al final recogió dos pistolas, una escuadra negra y un revólver y los echó al morral. Y se habría llevado también el cuerno de chivo que el cadáver apretaba con las piernas, si no se hubieran oído motores de vehículos en las cercanías.

Toña dio aún un par de estirones al rifle de asalto pero, como el muerto no estaba dispuesto a soltarlo, renunció a él y se fue corriendo a su casa.

Además de los motores, comenzaron a oírse sirenas.

La ley había llegado al pueblo.

Darío dejó de contemplar a las mujeres de la calle. Se empinó la cerveza para enjuagarse la garganta.

Después de la batalla en aquella esquina entre los locales y los guachos, dijo, debí salir de mi escondite para seguir buscando a Norma de inmediato, pero no podía moverme. Así nomás: no podía moverme.

Se acabaron las explosiones y los balazos, por lo menos los que sonaban cerca, ya no había gritos ni voces, ni zumbar de motores, ni siquiera pasos en la calle ni lamentos de heridos, y yo seguía ahí, tieso, con la panza embarrada a la cara interior de la llanta, con los ojos abiertos sin ver nada, respirando rápido, consciente de que respiraba sólo porque aquellos cabrones no me habían visto y porque ninguna bala perdida se había topado con mi cuerpo.

No tenía voluntad. Mi único deseo era que mi padre apareciera, me sacara de ahí, me levantara del pavimento y me dijera "No te preocupes, mhijo, ya pasó, vas a estar bien".

Concentrado en sus palabras, no me di cuenta de cuando encendió el cigarro. Noté el humo saliendo de sus labios tras una pausa. En ese instante el rostro de Darío carecía de expresión. Carraspeó fuerte y volvió a fumar.

Clavé la mirada en mi vaso y no me costó nada ver entre el brillo de los hielos su cara adolescente de aquella noche, contraída por el susto, por el miedo prolongado, por la incertidumbre sobre la situación de su novia y su hermano, mientras abrazaba con ambas manos temblorosas los extremos de la rueda de caucho, su escudo durante la batalla.

Supe lo que había sentido: lo mismo que yo semanas antes que él. Pero yo era un hombre y él en ese tiempo nomás un muchacho, estudiante e hijo de familia.

Entonces lo vi claro: con el terror como una garra enterrada entre las tripas, una garra que se mueve y provoca sufrimiento intenso, que abre y cierra los dedos para punzar con saña, Darío se debatía entre el deber, la responsabilidad de rescatar a Norma y a Santiago de aquel infierno, y el derecho, la alternativa, la pulsión de todo adolescente a permanecer inmóvil, a salvo ante el peligro.

Recordé al puberto fiero que se trenzó a madrazos con un Dante varios años mayor. Recordé al goleador de mi equipo de futbol que aguantaba choques y patadas con tal de acercarse con el balón a la portería contraria. Recordé al alumno aplicado narrando ante el grupo la trama de una novela recién leída y sacando conclusiones de su análisis. Recordé al orgulloso héroe de la secundaria, que levantaba ovaciones entre sus condiscípulos y miradas de deseo entre sus compañeras.

Luego junté las cuatro imágenes en una sola, la enfrenté a un batallón de asesinos armados hasta los dientes y la vi derrumbarse hasta caer hecha un ovillo junto a la llanta de un camión hecho jirones por la explosión de una granada.

¿Qué opciones le quedaban a ese muchacho? Ninguna. Permanecer quieto, invisible. Aferrarse a la rugosidad del caucho. Fugarse a través de la imaginación o la memoria.

¿Qué pensabas cuando estabas abajo del camión, Darío?, le pregunté.

Me miró como si nunca hubiera esperado esa pregunta. Desvió la vista. Fumó. Aplastó la colilla en el cenicero. Volvió a mirarme.

Pensar, lo que se dice pensar, no tengo la menor idea, dijo. Nomás me acuerdo de que al principio pegaba la frente a la llanta como si quisiera fundirme con ella, hasta sentir que mi sudor se volvía lodoso, lleno de grumos.

Acababa de ver cómo un montón de hombres se mataban entre sí con una facilidad increíble, cómo sus cuerpos saltaban metros por encima del suelo a causa de las explosiones, cómo sus cadáveres eran aplastados o acribillados. Eso me hizo sentir mi vida como algo pequeñito, insignificante, fácil de desechar. La mía y la de los demás. Mi familia, mi novia, mis amigos.

¿Qué caso tenía tratar de rescatar a Santiago? ¿Encontrar a Norma? Si no morían esa noche, morirían a la siguiente o un poco más tarde.

Después de ver volar la casa de la esquina, de ver cómo las granadas arrojadas a las azoteas convertían los techos en toneladas de cascajo, ¿podía estar seguro de que al volver a mi calle aún tendría hogar y familia?

Incluso había perdido mi instinto de conservación.

Sabía que el lugar donde me hallaba era peligroso y tenía que abandonarlo, pero ¿dónde no había peligro? En el último zaguán nos dispararon, caminar o correr por cualquier calle representaba un riesgo mortal. Ni siquiera meterme en una covacha resultaba seguro porque todo estallaba en El Edén o terminaba como un colador.

Mejor la inmovilidad. La vida, como dice esa canción que no entendí hasta esa noche, no valía nada.

Nada.

En un momento dado estas ideas me quitaron el resto de energía que aún guardaba y el cansancio se me metió por cada uno de los poros. Una potente somnolencia me atacó. Cerré los ojos, dispuesto a dormir, pensando que si me iban a matar era mejor que lo hicieran estando inconsciente.

Pero no me dormí. Apenas me dejaba llevar por esa somnolencia, se me vinieron encima los recuerdos.

Recuerdos buenos. De los que uno busca en la memoria cuando se encuentra mal. Yo no los busqué: aparecieron de la nada y sin esfuerzo, como aseguran quienes han estado a punto de morir que surgen los recuerdos.

¿Usté cree eso, profe? Mi abuela decía que los que van a morir ven pasar su vida entera ante los ojos. ¿Será cierto?

A lo mejor esa desgana absoluta que me agarró bajo el camión no era sino el anticipo de lo que me esperaba en la tumba y por eso mis mejores recuerdos se pusieron a desfilar en la mente.

Mi mamá cargándome en brazos, mi papá llevándome a los juegos, el nacimiento de Santiago, mi primer beso con la Norma, la primera vez que me metí entre sus piernas abiertas, el campeonato regional de futbol, el día que recibí el diploma de primer lugar en la escuela, la vez que le rompí el hocico al mamón de Viteri, la Norma levantándose desnuda de la cama para ir al baño, la Norma regresando desnuda del baño y lanzándose sobre mí.

La Norma.

Tenía su imagen bien centrada en el cerebro, así, como más me gustaba, cuando unos pasos por la calle hicieron que se desvaneciera por completo.

¿Pasos?, pregunté.

Pasos, dijo Darío. Hombres corriendo y deteniéndose. Sombras en fuga.

Solté la llanta, es decir, dejé de abrazarla, aunque seguí con la panza pegada a ella. Al extender los brazos los recorrió un hormigueo casi insoportable. Moví las piernas y también se llenaron de cosquillas.

Las sombras corrían un trecho, se ocultaban, salían de nuevo a la calle, pegadas a las paredes y volvían a detenerse. Habían llegado a unos metros detrás de mí y giré la cabeza. Las que logré delinear en la penumbra no parecían traer armas.

Son gente del pueblo, me dije, pero permanecí callado e inmóvil.

Se desplazaron de nueva cuenta y en su carrera algunas rebasaron el camión rumbo a la esquina donde había sido la masacre. Se estuvieron quietas unos segundos antes de emprender un nuevo avance. Las de adelante llegaban a la esquina cuando de una azotea surgieron los truenos y fogonazos de un cuerno de chivo, ¡carajo!, y las iluminaron justo en el momento en que recibían los disparos.

Vi sus gestos de sorpresa y de dolor, las muecas de su agonía, al tiempo que lograba reconocer a dos de ellos: Javier y Matías, los de la ETI contra los que había jugado el partido horas antes. Matías cayó al suelo muerto; Javier se retorció unos instantes y quedó inerte. Los dos eran de mi edad.

Atrás se habían derrumbado otros. Oí los gemidos de uno que nomás estaba herido, y antes de que pudiera reconocerlo el francotirador de la azotea le deshizo la cabeza con una nueva andanada.

Luego la calle se hundió en el silencio. Un silencio roto en el fondo, a lo lejos, por más tiroteos y una que otra explosión. Un silencio más amenazante que el tronar de las balas.

Volví a paralizarme, y esta vez me cayó el veinte: lo que me había mantenido quieto todo ese rato era el instinto de conservación. Sí, él se hallaba en plena actividad cuando yo creía que lo había perdido. Él me inyectó la somnolencia porque sabía que en la azotea había un asesino con un rifle y, si me hubiera movido, habría sido un blanco fácil.

Ahora ya no tenía sueño y mis piernas y mis brazos estaban listos para la acción, pero el hijo de puta del rifle seguía allí arriba con los ojos fijos en la calle. ¿Sería norteño o guacho? Lo mismo daba. Si yo asomaba la cabeza, se iba a convertir en mi ejecutor.

Pasaron tres, cuatro minutos, acaso más, el tiempo esa noche se estiraba y se encogía a capricho. Las balaceras a lo lejos subían por momentos de intensidad y parecían acercarse. Enseguida se alejaban.

Se oyó movimiento en una azotea. Me encogí, esperando nuevos disparos.

Nada.

Entonces oí que algo se arrastraba cerca de mí, y un respingo me hizo dar de cabeza con el chasis. Era uno de los que había caído minutos antes. Se arrastró varios centímetros hacia el camión y, al ver que no pasaba nada, rodó su cuerpo hasta alinearse junto a mí. No me había notado, porque cuando su rodilla tocó mi muslo murmuró "¿Qué chingaos?", y se retiró de inmediato.

Reconocí la voz. Era el pendejo de Jaramillo.

Darío me dirigió una mirada más o menos risueña, igual que si sonriera por dentro ante la ironía del destino, que lo hizo toparse con el rival de horas antes, ahora como un compañero de infortunio. Miró hacia la barra y yo seguí la dirección de sus ojos. Renata platicaba a gusto con el mismo sujeto. Un borracho había clavado el pico y dormía sobre su frente; la baba escurría con generosidad de sus labios entreabiertos.

Darío resolló. Lucía cansado.

Yo estaba inmóvil, dijo, y supongo que el Jaramillo me confundió con un cadáver, porque noté que se sobresaltaba al escuchar mi voz.

¿Jaramillo?, susurré.

No respondió de inmediato. Tardaba en asimilar la situación.

¿Darío?, preguntó a su vez en un murmullo. ¿Qué haces aquí, cabrón?

Lo mismo que tú, güey.

Sí, pero ¿qué haces fuera de tu casa?

Oímos un rumor, un roce sobre el pavimento y callamos. No se repitió. Pudo haber sido cualquier cosa, aunque mantuvimos el silencio un rato. Al fin respondí:

Vine por mi hermano.

Jaramillo se me acercó un poco más.

Tu hermano. ¿Y dónde está?

Escuchaba sus palabras, lo sentía a mi lado, veía su sombra, pero no lograba distinguir su cara.

No sé, dije y la voz se me quebró. Iba a buscarlo cuando se desató este desmadre. ¿Y tú?

Jaramillo recostó la espalda en el pavimento. Algo lo incomodó, quizás una piedra. La retiró y volvió a tenderse.

Iba a mi casa, dijo, y empezaron los tiroteos y las explosiones bien culero. Corrí a todo lo que daba y cuando doblé en la esquina, ya para llegar, me di cuenta de que no tenía casa, cabrón.

¿Cómo que no tenías casa?

Ni madre: puras ruinas.

¿La volaron?, pregunté.

No sé qué hicieron, a lo mejor fue con granadas, o con bazuca, pero ya nomás había escombros.

Me tardé unos segundos en preguntar:

¿Y tus papás?

Jaramillo chasqueó la lengua.

Seguro iban por el viejo, porque les puso una denuncia por extorsión, pero se la pelaron: desde ayer se fue con mi mamá y mi hermana para Reynosa, a casa de mis abuelos.

¿Y tú por qué no te fuiste con ellos?

Por pendejo… Porque quería jugar el partido de hoy contra ustedes.

Entonces, profe, sin saber en realidad la razón, empecé a reírme. Primero sin ruido, nomás con espasmos de la panza, pero al oír que el Jaramillo también se reía quedito se me salieron algunos siseos que querían ser carcajadas. ¡Por el juego de futbol! ¡Un partido donde al final terminé rompiéndole el hocico! No podía ser cierto.

Cuando la risa iba a desbordarme, Jaramillo me chistó para que me callara con un chistido risueño, como si también tratara de no dejar salir sus carcajadas.

Cállate, pendejo, me dijo. Nos pueden matar por tu culpa.

Era cierto. Contuve mis espasmos.

¿Y la Norma?, preguntó él.

Su pregunta me revivió el coraje de unas horas antes y estuve a punto de responderle con una chingadera, pero me di cuenta de que sus palabras no tenían doble sentido, de que su curiosidad era sincera. El coraje dio paso a la angustia.

La perdí, dije.

¿Cómo la perdiste? ¿Dónde?

Salió corriendo tras una balacera.

¿Pero adónde fue?

No sé, güey. Iba asustada y no pude ubicarla en la oscuridad.

Carajo, dijo Jaramillo y dejó de hablar, pensativo.

La calle había recuperado poco a poco los sonidos nocturnos habituales. Incluso en el pueblo entero hubo unos minutos de calma, sin disparos ni explosiones, aunque lejos y cerca seguían crepitando las llamas de los incendios. No se oían rechinidos de motor, como si los combatientes hubieran establecido una tregua.

Mis tímpanos captaron entonces el ruido de las chicharras, un ladrido remoto, un llanto, el aleteo de un pájaro. La respiración de Jaramillo a mi lado se escuchaba acompasada, serena. El miedo parecía también estar en tregua para él.

Se movió. Apoyó el codo en el pavimento con la cara vuelta hacia mí.

Tienes que encontrarla antes que ellos, Darío. No sabes lo que le puede pasar, cabrón.

Sus palabras me vibraron violentas en el vientre, profe. No lo había pensado antes porque seguro no deseaba pensarlo, pero sabía bien el peligro que corría una muchacha como Norma si la atrapaban esos hombres.

La sangre se me calentó en brazos y piernas, igual que cuando me trencé con Jaramillo. Debía moverme.

¿Y si nos vamos de aquí?, pregunté.

¡Sobres!, dijo él. Nomás espérame tantito. Tengo que comprobar algo.

Se arrastró hasta el otro extremo de la carrocería, salió y algo raspó el suelo: había agarrado una piedra. Oí el movimiento brusco rasgando el aire, hasta que en la esquina tronó seco el riscazo en una de las carrocerías deshechas por la batalla.

Luego, silencio. Ni un roce, ni un paso, mucho menos un tiro. El francotirador de la esquina había cambiado de parapeto, o se había ido, o alguien lo eliminó sin ruido. La ruta, al menos por ahora, estaba libre. Me despegué de la llanta, giré y, al estar sin la carrocería encima, sentí frío el aire que me envolvía.

Por acá, dijo Jaramillo y avanzó pegado a las paredes hacia la esquina contraria.

Lo seguí. Al principio me costó moverme, después de permanecer quieto tanto rato, pero tras las primeras zancadas mis piernas recuperaron elasticidad.

Giramos en la primera calle transversal y por ella avanzamos un par de cuadras sin hablar, rápido, escondiéndonos en los portales, cubiertos por la oscuridad, hasta que llegamos a otra esquina cerca de la que había un incendio.

Mira, dijo Jaramillo señalando la inmensa hoguera. Es la casa del profe Torres.

¿Cómo sabes?, pregunté.

Estuve allí hace rato.

¿Y qué viste?

Jaramillo me miró a los ojos, que podían distinguirse ahora gracias al resplandor de la lumbre.

Te miras bien jodido, me dijo.

En su cara se confundían los golpes de mis puños con otros nuevos, manchas de tierra y humo, ojos vidriosos, piel sudorosa.

Tú has de estar muy guapo, güey… Te pregunté qué viste.

¿No te lo imaginas?, volteó hacia la casa en llamas.

Luego dijo:

Todos muertos.

No mames, exclamé, pero él ni siquiera me oyó, siguió hablando.

Y no nomás ahí, Darío. Hace rato, cuando venía con aquellos batos, nos metimos en varias casas. Hay gente muerta o herida, de los que ya no la van a hacer, por todos lados. Mañana el panteón va a tener que agrandarse. Desde hoy El Edén tiene más muertos que vivos, chale.Vimos morras encueradas y con tiros de gracia. Las mataron después de cogérselas.Vimos niños acribillados.Y ahora esos batos con los que andaba también son cadáveres. Esto está de la verga, ¿qué no?

Temblé, profe. Pensé en mis padres, en mi abuela, en mi hermana.Tuve el impulso de regresar a casa, pero ¿cómo hacerlo sin llevar a mi hermano, sin encontrar a la Norma?

¿Ves aquella casa del boquete?, preguntó Jaramillo.

Sí, ¿de quién es?

Sepa, pero ahí nos metimos. Hay un güey muerto en la sala, nomás, y en la cocina el refrigerador tiene comida y refrescos. Vamos, ¿no? Me anda de sed.

No esperó mi respuesta. Se agachó junto a los muros y corrió en dirección de la vivienda agujerada. Fui tras él. Entramos por el enorme hueco que seguro había hecho una bazuca, y luego de saltar el cadáver que yacía en la primera habitación nos escabullimos al fondo, hasta la cocina.

Jaramillo abrió el refrigerador. Agarró un botellón de agua, bebió varios tragos y me lo pasó. Se puso a sacar cosas. A pesar de que no había electricidad, el agua se conservaba fresca. Al resbalar dentro de mi cuerpo me llenaba de nuevas esperanzas, me hacía creer que no todo estaba perdido. Paré de beber y advertí que Jaramillo había dejado sobre la mesa un montón de paquetes. No alcanzaba a ver; por el ruido de bolsas y envolturas entendí que eran carnes frías.

Llégale, dijo él, hay jamón, salchichas, pan, sodas y birrias. Atáscate. Al fin que el dueño no va a poder comérselos.

Después se metió la mano al bolsillo, tomó su celular y con él aluzó los gabinetes. De un cajón extrajo un cuchillo y un tenedor, de un estante platos y una olla. Apagó la luz.

Yo no tenía hambre, pero sí mucha sed. Agarré una coca y la destapé en la orilla de la mesa. A tientas localicé una silla y me dejé caer en ella. Fue el mayor alivio que sentí aquella noche, profe. El asiento estaba acolchonado. En cuanto acomodé las nalgas en él se me vino encima el cansancio.

Jaramillo seguía de pie, con una cerveza en la mano, y yo no entendía por qué, hasta que un resplandor débil y azuloso iluminó apenas la cocina: era una de las hornillas de la estufa. Se iba a freír unos huevos el cabrón.

Darío sonrió y movió las pupilas hacia arriba. No miraba nada. Tan sólo recordaba.

Dejó de sonreír y advertí en su rostro una mezcla de burla y desesperación: revivía las emociones de aquel instante: la felicidad inconsciente de satisfacer sus necesidades corporales unida al nerviosismo angustioso de ignorar la suerte de sus seres queridos: el disfrute del descanso tan anhelado y el miedo por él y por los suyos: la pugna entre lo que debía hacer y a lo que en realidad quería abandonarse.

Tal vez experimentaba asimismo un poco de vergüenza al reconocer ante mí que hizo una pausa, que tomó un respiro, cuando su obligación era escudriñar hasta el último rincón de El Edén para encontrar a su novia y a su hermano.

No estoy seguro.

Sólo sé que de nuevo interrumpió el relato y rehuyó mi mirada para concentrarse en la etiqueta de la cerveza por unos segundos. Luego, con la vista baja, se puso de pie, un tanto tambaleante.

Si no voy se me va a reventar la vejiga, dijo.

Avanzó con dificultad hacia el extremo de la cantina sin mirar a nadie. Sus pisadas raspaban el piso de cemento y llenaron el espacio de rumores. Empujó la puerta del baño y salió de mi campo de visión.

Solo en la mesa, comencé a repasar sus palabras.

Lo prefería a enfrentar mis propios recuerdos, que ya me rondaban la mente con incisiva insistencia. Lo hacían cada noche, a veces igual durante el día, en el trabajo, mientras revisaba las notas que el periódico de la Cámara publicaría en el número siguiente. Yo trataba de ahogarlos en alcohol apenas daba mi hora de salida, en ocasiones con suerte y otras sin ella, pero ahora, aunque había bebido más o menos lo que acostumbraba, no podía emborracharme como otros días. Mi mente permanecía lúcida para atrapar cada una de las palabras de Darío.

Lo malo era que, al faltar éstas, perdía las defensas ante las imágenes que me torturaban.

Di un sorbo a mi ron. Miré por la ventana a las putas y a sus clientes unos segundos, y vino a rescatarme desde la barra la risa de Renata.

Algo dijo el sujeto que estaba con ella que la hizo reír con una carcajada cachonda, igualita a la que me soltó a mí aquella noche, cuando su intención era llevarme a la cama.

Igualita a la que se le escapó cuando entramos a su casa y, tras encender la luz, me vio de pie junto a la puerta, con la verga de fuera, borrachísimo pero erecto.

Te miras atractivo así, susurró esa vez Renata con timbre grueso.

Sonrió relamiéndose los labios.

¿No tienes frío?, preguntó.

Es lo que menos siento ahora, respondí. Antes al contrario.

Volvió a reír, mas no se acercaba. Con las palmas de las manos apoyadas en la pequeña mesa de un desayunador, como si necesitara sostenerse para no caer, movía el cuerpo en un suave vaivén que la hacía inclinarse a la derecha, luego a la izquierda. Sus ojos enrojecidos me repasaban de arriba abajo hasta detenerse lúbricos en lo que salía de mi braqueta, enseguida buscaban de nuevo mi rostro.

Recargado en la pared, yo la miraba tratando de imaginar cómo sería estar ante tanta carne desnuda, sumergirse en ella; pensando que si nomás la seguía viendo, sin que ella hiciera algo para remediarlo, iba a perder pronto la erección.

Renata separó una mano de la mesa y me la tendió.

Ven, dijo, hazte pacá, señaló una silla.

Sopesé su propuesta. Aunque la distancia que nos separaba no llegaba a los tres metros, el camino se me hacía larguísimo. ¿Por qué mejor no lo caminaba ella? Miré mi miembro al aire, rojo, ya no tan erguido, justo cuando Renata precipitaba su peso sobre el asiento de una silla. Las patas crujieron. La botella de ron se tambaleó sobre la mesa y sólo entonces recordé que ella la había traído en la mano todo el camino.

Mi boca salivó. Quería más trago. Ya no me importaba perder la erección. Aventuré un paso adelante y sentí que el cuarto daba vueltas. Renata no perdía detalle, y sus pupilas seguían concentradas en mi falo. Seguro no había notado cómo decrecía.

Di otro paso y me sentí un poco más seguro. Otro y otro más. Yo ahora no veía a Renata, sino a la botella: mi objetivo. Un nuevo paso y estuve al alcance de su mano.

Me rodeó el falo con los dedos y la palma y apretó. El contacto fue ardiente, pero mis ojos no dejaban de ver la botella. Cuando llegué junto a la mesa, Renata se reía. Una risita divertida, alcohólica. Tardé en darme cuenta de la causa: la baba que salía del orificio del miembro se le había escurrido en la mano.

Levantó la cara, como si esperara un beso.

No hice caso. Yo seguía mirando la botella. La alcé por el gollete. Iba a empinármela cuando oí su voz:

Así no sale bien, papacito. Ahí hay vasos. Si quieres hielo, abre el congelador.

Lo dijo sin parar de frotarme con la mano. La sensación era tan agradable que dudé. Si iba por vasos y hielo su mano dejaría de tocarme; si me quedaba a su lado no bebería. La erección había vuelto, completa. Tenía meses sin ver mi miembro parado de esa manera. Los apretones de Renata me producían cada vez mayor placer. Me acerqué a ella, de modo que mi bragueta estuviera a la altura de su rostro.

No, dijo, yo también quiero trago. Ve por los vasos y ponles hielo.

Me soltó y sentí que perdía mi centro de gravedad; estuve a punto de irme al suelo. Con trabajos me sostuve del respaldo de una silla. Ella dejó caer la mano que me agarraba y rio otra vez, aunque no supe por qué.

Respiré hondo y contuve un acceso de hipo. Conseguí la vertical tras hacer un poco de equilibrio con los brazos en el aire. Caminé. Abrí un gabinete y saqué un par de vasos. Cambié el rumbo y llegué ante el refrigerador. Había varias charolas de hielo, pero la operación de extraerlos me pareció de momento imposible, así que tomé una y la llevé conmigo a la mesa.

Renata tenía los ojos cerrados, la cabeza inclinada. Tal vez se había dormido un minuto. Al sentir que me sentaba junto a ella, despertó.

¡No!, dijo. ¿Por qué se hizo chiquito?

No era cierto. A pesar del desgaste de energía que había implicado ir por las cosas, mi erección se mantenía. Tomé su mano y la puse sobre el miembro. Ella sonrió mientras volvía a apretarlo.

¿Me sirves?, preguntó.

Tardé un poco en sacar los hielos de la charola, pero al fin algunos cayeron sobre la mesa. Puse tres en su vaso y otro tanto en el mío. Lo hice con alegría: Renata continuaba masajeándome al tiempo que miraba mis quehaceres con ojos ávidos. Las pulsaciones del placer fueron en aumento mientras el ron escurría de la botella a los vasos. Ambos contemplamos hipnotizados el chorrito de licor que se abría paso entre los cristales gélidos.

Enseguida Renata tomó su ron con la mano libre y lo levantó. Los chocamos. Para esas alturas, la palma y los dedos de Renata no masajeaban, bombeaban con firmeza.

Bebí un trago. La sensación del licor inundando mi boca mientras la mujer me masturbaba estuvo a punto de hacerme perder la cabeza.

Ella bebió al hilo el contenido de su vaso, lo dejó en la mesa y acercó su rostro al mío. Entreabrió los labios. Nos besamos. El ron había barrido el sabor agrio y pude paladear su lengua. Renata gimió. Me tomó la mano y la llevó a sus pechos. Volvió a gemir.

De pronto, separó sus labios de los míos y me miró de cerca con ojos turbios. Se llevó el vaso a la boca, aspiró un hielo y lo rompió con las muelas sin dejar de mirarme. Quería hablar y las palabras no le salían. Hizo un esfuerzo para concentrarse y lo logró.

¿Nunca te la han mamado con la boca helada?, preguntó.

Un latigazo de placer anticipado me recorrió la columna vertebral. Negué con la cabeza en tanto bebía otro trago.

¿Nunca?, preguntó otra vez.

Volví a negar.

Pos orita vas a ver lo que se siente. No te la vas a acabar, cabrón.

Como su mano no había dejado de bombearme incrementando mi placer, calculé que me vaciaría en su boca en menos de un minuto. Se lo iba a decir cuando Renata hizo rechinar las patas de la silla al echarse hacia atrás. La imité para darle margen de maniobra y me acomodé sobre el respaldo en una posición relajada.

Ella trató de agacharse en busca de mi regazo, pero se fue de lado y estuvo cerca de acabar en el piso. Rio divertida al tratar de incorporarse. Apoyó la mejilla en mi muslo y siguió riendo. Tenía la mirada fija en mi verga erecta y no podía parar de reír. Me reí con ella y entonces sentí cómo las pulsaciones placenteras comenzaban a abandonarme.

Renata cerró los ojos.

Espérame tantito, dijo. Orita te la mamo.

Volvió a abrirlos y vio que la verga perdía dureza.

No, que no se te vaya, ya lo hago, dijo.

Con gran esfuerzo separó la cara de mi pierna, se acercó al miembro y abrió los labios. El primer contacto me hizo dar un respingo y gemir. Pero conforme Renata chupaba me di cuenta de que su boca había perdido la frialdad. Su interior estaba caliente. Además, mamaba con desgana.

Cuando con gesto voraz engulló el miembro completo supe que estaba perdiendo la erección. Renata apoyó la frente en mi ombligo. Succionaba sin fuerza, aunque su lengua seguía activa. Le acaricié la nuca con una mano, con la otra tomé la botella y serví ron en mi vaso. Su lengua aún me hacía cosquillas, pero ya no eran tan intensas. Bebí un trago que me supo a gloria.

Al terminar de saborearlo sentí que la lengua de Renata no se movía más. Se había quedado dormida con mi verga en la boca. Una verga que poco a poco se encogía y pronto no iba a ser mayor que una salchicha coctelera.

La imagen me hizo reír. Con la risa, la verga se achicó aún más.

No me importó. Sobre la mesa, media botella de ron esperaba a que le diera fin.

Volví a servirme. Lo único que me preocupaba era que en cuestión de unos minutos me darían ganas de orinar.

Darío abrió el baño y el rechinar de los goznes me arrancó de las imágenes de aquella noche en casa de la mesera. Giré la cabeza y vi cómo, al cruzar el umbral, se recargaba unos segundos en el marco de la puerta. Las cervezas estaban haciendo lo suyo con él.

Repasé la cantina con la vista: los escasos comensales se mantenían en sus puestos con heroísmo alcohólico. El tipo frente a Renata sonreía de forma estúpida, señal de que había llegado al punto que ella deseaba, acaso lo había rebasado.

La miré. Sus facciones mostraban entusiasmo ante la perspectiva del acostón, pero ya no parecía tan interesada en el hombre elegido. En otras palabras, andaba caliente y no le importaba con quién bajarse la calentura.

Lo comprobé cuando Darío, luego de esforzarse para andar más o menos erguido, no fue capaz de mantener el rumbo hacia la mesa y sin darse cuenta se dirigió a la barra. Al verlo venir, las pupilas de Renata brillaron. Le dijo unas palabras al tipo con quien estaba e hizo un rodeo con el fin de interceptar a Darío.

Creo que necesitas ayuda para llegar a tu lugar, le dijo en tanto lo agarraba del brazo y se lo pasaba por encima del cuello.

Darío se detuvo. Aunque sonreía, dijo con firmeza:

Todavía camino bien. Puedo solo.

Sí, ya sé que puedes hacer todo tú solo, respondió ella con ironía, soltándolo. Pero ya sabes que aquí estoy para lo que quieras, parpadeó tres veces en un intento de coquetería. Nomás avísame.

En cuanto la dejó a su espalda, a Darío se le borró la sonrisa y en su semblante apareció el disgusto, la repugnancia.

Renata hizo aplaudir las chanclas con los talones de regreso adonde estaba, pero antes de rodear la barra le dio un zarpazo en la nalga al otro tipo. Él se carcajeó y alcanzó a nalguearla antes de que quedara fuera de su alcance.

Darío se dejó caer en su silla y eructó sin mirarme. Después miró por la ventana a la calle cosa de un par de minutos.

¿Vio lo que hizo la vieja esa, profe?, preguntó en voz baja.

Vi que quería traerte casi cargado a la mesa.

No, entonces no vio nada.

¿Qué tendría que haber visto?, pregunté.

Cuando se puso frente a mí, me dio un agarrón en la verga. Cabrona. Y no es la primera vez, lo ha hecho otras noches.

Me reí. Lo que yo recibía a manera de homenaje por parte de Renata, a él le resultaba un acoso o, por lo menos, un abuso de confianza de mal gusto. Cuestión generacional, pensé.

¿A poco no te gusta que te hagan eso las viejas?

Darío sonrió.

Depende de la vieja, ¿qué no?

Luego su expresión se ensombreció.

Y la que me gusta que me lo haga, ahora seguro se lo hace a algún otro cabrón.

Después no dijo nada. Miró por la ventana unos instantes, destapó otra cerveza, le dio un trago y se volvió a perder en la vista de la calle.

Sin embargo, había sonreído: señal de que su estado de ánimo daba un levantón, aunque fuera por poco tiempo. Y como a mí me gustaba que sonriera, decidí seguir por ese lado.

¿Te daba muchos agarrones en el pito Norma?, me atreví a preguntar.

Clavó sus pupilas en las mías, extrañado, y sus facciones reflejaron una mezcla de burla e indignación.

Me refiero a que si te tomaba por sorpresa, de broma, añadí.

La indignación desapareció de su rostro; quedó la burla. Se carcajeó despacio, como sin ganas; después dijo:

No se imagina usté cuántos, y sus labios se curvaron con libertad en una sonrisa franca.

Había conseguido mi propósito: sacarlo y sacarme del clima de tragedia que otra vez nos envolvía.

Para serte franco, dije, siempre me pareció increíble que se hubiera decidido por ti aquel día del pleito con Dante afuera de la secundaria. Estabas retechiquillo, eras un huerco meado todavía.

No se crea, al que más le pareció increíble fue a mí. Pero luego de lo que le conté que pasó en las ruinas de ese parque, ya todo me parecía normal, natural. Como si lo que seguía fuera lo lógico.

¿Y qué siguió?, pregunté.

Darío volvió a posar sus pupilas en mí. Había en ellas un brillo de alegría que pugnaba por hacerse evidente. Rastreó con los dedos en la mesa hasta localizar la cajetilla y echó fuera un cigarro.

No vaya a pensar que después de aquella vez en chinga me enseñó lo que tenía que enseñarme. No. La Norma estaba vivida, pero no tanto. Era muy caliente y había tenido sus varios novios, es cierto, pero aunque usté no lo crea se había estado guardando.

¿Para ti?, lo miré con mofa.

Dio lumbre al cigarro e ignoró la intención de mi mirada.

La verdad, no sé si para mí. Lo que sí es que a mí me tocó estrenarla y estrenarme con ella.

Contuvo el humo en los pulmones unos segundos, como si en vez de tabaco fumara yerba, y lo soltó en una bocanada fuerte. Sus pupilas, además de brillar, se humedecieron.

Pasó alrededor de un año luego de ese día antes de que llegáramos a acostarnos; bueno, a coger.

¿Y por qué tanto?

¿Le parece mucho?, ahora fue Darío quien me vio con ironía. No se le olvide que yo acababa apenas de graduarme de primaria. Chingao, profe. Si apenas me estaban saliendo los pelitos de allá abajo. Hubiera sido casi casi un infanticidio, y sus dientes volvieron a mostrarse por completo.

Lo recordé el día del pleito. Era cierto. Si bien había dado el estirón y la voz le salía ronca, si bien durante los madrazos no se achicó y siempre tuvo en la cara un gesto fiero, de adulto, cuando los golpes pararon y Norma lo abrazó, el aspecto de Darío era el de un infante que se siente al fin a salvo. Tal vez estuvo incluso a punto de soltar el llanto. No lo supe porque él y Norma de inmediato se alejaron. Y sin embargo…

Pero, según me contaste, dije, un poco más tarde tuviste tu primera eyaculación en aquel parque, ¿qué no?

Darío sonrió, se llevó el cigarro a la boca, fumó.

Sí, dijo. Mi primera venida. La Norma se puso feliz por eso. Y a mí me inyectó valor y seguridad. Es más, después de lo del parque, me sentía un hombre hecho y derecho. Al otro día, en cuanto nos vimos, traté de llevármela de nuevo adonde pudiéramos estar a solas, pero opuso resistencia.

No va a ser siempre como ayer, Darío. Entiéndelo. Yo no soy así, me dijo. Ayer fue por la emoción de haberte visto rajarte el alma por mí. Nomás.

Yo, la verdad, no entendía nada, profe. Si no iba a ser así, ¿entonces por qué había pasado? Insistí. Le hice un berrinche de niño.

No cedió. Me explicó todas esas pendejadas de que si las muchachas deben ser decentes, de que si la reputación, de que si su mamá se enteraba, de que no quería andar de boca en boca, de que qué íbamos a hacer si resultaba embarazada. Todo eso me entraba por una oreja y me salía por la otra y con lo único que me quedaba era con la maldita negativa, con la prohibición, con el pito ardiendo de ganas.

Tuve que resignarme a la manita sudada, a los besos de no-más labios, a los roces accidentales o casuales con su cuerpo.

No digo que la pasara mal, claro que no. Me gustaba harto y para mí era un gran orgullo andar con ella, cuantimás si me llevaba algunos años en edad. Pero ella había abierto una puerta en mí sin pedirme opinión y ahora la cerraba de nuevo también sin consultármelo. ¿Por qué?

Porque es mujer, Darío, le dije. Porque ésa es su naturaleza.

Sí, respondió. Lo sé ahora. Pero entonces, que no sabía un carajo, me parecía una chingadera.

Metió con brusquedad la mano entre los hielos de la cubeta y los agitó buscando una cerveza. La sacó chorreando agua y grumos congelados, la abrió y bebió un sorbo. De su garganta escapó un aahh de satisfacción.

Lo que yo tampoco sabía, ni siquiera lo imaginaba, dijo, es que ella día a día también batallaba para contener su calentura, para esconderla de mí. Me fui dando cuenta, sin tenerlo claro aún, con el paso de las semanas, cuando oía sus suspiros mientras la besaba y, al usar las manos para apretar su cuerpo al mío, se le escapaba un gemido antes de apartarse nerviosa.

Y poco a poco me volví audaz. En los besos lamía sus labios con insistencia hasta que ella empezó, primero a entreabrirlos, luego a abrirlos poquito, hasta que una tarde ya nos besábamos como el primer día, con una batalla de lenguas entre las bocas, con mordidas y succiones.

Su resistencia se quebraba al tiempo que yo aprendía a mover las manos, a empujar el cuerpo para frotarlo con el de ella, a arrimar la pierna en el instante preciso. Sabía dónde acariciar sin que me fuera tomado a mal, dónde apretar, cuándo hacerme para atrás con el fin de dejarla picada y en suspenso.

Pero también en eso me equivocaba, profe. No calculé el nivel de las ansias que despertaban en ella mis avances. O a lo mejor nomás me estaba acostumbrando a esos fajes casi castos que me dejaban temblando y me hacían llegar a mi casa sin querer ver a nadie para encerrarme en el baño a jalármela hasta que se despellejaba, porque si no lo hacía el dolor de huevos no me permitía dormir por la noche.

Al ver mi sonrisa de burla, Darío detuvo sus palabras. Suspiró alegre. Dio otro trago a su cerveza. Yo sorbí mi ron y advertí en el sabor que la mezcla entre licor y hielo derretido era perfecta.

Me cruzó por la cabeza la idea de que, en ese momento, con la cantina casi en soledad, Darío y yo departíamos como lo que éramos: dos viejos amigos que se reencuentran después de varios años y se ponen al tanto de lo que han sido sus vidas. O, por lo menos, él me ponía al tanto de la suya.

De mi existencia, en realidad, no había nada que contar.

Ese pensamiento me bajó el ánimo. Tuve miedo de que Darío lo advirtiera y se hundiera de nuevo en la tristeza. No quería que perdiera el hilo de su recuerdo.

¿Entonces?, pregunté. ¿Cuándo ocurrió?

Darío rio ante mi impertinencia y volvió a empinarse la cerveza.

Una vez que fuimos al cine, se repitió casi igualita la escena del parque.

Fue un domingo. Habíamos ido a ver una película donde sale Sandra Bullock de esposa de un fiscal, y cuando apareció en pantalla le dije a la Norma:

Esa mujer me gusta mucho.

Ella hizo una mueca de desagrado y me preguntó algo molesta:

¿Y yo? ¿No te gusto?

Quité los ojos de la pantalla y la miré. Estaba guapísima. Esa tarde llevaba un vestido amarillo de lunares verdes que le llegaba hasta debajo de las rodillas. Se abrochaba por el frente y ella había dejado sueltos unos botones, por lo que el escote se abría justo donde iniciaban sus pechos. Se había maquillado un poco, cosa que no hacía con frecuencia: colorete, rubor en las mejillas, sombras en los párpados. Y traía un perfume delicioso. Parecía una mujer mayor. Eso me excitó.

Tú me gustas más que ella, más que cualquiera, le dije. Lo sabes bien.

No sonrió, seguía enojada, o así interpreté yo el gesto de su cara.

Entonces demuéstramelo, Darío, dijo. Ni siquiera me abrazas…

Algo confundido, le pasé el brazo mientras ella se me arrimaba sin dejar de mirarme, con esa actitud de abandono que adoptaba cuando quería que la besara.

Lo hice. Siempre empezaba con un roce suave de labios para después ejercer más presión, apretando para que ella abriera los suyos y me dejara entrar. Pero esa tarde, en cuanto sintió mi boca cerca, me prendió el labio inferior con los dientes, fuerte, hasta sacarme sangre.

Me dolió e iba a retirarme cuando ella adelantó la lengua y me lamió la herida igual que la primera vez, antes de meterla bien adentro de mi boca.

Me seguía pareciendo enojada, furiosa, pero en un sentido cuyo significado se me escapaba.

Se untó a mí todo lo que pudo por encima del descansabrazos de la butaca, sacó una mano, la llevó a mi nuca y me aferró de los cabellos con violencia. De ese modo dirigía mi cara, mis labios, mi boca, adonde deseaba sentirla. Me obligó a lamerle el cuello, a succionárselo hasta dejarlo marcado con un chupetón.

La penumbra de la sala del cine nos ocultaba a medias de la gente; los de los lados, atrás y adelante se daban cuenta de qué hacíamos. No protestaban porque no alcanzaban a escuchar nuestros ruidos, que nosotros oíamos pegados a la oreja: mi respiración cada vez más agitada, sus suspiros, sus jadeos y gemidos ahogados, que adquirían mayor volumen si las bocinas del cine los cubrían al trasmitir el estruendo de un choque o una explosión, o si mi mano se acercaba a uno de sus pechos, lo rodeaba sin tocarlo, rozaba el pezón como al descuido para después escapar cuerpo abajo en busca de sus muslos.

Sudábamos. El aire acondicionado, que funcionaba a máxima potencia, era incapaz de bajar nuestra temperatura.

De tanto en tanto, la Norma apartaba su rostro del mío, se mordía los labios, volteaba a la pantalla y fingía ver la película. Esas interrupciones nos servían para recuperar el aliento y ahuyentar las miradas de los pervertidos. Pero en cosa de minutos mi mano volvía a frotar insistente el estómago de la Norma, sus costillas, sus muslos. Ella fingía resistencia unos instantes, y terminaba por girar el rostro hacia mí para empezar a besarme de nuevo. Así estuvimos hasta que en la pantalla apareció la palabra FIN y se encendieron las luces.

El hechizo se rompió y entonces nos cayó el veinte: habíamos dado un espectáculo, para algunos mejor que el que se proyectaba adelante. Lo notamos en las miradas de complicidad, en las sonrisitas calenturientas, en los gestos de reprobación de algunas señoras y viejitos.

Enseguida supe por qué hasta los que no pudieron haber visto el faje nos miraban con burla: el vestido de Norma estaba arrugado y la falda levantada más arriba de las rodillas; en mi pantalón de mezclilla había una mancha grande de humedad junto a la bragueta. Los dos escurríamos sudor de todas partes, en especial de la cara y el cuello. Teníamos los rostros rojísimos por la calentura y la vergüenza de que nos vieran así. Norma ya no traía colorete, yo me lo había comido; aunque sus labios lucían como si se los acabara de pintar, tenía lágrimas negras de delineador en los párpados de abajo y estaba, igual que yo, tan despeinada que parecía recién levantada de la cama. Imagínese nuestro aspecto, profe.

Darío lucía abochornado y risueño tras revivir ese instante de años atrás con su novia. Lucía entusiasmado. Lucía joven, tan joven como no lo había visto en toda la noche.

Levantó la botella para llamar la atención de la mesera. Me asomé al balde. Aún había dos cervezas allí, pero seguro no quería estar sin beber ni un minuto cuando se las terminara.

Renata seguía su plática con el tipo de la barra, una plática que imaginé aburridísima, y no volteó a la primera. Darío alzó el otro brazo y comenzó a cruzarlos extendidos en el aire, igual al náufrago que divisa el barco que representa su salvación. La mesera no reaccionó, mas otro comensal le hizo notar que la llamaban. Dirigió a Darío una mirada llena de cansancio y con la mano le dio a entender que esperara, que ya venía.

Miré al acompañante de Renata: su aspecto era más animado que un rato antes. Escuchaba atento lo que ella decía aunque, por experiencia, yo sabía que la mujer no contaba con muchos temas de conversación.

Los otros parroquianos de la cantina se hallaban erguidos sobre sus asientos y platicaban o bebían. Incluso el que antes había clavado el pico y babeaba sobre la barra parecía haber despertado y se balanceaba encima de su banco tratando de centrar la cerveza que le urgía echarse entre pecho y espalda.

Estábamos a esa altura de la noche, de la madrugada, en que a la vida le llega su segundo aire y se muestra agradable para cualquiera; el momento mágico en que una felicidad apenas perceptible se desparrama en todos los cuerpos.

No duraría, seguro. Por eso mismo era menester disfrutarlo.

Volví la vista a la mesa. Darío veía la calle con una media sonrisa retorciéndose en sus labios. Seguí su mirada para ver que en la banqueta de enfrente sólo caminaba una mujer. La mayor. Las otras se hallaban en algún motel, o en el auto de un cliente, o se emborrachaban en otros bares.

Sí. Se trataba del instante feliz que a todas las noches les llega. Un instante para darle gusto al cuerpo, para beber, para fornicar. Suele ser fugaz, pero efectivo.

Lo comprobé al ver que un carro se detenía a unos metros de la mujer madura y, tras sonar el claxon, le abría la puerta del copiloto. Ella se acercó al vehículo. Se agachó en la ventanilla para intercambiar unas palabras con el hombre tras el volante, y antes de abordar echó a nuestra ventana una mirada lángui-da, como si nos dijera "Que se la sigan pasando bien, cabro-nes, yo me voy".

Me sacaron de la ensoñación los chacualeos de Renata. Había decidido al fin menear sus carnes y desplazarse para preparar el nuevo pedido. Darío lo notó también y de un trago vació la cerveza que traía en la mano. Extrajo la siguiente de la cubeta y la abrió. Su mirada se mantenía alegre. Borracha y alegre.

Creo que esa fue la vez que más avergonzado me sentí, di-jo, con las miradas de los que salían del cine. Me imaginé que irían a chismearle a mamá, que cuando llegara a la casa más noche me iba a estar esperando para regañarme. Por mi padre no me preocupaba. Él nomás sonreiría y, fingiendo seriedad ante los regaños de mamá, me guiñaría un ojo con orgullo.

Norma, en cambio, se hallaba en shock.

La sala se vació casi por completo, salvo los dos o tres que siempre aprovechan la permanencia voluntaria, y ella aún no se había movido ni hablaba. Le acaricié la mejilla con las yemas de los dedos. Ardía. Me miró y frunció la boca con reproche.

Valió madre, me dijo.

¿Qué valió madre?

Casi nada, güey, respondió rabiosa. Nomás mi reputación.

No exageres…

¿Te parece que exagero? A mí ya me llevó la chingada con la gente. Tú eres bato y no captas. Para ti esto es una pinche hazaña. Pero yo, desde hoy, acabo de pasar a ser la puta del pueblo, carajo.

Los chancleteos de Renata volvieron a oírse, esta vez cerca. Darío calló.

La mesera llegó a la mesa y dejó la nueva cubeta junto a la otra y un vaso junto al que yo bebía. No retiró los cascos vacíos ni limpió el cenicero de ruinas. Ya no le importaba. Ni a nosotros.

Se alejó en dirección de la barra, llegó junto a su hombre y lo abrazó por la espalda. Él echó los brazos hacia atrás y trató de agarrarle una nalga con cada mano. Sólo las sobó pues se dio cuenta de que eran inabarcables, y las soltó. Renata permaneció unos segundos con las tetas pegadas a su espalda; al apartarse, noté en la camisa del hombre dos manchas redondas de sudor.

Empezaron a entrar los espectadores de la siguiente función, dijo Darío, y al ver que la Norma se encogía y bajaba la cabeza por un momento pensé que ahí, sobre esas butacas, había llegado a su fin mi historia erótica con ella. Lo leí en su cara de furia. No sabía qué hacer ni qué decirle, así que nomás aguardaba a que ella hiciera o dijera cualquier cosa. De pronto alzó la cabeza con actitud de reto. Volteó hacia atrás. Se incorporó.

Vente, vamos, dijo.

Me levanté tras ella y, cuando creí que iba a la salida, la vi subir las escaleras hacia la parte del fondo.

¿Se acuerda, profe, que la cabina de proyección quedaba unos metros metida en la sala y había tres filas de asientos a los lados en una especie de covacha? Le decían "la cueva del amor".

Por supuesto, me acuerdo, respondí. Ese cine no era nuevo, Darío. Estaba allí desde antes de que los dos naciéramos. De joven también me fui a sentar con alguna novia en esa cueva.

Darío sonrió igual que si escuchara un cuento de su abuelo.

Lo felicito, dijo.

Reacomodó el trasero en la silla, levantó la cajetilla con la mano, mas volvió a dejarla en la mesa sin sacar ningún cigarro.

Ahí fuimos a dar. En la última fila, en los dos asientos pegados a la pared de la cabina, en el mero rincón. Me cruzó por la mente la idea de que Norma quería ver la película que no habíamos visto en la función anterior, pero no entendía por qué en esos lugares.

¿Y ahora?, le pregunté. ¿No que había valido madre todo?

Aún no apagaban la luz y vi con claridad el gesto rebelde que se le formó en la cara.

Sí, Darío, ya valió madre. Y, como no hay remedio, no tengo que cuidar nada más.

Me quedé paralizado, sin saber qué hacer, pero en ese instante el cácaro bajaba la intensidad de las luces y, antes de que la oscuridad fuera pareja, Norma volvió a aferrarme los cabellos de la nuca.

Bésame, dijo.

En las pupilas de Darío relampagueó una chispa que pudo ser de ternura o de lujuria. Se mordió los labios. Sonrió y agachó el cuerpo acercándose a mí como si fuera a revelarme un secreto. Bajó la voz.

Ahí fue, dijo.

¿En el cine?, pregunté incrédulo.

En el cine.

¿Con la gente alrededor?

Luego de hacer su revelación, Darío volvió a correrse hacia atrás. Se recargó en el respaldo de la silla y me dio la impresión de que había aumentado de volumen en segundos. Estaba más alto y corpulento, con la sonrisa de satisfacción fija en los labios.

Había gente, sí, aunque no tanta. Era la última función del domingo y las personas del pueblo a esa hora abarrotaban fondas, puestos de tacos y cenadurías. Nomás los solitarios, los nocturnos y uno que otro matrimonio mayor se quedaban en el cine a la última proyección.

De hecho, a la Norma y a mí ya nos esperaban a cada uno en su casa. Si nos tardábamos más, el castigo sería seguro.

Como sea, tras los primeros besos, aparté la cara de la de Norma para ver si alguien nos espiaba. Había una pareja dos filas abajo, en la orilla, en pleno faje igual que nosotros. Un hombre solo un poco más allá, que no alcanzaba a ver nada. Otra pareja. Y más gente en las filas inferiores. La mujer de la segunda pareja volteó y nuestras miradas se cruzaron; se veía algo decepcionada porque su acompañante, marido o novio, tenía la vista clavada en la pantalla y no le echaba ni un lazo. Nos miró con disimulo dos o tres veces y eso me excitó.

Norma se había relajado. Me besaba ya sin furia, aunque voraz, como si quisiera meterse a la boca mi rostro. Mis manos corrían por su cuerpo igual que antes, evitando los pechos y la entrepierna, y eso la hacía arquearse sobre la butaca, ofreciéndome lo que aún no tomaba.

De pronto, al sentir que mi mano rondaba la última costilla antes del pecho, no se aguantó más. Con su propia mano la dirigió hacia la masa de carne e hizo que la apretara. Gimió y su gemido atrajo la atención de la mujer, que empezó a girar el cuello con mayor frecuencia.

Sin desunir las bocas, donde las lenguas no paraban de enroscarse y desenroscarse, mi mano iba a un pecho de Norma, luego al otro, apretando hasta hacerla pujar. Norma no traía sostén, nunca los usaba, y yo veía cómo con mis manoseos los pechos asomaban fuera del vestido. Cuando uno de ellos salió al aire por completo, dejé de besarla, de reojo advertí que la mirona no perdía detalle y me incliné sobre él a oprimir el pezón con los dientes.

Norma enloqueció. Me jalaba el pelo para apartarme, pero en cuanto lo hacía volvía a embarrar mi cara en su piel.

La mirona abría la boca, como si no pudiera creer lo que veía. Saqué del vestido el otro pecho. Me hice hacia atrás y miré a Norma: jadeaba, sudaba, entrecerraba los ojos y con las manos se agarraba las tetas para ofrecérmelas. Al verla así, hermosa y con los pechos de fuera, supe que ya no opondría resistencia a lo que quisiera hacerle.

Se me entregaba. Era mi mujer.

Bajé la intensidad de mis caricias. Le pasé un brazo por detrás del cuello y la besé despacio. La boca, el cuello, la nuca, las orejas. Rocé con los dedos de la mano que la abrazaba el pezón de un pecho y con la mano libre el del otro. Ella empujó el torso adelante de nuevo.

Era el momento: bajé otra vez la boca a los pechos, llevé la mano libre bajo el vestido, entre las piernas. Nunca lo había hecho. Ni la primera vez en el parque. Su entrepierna era un verdadero charco. Tenía los calzones empapados. Toqué la tela y dio un respingo. Creí que iba a gritar, y que todos en el cine voltearían hacia nosotros, pero consiguió sofocar el grito transformándolo en un ronquido.

Vi de reojo a la mirona. No nos despegaba la vista en tanto Norma se retorcía poniendo los pies en el respaldo de la butaca de enfrente.

Deslicé tres dedos dentro del calzón y fue semejante a hundirlos en lodo tibio. Carne suave, mojada, caliente, trémula. Mientras le mordisqueaba los labios, con los nudillos recorrí el canal de la vulva y sentí que el cuerpo de Norma se tensaba, sus pies empujaron adelante, estiró un brazo hacia mí, muy recto, y sus dedos empezaron a palparme el pantalón. Hice lo mismo que ella: con mi propia mano conduje la suya al bulto. Dudó un par de segundos cuando lo palpó de modo tan directo, pero al sentir que uno de mis dedos resbalaba a su interior lo apretó con todas sus fuerzas.

Entonces el que estuvo a punto de gritar fui yo. Luces de colores danzaban ante mis ojos. La piel entera se me erizó. Me faltaba aliento y, como no dejaba de besarla, trataba de jalar aire entre las comisuras de los labios.

Hundí el dedo hasta el fondo y sentí cómo sus paredes de carne se abrían con suavidad para recibirlo. Lo saqué y esta vez metí dos. Sin parar de apretarme la verga sobre la mezclilla, Norma abandonó mi boca y paseó la suya por mi oreja. Sus jadeos me sacaban de quicio, luego su voz susurrada retumbó en mis tímpanos:

Sí, decía, sigue, hazlo más fuerte, por favor.

Intenté meter tres dedos. Imposible: el conducto era muy estrecho y temí lastimarla. Retiré la mano unos segundos y ella se me quedó viendo con un desconcierto que aumentó cuando aparté la suya de mi pantalón. Sus labios temblaron al darse cuenta de que lo había hecho para bajarme el cierre.

Volví a lo mío, en tanto Norma metía dos dedos tímidos en mi braguetta. Recorrieron el falo a lo largo y se detuvieron a un costado. Ahí había otro charco. Consiguió meter la mano, la mojó en mis líquidos y enseguida me bajó la trusa. El contacto con sus dedos hizo que las luces de colores volvieran más intensas, enloquecidas. Mi nuca era un remolino de cosquillas.

Apreté uno de sus pechos como si quisiera reventarlo y le mordí con furia los labios; no gimió: estaba concentrada en la operación de sacar mi miembro de su coraza de mezclilla. Fue un trabajo difícil, pero cuando me tuvo a su lado con la verga al aire, en vez de seguirme besando se detuvo. Quería verlo bien en la penumbra. Me aparté para apoyarme en el respaldo. Ella giró el cuerpo y quedó frente a mí, o más bien frente a mi falo.

Detrás de Norma, a unos cuatro metros de distancia, la extraña también lo contemplaba con ojos muy abiertos. Tal vez el hombre con quien venía se había dormido, porque ya no se preocupaba por disimular. Los ojos de la mirona, fijos en mi verga, me calentaron aún más.

Norma parecía fascinada.

Es la primera vez que veo uno así, dijo.

¿Cómo así?, pregunté celoso.

No seas tonto, dijo ella. Había visto de bebé y de niño, y el bulto de algunos cabrones jariosos; nunca uno desnudo y parado. ¡Y babeando!, añadió mientras lo rodeaba con la mano, para apretarlo fuerte y frotarlo hacia arriba y hacia abajo, lubricándolo con la sustancia que brotaba de la punta.

Yo veía sus maniobras y levantaba la cintura por la impaciencia del placer.

Norma rio igual que si se le hubiera ocurrido una travesura y echó una mirada panorámica a la sala del cine. Vio a la mujer, que apenas tuvo tiempo de voltear al frente.

¿Nos está viendo esa vieja?, preguntó con un murmullo escandalizado.

Desde el principio, respondí.

Norma se revisó: traía las tetas de fuera y el vestido enrollado en la cintura.

Chingao, dijo. Pos ya qué. Que lo vea todo entonces.

¿Qué es todo?, pregunté.

No alcanzó a responder porque en ese instante se inclinó sobre mi miembro, le dio unos besos en la cabeza, sacó la lengua para probar el líquido seminal, sonrió y enseguida abrió la boca para engullirlo.

Una carcajada del acompañante de Renata se volvió estentórea en la quietud de la cantina y por un segundo creí que había estado oyendo las palabras de Darío. Ambos volteamos a la barra.

En su borrachera, el tipo había volcado la cerveza sobre los pechos de la mesera, quien ahora agitaba su blusa por el escote para airearla.

¡Mira lo que hiciste, pendejo! ¡Estoy toda empapada!

Entre risas, el tipo contestó algo de lo que nomás entendí "Si quieres yo te seco, mamacita".

Renata nos miró por el rabillo del ojo sin dejar de sacudir la blusa. Sus grandes tetas asomaban con los movimientos. Rio también y, alzando las cejas, desafió al hombre:

Está bien, sécame, cabrón, con la boca.

El ebrio de la barra aplaudió. ¡Bravo! ¡Queremos ver!

La escena fue grotesca: Renata se retrepó en la barra, apoyando la panza en la superficie, y con una mano jaló su escote hacia abajo para mostrarle al otro su pecho mojado y las tetas apenas aprisionadas por el sostén a la altura de los pezones. El hombre adelantó el rostro. Ella lo tomó de la nuca para acercarlo a la fuerza, y él comenzó a lamer con dedicación sin hacer caso de las risas de la mesera y de los otros hombres.

Darío fumaba y sonreía con sarcasmo.

Carajo, dijo. Esta escena me acaba de bajar la calentura del recuerdo.

A mí no, quise decir, pero permanecí callado.

Él abrió otra cerveza, echó una mirada por la ventana a la banqueta de enfrente, ahora solitaria, y la regresó al desorden de nuestra mesa. Yo imaginaba el rostro de Norma, rojo y sudoroso, con sus ojos borrados brillando de lujuria mientras chupaba el miembro de Darío. No estaba dispuesto a dejar ir esa imagen.

Como él no hablaba, tomé un sorbo de mi ron antes de decirle:

¿Eso fue todo? ¿Nomás te la mamó en el cine?

Darío emergió de su letargo momentáneo. En sus ojos pude ver una sombra de nostalgia. Seguía pensando en aquella remota tarde de domingo, cuando El Edén todavía era El Edén.

No, no fue todo, ¿cómo cree, profe? Ya le dije que esa vez los dos dejamos de ser vírgenes.

Y retomó su relato sin el entusiasmo de antes, con frases parcas, sin color, como si recitara un texto aprendido de memoria en vez de una escena vivida a esa edad en que hasta la más mínima sensación se nos queda tatuada en la piel y en el alma para no esfumarse jamás.

Su voz perdió emoción hasta convertirse en un sonsonete gris.

No me importó porque yo, acaso debido al alcohol, convertía sus palabras en imágenes y me situaba con la mente en la butaca vecina a esas otras dos donde Norma y Darío descubrían juntos que la vida, además de las porquerías que nos reserva a quienes la transitamos, además de las penas, tragedias y dolor, también es capaz de otorgar instantes inolvidables de felicidad, placer, ternura.

Los veía adheridos por bocas y pieles, retorciéndose como luchadores en el estrecho espacio de dos butacas de cine, sin hacer caso de las miradas externas que vigilaban sus evoluciones, concentrados sólo en ellos mismos, igual que los veo ahora y podré verlos siempre que los convoque al interior del cráneo.

Darío de trece o catorce, Norma dos o tres años mayor, no piensan en el futuro terrible que no tardará en alcanzarlos. Sudan y jadean con la carne plena de estremecimientos, los nervios nuevecitos erizados para mejor trasmitir las sensaciones, mirándose y sintiéndose sin comprender bien lo que miran y sienten.

Veo a Darío, cuya visión se vuelve borrosa y cuyo pecho está a punto de expulsar un alarido de emoción en cuanto Norma se agacha en su regazo y, tras contemplar de cerca un minuto el miembro hinchado y violáceo de su novio, acerca la nariz para impregnarse de su olor: un olor lácteo y salado, semejante al del queso fresco, que le hace salivar las papilas gustativas.

En Norma hay decisión, deseo; también algo de temor. Sin embargo, no piensa. Adelanta la lengua y la posa en el glande. El sabor es raro, mas no desagradable. La carne, dura y suave, tensa y caliente, le resulta irresistible. Lame, como si se tratara de una bola de helado. Enseguida abre la boca cuanto puede y engulle, tratando de no lastimar con los dientes o las muelas, hasta que siente que no puede tragar más.

Entonces cierra los labios y pone a funcionar la lengua arriba, abajo y a los lados, igual que si puliera un objeto recién fabricado, sorprendida por los botes que da el miembro, hasta que advierte que es Darío quien sacude la pelvis como si intentara ahogarla.

Él nomás mira la cabeza de la muchacha que sube y baja: el cabello revuelto, desparramado, le obstruye el rostro. Extiende la vista al frente y ve a la señora que lo mira a su vez y sonríe con cierta envidia de lo que la muchacha hace entre sus piernas.

Tras los primeros ensayos, Norma domina el nuevo ejercicio; aprendió que las sacudidas de su novio siempre responden a la manera en que lame el falo, a la mayor o menor presión con que sus labios lo oprimen, a la profundidad a que llega en el interior de la boca. De pronto se entusiasma demasiado y lo deja resbalar hasta la garganta, pero una arcada y las lágrimas en los ojos le anuncian que debe ser prudente. Luego también se sacude con la vista desenfocada, y es que una mano de Darío ha reaccionado y se pasea por sus nalgas, las amasa antes de bajar por el canal que las separa, toca el culo y se lanza abajo en busca de la vulva.

Norma aplica fuerza y presión a la parte interior de las mejillas al sentir que ahora sí han entrado en ella con facilidad tres dedos de Darío. Baja la cara y soporta el asco cuando la cabeza del falo roza la campanilla en su camino a la garganta, y aunque los ojos le lloran y salen mocos líquidos de su nariz, trata de tragar más carne.

Darío respinga, agarra la cabeza de Norma y la empuja mientras le introduce los tres dedos hasta el fondo, al tiempo que con el pulgar hurga el ojo del culo.

Ella sufre una arcada fuerte, tose, escupe saliva a las piernas de Darío. Siente el pulgar en el ano y el empujón en la cabeza como dos invasiones inesperadas, y por un segundo tiene la necesidad de librarse de verga y dedo gordo, mas una oleada de placer se lo impide y hace lo contrario: alza la cadera para que la mano masculina se desenvuelva con facilidad y permite que el glande se cuele más a su garganta y el vello púbico le haga cosquillas en nariz y labios.

Ambos sincronizan sus vaivenes por un tiempo hasta que las caricias de él se tornan bruscas, agresivas, y ella nota que el falo parece crecer y vibrar con desesperación dentro de su boca. Darío, quien teme disgustar a su novia con una sorpresa desagradable, le jala el pelo hacia atrás en tanto deja de explorar sus orificios.

Ella comprende: está a punto de eyacular. Sopesa la situación por dos segundos: ¿lo dejará venirse en su boca o no? Si se viene, tal vez allí acabe todo. Aunque no deja de ser una tentación recibir la descarga y conocer el sabor del semen. Si no es ahora, ¿habrá otra oportunidad? Hunde la cara en el vientre de Darío hasta sentir una dolorosa presión en la garganta y enseguida la retrae para que la verga abandone su boca. La contempla: casi morada, hinchadísima, un tanto chueca, con una gotita entre cristalina y aperlada en la punta y su propia saliva chorreando por el tronco.

Sonríe y se incorpora para ver la cara de su novio en ese instante: Darío respira igual que si le acabaran de dar un susto de muerte, sus facciones expresan angustia, tiene los ojos fijos en ella, pero Norma sabe que no la ve, que su mirada anda perdida en un montón de imágenes amorfas y de colores brillantes.

¿Te gustó?, pregunta.

Darío no contesta de inmediato, el resuello se lo impide. Cuando consigue aplacar lo que semejan accesos de hipo, dice tartamudo:

P-por p-poquito. Estuve a a a punto.

Norma ríe.

Sí, dice. Lo sentí. Casi llegas, pero no.

Luego vuelve la cara hacia la mirona, que apenas tiene tiempo de disimular.

Pinche vieja cochina. ¿Nos vio todo el tiempo?

Todo, responde Darío con respiración un poco menos abrupta. Su bato ha de llevar años sin cogérsela.

Debe ser porque no se la mama, dice Norma y vuelve a agarrar la verga de Darío.

Suspira.

Mira, dice, no se ha bajado.

Ni se va a bajar en semanas, dice él. Está más dura que nunca.

Pobrecita, Norma se agacha a darle un beso.

Al sentir el roce de labios, Darío vuelve a estremecerse.

La mirona ya no voltea: los vio platicar y cree que todo ha terminado. Ahora enfoca su curiosidad en la otra pareja que se besa y acaricia tres filas abajo.

Estoy muy caliente, Darío, dice Norma apretando el falo.

Del apretón brotan dos gotas de líquido transparente.

Y yo, responde él, ¿no me ves?

Ella se acerca. Se besan. Al separarse, el rostro de Norma se ha transformado: tiene la mirada perdida y luce como si fuera a soltar el llanto.

¿Sabes qué?, susurra al oído de Darío. Que pase lo que debe pasar, ¿no?

Sin esperar respuesta, aún con los pechos al aire, se pone de pie frente a él, levanta el vestido y con el gancho de un dedo corre el calzón a un lado a la altura de la vulva.

Tú no te muevas. Nomás cierra las piernas.

Él obedece sin creer lo que va a pasar. Norma planta en el asiento una rodilla, cruza la otra por el cuerpo de él, se le acomoda encima y con la mano dirige el falo a su interior mientras hace descender despacio las caderas. Darío trata de enterarse de si la mirona los contempla, pero los pechos de Norma tapan su visión. Se le embarran en la cara, embriagándolo con un aroma conocido, aunque nunca antes tan intenso, mientras la punta de su falo se abrasa con un ardor que lo marea y le impide respirar.

La intromisión de esa carne ajena desata en Norma unos temblores incontrolables. Modifica su postura para facilitar la entrada y al moverse permite que Darío vea un trozo de pantalla donde se proyecta una troca volcada y una mujer negra, presa por el cinturón de seguridad, que evidencia su terror a gritos. Hay lumbre en torno de la mujer, la troca no tardará en estallar.

No puede ver nada más. Aprieta los párpados al sentir un obstáculo en el camino de su miembro, y contiene la respiración cuando, tras un balanceo de cadera enérgico y un gemido masticado de Norma, que suena más doloroso que placentero, el miembro se abre paso a través de algo que se rasga, toca fondo y miles de patitas o de pelitos le recorren la piel despertándole cosquillas que a su vez le provocan vibraciones que se transforman en sacudidas, arremetidas desesperadas que sólo puede contener abrazándose fuerte al cuerpo que lo monta. Restriega boca, nariz y ojos en los pechos; siente los pezones erguidos, los muerde.

Ella sostiene la cabeza de Darío y alza la cara en busca de aire que respirar mientras reprime el grito de su garganta y una y otra vez precipita su peso en la pelvis masculina como si quisiera arrancarle ese falo que la tortura con tanto placer y quedárselo por siempre en su interior. Norma percibe cómo su cavidad se humedece de pronto mucho más de lo que ya estaba y comienza a chorrear sobre la carne ajena. Va a preguntarle a Darío si está terminando, cuando una sensación violenta, desconocida, parece primero elevarla y enseguida inflarla desde adentro con un remolino que le yergue pezones y clítoris, le abre el ojo del culo, inmoviliza sus brazos y le destapa fosas nasales y garganta permitiendo que el aire fluya con libertad a sus pulmones. No quiere gritar y baja la cabeza para morder los labios de Darío.

Atento a la llamada, él suelta el pezón que ocupaba su boca y la ofrece a los dientes de Norma. Sufre la mordida y sabe que el momento ha llegado. Baja las manos a las caderas de la muchacha y le empuja el cuerpo abajo con el fin de hundirse en él por completo, justo cuando en sus oídos sólo se escucha el flujo de la sangre o de los insectos que le fustigan la piel o de los nervios en punta que se rozan sin descanso unos con otros. Un ronquido fuertísimo se le genera en el estómago, pasa rápido al pecho, mas se le atora en la garganta al sentir que el desfogue de tanta presión se da por otro lado y sale en forma de chisguetes de semen inundando el interior de Norma.

Por algunos segundos, los dos cuerpos apretados son un solo estertor.

Después, salvo las respiraciones aceleradas, ambos permanecen inmóviles, fundidos uno al otro, débiles, mojados; las manos de Darío rodean el cuerpo de Norma, las de Norma abrazan la cabeza de Darío y la empujan contra sus pechos.

Carajo, le dice ella al oído. Qué chingón.

Él no puede hablar: no ha terminado de volver del paraíso donde la carne propia parece licuada, sin huesos que la apuntalen; donde el cerebro es una especie de puré sin pensamientos, donde la voluntad no importa.

Norma es la mayor y debe mostrar iniciativa. Sin bajarse de él, se cubre los pechos con la tela amarilla del vestido y empieza a abotonarlo mientras intenta hacer que mengüe su respiración. Lo estudia: él trae cara de agradecimiento, de sueño, de felicidad, de extravío.

Lo besa en los labios con ternura y se mueve hacia atrás para ver salir de su cuerpo la verga de Darío, encogida, reluciente, oleaginosa, con algunos restos lechosos y sanguinolentos de aroma fuerte. Ella misma la guarda en la trusa, manchándola un poco de sangre, sorprendida con la docilidad que muestra ahora ese trozo de pellejo guango, cuando unos instantes atrás se erguía tan desafiante que parecía capaz de punzar hasta el estómago.

Sube la bragueta del pantalón y palpa, algo desilusionada, donde antes estuvo el bulto tumefacto. Se acomoda los calzones con rastros rojos lo mejor que puede e intenta alisar, con las palmas de las manos, sin mucho éxito, los faldones del vestido sobre los muslos. Antes de desmontarse de su novio, lo abraza, pega su mejilla a la de él.

¿Todavía nos está viendo la vieja mirona esa?

Darío tarda un poco en salir de su marasmo y mira.

Sí, responde, no ha dejado de hacerlo.

Qué hija de puta, dice Norma.

Echa el cuerpo atrás y apoya un pie en el piso, luego el otro. Toma a Darío de la mano y lo jala para ayudarlo a levantarse. Entonces se gira para encarar a la mujer.

¿Te gustó lo que viste, pinche morbosa?, le dice. ¡Avísame si quieres otra sesión y vamos a dártela a tu casa! ¡Pero te va a costar una lana! ¡Nomás la primera es gratis, cabrona pervertida! ¡Vámonos, Darío!

Y empieza a caminar con trancos firmes y rápidos a la salida. Darío va tras ella y, antes de salir, ve que el acompañante de la mirona, un hombre calvo y maduro, despierta y le pregunta a la mujer que a quién le hablaba la muchacha esa.

En el cine, carajo, dije entre admirado, burlón y envidioso.

Sí, contestó Darío. Si no lo hubiera vivido, se me haría difícil de creer. Así era la Norma, profe, usté la conoció desde huerquilla.

¿Y qué hicieron cuando se soltaron los chismes y las condenas?

Me miró con desdén.

No hubo, dijo. Al principio, no. O no me enteré. Ya luego las morras de la escuela y otras mujeres envolvieron a la Norma en un montón de habladurías porque siempre nos besábamos y acariciábamos donde fuera y delante de quien fuera. Y con la Norma, usté sabe, cualquier besito o caricia inocente se transformaba en cachondeo. Pero de esa vez en el cine no. La señora no dijo nada, o a lo mejor no le creyeron.

¿Te acuerdas quién era?

No. No la conocía. Y nomás la volví a ver una vez. Muerta. La noche del cerco.

Los rasgos de Darío adquirieron otra vez dureza, seriedad. La sola mención de la noche de la destrucción de El Edén volvía a ponerle el ánimo por los suelos.

Encendió un cigarro. Tosió.

El marido era dueño de una farmacia que los malandros quemaron, dijo, la Farmacia de Jesús. Jaramillo y yo nos topamos con los cuerpos de los dos a media calle, frente al incendio, y la reconocí. Fue cabrón verla ahí, tirada en un charco de sangre, y recordar dónde la había visto antes. Sobre todo porque acababa de perder a Norma entre la oscuridad y los balazos.

Darío fumó de nuevo. Atrapó la cerveza restante en el fondo de la cubeta vieja y removió con la mano los hielos aguados por si olvidaba alguna. Era la única. La metió al hielo junto a las nuevas y bajó el balde vacío al piso al lado de la silla.

Enseguida la agarró otra vez para abrirla. Mientras se la empinaba, noté que los restos de alegría de minutos atrás habían huido de su rostro dando paso al malestar.

La ausencia de Norma, tanto la de aquella noche como la de ahora, le había caído encima y no existía remedio contra ella.

¿Eso fue antes o después de que cenaran en la casa del hombre muerto?, pregunté.

Darío bebió hasta la última gota. Soltó un eructo ronco y me miró.

No cené, dijo. El que cenó fue el Jaramillo. Yo, la neta, apenas crepitaba el aceite en la olla, comencé a salivar. Llevaba muchas horas sin comer. Lo extraño fue que, aunque mis encías se mojaban, el estómago seguía en calma, sin deseo, como muerto.

Debe haber sido la tensión, Darío, dije yo.

Por lo que fuera, tenía la seguridad de que si me llevaba algo a la boca lo vomitaría antes de alcanzar a masticarlo. Jaramillo en cambio quería devorarlo todo. Echó jamón y salchichas en la olla, metió el tenedor para darles vueltas y les dejó caer encima tres huevos y una salsa.

¿No quieres?, dijo. La traigo bien atrasada, güey. Hay pa los dos.

Paso, respondí.

No te desesperes, cabrón; termino de chingarme los huevos y vamos a buscar a tu morra y a tu carnalillo. Lo malo es que no hay gordas, ni siquiera de maíz.

Desde mi silla veía cómo en la pared contraria su sombra se agrandaba a la luz azul de la flama, débil, sin forma ni consistencia, igual que cuando una nube pachona se le atraviesa al sol.

Nomás que no sé ni pa dónde agarrar, le dije. Mi hermano, me dijeron, andaba en la tarde con un amigo que vive por la salida a Nuevo Laredo.

En menos de un minuto el espacio se llenó con el olor de los huevos, el chile, las salchichas y el jamón fritos. La boca me seguía salivando al ver que Jaramillo comía directo de la olla sin haber apagado la hornilla.

Piensa, Darío, dijo con la boca llena. Tu carnal no puede haberse quedado quieto allá. Seguro quiso ir a tu casa. Lo más probable es que lo encuentres por el camino.

¿Y la Norma?, pregunté.

¿Por dónde la perdiste? ¿Te acuerdas?

Sí, cerca del templo de La Soledad, allí corrió.

¿En qué dirección?

No estoy seguro… no creo que haya ganado rumbo al centro.

Pos entonces agarramos por el lado contrario hasta dar con ella, con los dos.

Jaramillo dijo algo más y no lo entendí porque acababa de zamparse otro bocado y en la lengua se le enredaban el huevo y las palabras. Pero lo que había dicho me animó. Hacía rato no lo miraba como enemigo, y creo que en ese instante comencé a considerarlo en verdad un amigo.

Las vueltas que da la vida, ¿no, profe?, y en unas cuantas horas. Si no hubiera ocurrido lo que ocurrió, al encontrármelo en lo único que habría pensado era en saltarle encima y ponerle unos putazos; en cambio estábamos los dos haciendo planes para rescatar juntos a mi novia y a mi hermano. ¿Todas las guerras cambiarán a la gente del mismo modo?

Suele ocurrir, Darío, le dije. La guerra pone el mundo patas parriba, pero a veces también saca lo mejor de los que por lo regular sólo muestran a los demás lo peor de sí mismos.

Darío me miró con burla y me di cuenta de que mis palabras le habían sonado cursis, sobadas. Abrí la boca para hacer otro comentario, mas él retomó antes el hilo de sus palabras.

Jaramillo andaba ocupado masticando su cena y no escuchó el ruido fuera de la casa. Primero un crujido lejano; luego un rumor sostenido.

Es una troca, dije en voz baja al tiempo que me ponía en pie.

Tampoco oyó mis palabras, aunque al notar mi reacción me miró intrigado.

¿Qué?, preguntó, y al ver que le señalaba la calle con el brazo soltó el tenedor dentro de la olla, la dejó en la estufa, apagó la hornilla y corrió a abrir la puerta que daba a un patio. ¡Por acá!, dijo y salió.

Fui tras él. El patio consistía en un rectángulo grande de tierra con una huerta en la parte posterior. Al arrancar tras Jaramillo hojas y ramas me arañaron la cara y los brazos. Él se internó veloz entre los árboles y yo me guiaba por sus jadeos.

Atravesábamos ese bosque tupido cuando se oyó ruido atrás de nosotros: alguien pateaba una puerta; después la olla del huevo cayó y campaneó en el piso. Crujió la puerta por donde habíamos huido.

¡De prisa, güey, aquí está la barda! ¡Salta!

Topé con el sillar; él ya había brincado al lado contrario. Era una barda alta. Me impulsé y logré apoyar los brazos en la superficie, pero no conseguía subir la pierna.

Justo en el instante en que sonaron los primeros tiros y los fogonazos iluminaban el espesor de la huerta, un jalón dolorosísimo en el cuero cabelludo me elevó en el aire, la otra mano de Jaramillo me sujetó del sobaco y, al final, del cinto para dejarme a caballo sobre la barda. Algunas balas rompieron el sillar cerca de mis piernas desprendiendo fragmentos de piedra y polvo, otras daban en los troncos, agujeraban las hojas o nomás silbaban en el aire.

Nos querían matar, profe, y ni siquiera sabían quiénes éramos. Los asesinos no nos veían; tiraban a lo loco. Pronto avanzarían entre los árboles.

Salté y fui a dar sobre un piso duro de adoquines. Jaramillo no se había quedado ahí después de ayudarme. Había una puerta abierta, supuse que daba a otra cocina, y ya iba hacia ella cuando oí su voz a mi izquierda.

¡Por ahí no, pendejo! ¡Por acá!, me dijo ya trepando la cerca de madera lateral que separaba esa casa de la de junto.

Saltamos ésa y la siguiente barda y nos escondimos bajo un asador. Desde ahí oímos cómo los malandros vaciaban sus cargadores contra el hueco de la puerta abierta donde estuve a un paso de entrar, antes de internarse en la casa sin detener la metralla.

No mames, dije agitado por la carrera.

Los burlamos, dijo él. Al menos ahora.

Ahí, bien engarruñados, permanecimos sin hablar, con los oídos alerta. Los tiroteos tronaban por diversos rumbos, aunque las explosiones se oían sólo de tanto en tanto, como si se les estuvieran agotando las granadas o como si las guardaran para el final.

Pero: ¿cuándo llegaría el final?

Desde nuestra posición distinguíamos un par de incendios; uno a la izquierda a unos cien metros; otro, muy grande, al frente, a varias cuadras de distancia. Imaginé que el mayor estaría consumiendo un edificio importante, la presidencia municipal o una iglesia o una escuela; no había modo de estar seguro.

¿Sabes dónde andamos?, pregunté sin alzar la voz.

Sí, respondió él, en la casa de alguien, en alguna calle del pueblo de El Edén.

Masticó una risa sardónica.

¿Cómo chingaos quieres que sepa? No seas güey.

Abandoné el escondite y las piernas me dolieron al erguirme. Un dolor agudo en el mero músculo del chamorro. Por un momento temí que uno de los tiros me hubiera alcanzado y me palpé las perneras del pantalón: rasgaduras, incluso agujeros; sangre no. O quizá sí, de raspones y rasguños. Desde debajo del asador, Jaramillo preguntó:

¿Adónde piensas ir?

Le pedí con un ademán que guardara silencio porque me pareció escuchar ruido en la casa de al lado. Enfoqué el oído. Algo rasguñaba quedito a lo lejos. Una rata o un tlacuache. Alcé la cabeza. Junto con sonidos remotos, me llegaba un aroma a azahar, acaso del huerto por donde salimos corriendo a madres, pero la noche sobre todo desprendía un intenso olor a guerra, a odio, a matanza.

Me subí al asador para otear la oscuridad por encima de la barda. Puras sombras vegetales. Desde ahí, patios y jardines lucían en calma y algunos árboles altos recortaban sus siluetas alargadas contra la negrura del cielo. Miré arriba: la luna se había librado al fin de las nubes y sin embargo no contaba con fuerza suficiente para alumbrar el pueblo; su luz amarilla y mustia, desgastada, era semejante a la de un foco de cuarenta. Las estrellas tampoco brillaban; eran apenas puntitos dorados a una nada de desvanecerse.

¿Dónde estás, Norma?, le susurré a la noche.

Escondida, respondió Jaramillo con voz aflautada, haciéndose el chistoso.

Después, en tanto salía de su escondite, dijo:

¿A poco crees que anda paseándose por las calles? Si quieres dar con ella, tienes que ir a buscarla.

Yo sé, güey, ¿pero por dónde?

Lo primero es movernos, dijo y se trepó al asador también; desde ahí el incendio grande se veía con claridad.

Se habían tardado, dijo Jaramillo. ¡Es el colegio de los niños popis! Se me hace que ya sé dónde andamos.

Señaló hacia el incendio pequeño.

Ésa debe ser la farmacia de los Elizondo, Darío, la Farmacia de Jesús. Seguro la quemaron para que nadie vaya por vendas ni medicinas, qué cabrones.

Si ésa es la farmacia y ése el colegio, entonces la plaza está para allá, dije y señalé al frente. O sea que no debemos ir por ahí.

Teníamos que movernos de costado, saltando las bardas laterales de las casas hasta alcanzar la última. ¿Y luego? Ya veríamos. Jaramillo caminó adelante y yo atrás.

Era curioso, profe, atravesar patios y jardines de casas a las que nunca habíamos entrado. Por el rumbo vivía gente de lana, ganaderos y comerciantes. Aunque todo seguía en penumbra, nos dimos cuenta de que, quienes no tenían huertas de árboles frutales habían puesto columpios, albercas para niños, talleres de carpintería u otras cosas.

En uno de los patios descubrimos a un hombre metido en la casa de su perro. No lo vimos, pero nos sacó un susto de muerte cuando dijo "¡No me maten, por favor!".

Jaramillo le respondió que no lo íbamos a matar y siguió caminando hasta la siguiente barda mientras yo me preguntaba dónde diablos andaría el perro. ¿Estaría allí, junto a su amo?

Llegamos a la última casa antes de la farmacia en llamas y una bocanada ardiente nos recibió al saltar la barda. El aire del patio elevaba su temperatura. La lumbre crepitaba fuerte, sin descanso y se oían pequeñas explosiones de los frascos de medicinas y drogas reventados por el calor.

No sólo ya no podíamos avanzar; las llamas amenazaban con extenderse a la casa que nos servía de refugio. De hecho, la barda, mitad madera y mitad sillar, comenzaba a humear.

Ese patio contaba con alberca, no para niños, sino una alberca hecha y derecha, amplia, de cemento; alrededor de ella vimos botellas de whisky vacías y vasos jaiboleros, algunos con labios de colorete pintados en el borde. Casa grande, de ricos.

¿Y si la atravesamos para salir a la calle?, le dije a Jaramillo.

En vez de contestar, rodeó el agua, contemplándola como con ganas de echarse un clavado, y se acercó con cautela a la puerta de cristal que comunicaba el patio con el interior. Palpó la pared cercana.

Caliente, dijo. Esto no tarda en arder.

Pegó el rostro al vidrio e hizo pantalla con las manos; se retiró de inmediato. A la luz del incendio de al lado vi su gesto de contrariedad.

¿Qué pasó?, pregunté en un murmullo mientras caminaba hacia él.

Ahí hay gente, dijo.

Embarramos la espalda a la pared y yo mismo comprobé la temperatura del muro.

No puede ser, dije. El edificio de al lado es un infierno y la casa pronto estará igual.

De cualquier modo, hay personas, vi una sombra, varias.

Me acerqué a la puerta, cuyo cristal también estaba caliente.

Que no te vean, dijo Jaramillo.

Me asomé como lo había hecho él. Por las ventanas laterales entraba a la casa el resplandor de las llamas. Un resplandor rojizo, inquieto, que bien podía engañar la vista al proyectar manchas en las paredes. Escudriñé el interior con cuidado. Nada.

No hay nadie, güey, dije.

Te juro que vi algo, cabrón, no estoy inventando.

Volví a pegar la cara al vidrio y entonces, tras unos segundos, lo descubrí: un hombre se movía en el suelo. Más que moverse, se retorcía. Un herido. Bocabajo, parecía tratar de arrastrarse por el corredor principal en dirección de la puerta.

Más allá había otros dos cuerpos. Uno en el centro del pasillo y el otro pegado a la pared, inertes. Distinguí además armas: una escuadra en el suelo entre los dos hombres, un rifle cerca de cada uno.

Aquí acaba de haber desmadre, a estos se los chingaron no hace mucho, dijo Jaramillo junto a mí sin que lo hubiera oído acercarse.

¿Fue lo que viste?, le pregunté señalando el piso.

No sé bien, dijo. Cuando me asomé noté movimiento, pero pudo ser la lumbre.

Aquellos seguro están muertos; a éste no creo que le quede mucho. ¿Entramos?, pregunté.

¿Y si hay más?, preguntó a su vez.

No respondí porque una de las ventanas que daban a la farmacia reventó a causa del calor y el granizo de los vidrios lo hizo brincar atrás. A mí me provocó un sobresalto, aunque no despegué la cara del cristal y pude observar cómo una furiosa lengua de fuego penetraba en la casa antes de contraerse de vuelta al exterior, iluminando por un instante los corredores, un comedor y parte de la cocina. El hombre herido ya no se retorcía, los otros siguieron inmóviles.

Carajo, dije.

Jaramillo me agarró el brazo.

¿Oíste?, me preguntó.

No, ¿qué?

Un quejido, un llanto, no sé. ¿No lo oíste?

Estás alucinando, güey, fueron los vidrios, o la lumbre que también hace ruidos raros.

No, esto fue más allá, por este lado.

Jaramillo hizo memoria.

¡Los rastros de lipstick en los vasos! Debería haber mujeres.

Otra ventana reventó del lado de la farmacia con el cristalazo correspondiente. Entonces lo escuché: fue como un gemido de asombro aterrorizado, un llanto de súplica: un estertor de estómagos y gargantas ante la cercanía de la muerte.

Había personas adentro. Y no eran malandros, o al menos no lo parecían.

Jaramillo trató de abrir la puerta corrediza de cristal. Cerrada con llave. Yo me retiré hacia el patio, buscando a la luz del incendio algo que nos sirviera para abrirnos paso. Él le dio dos patadas al vidrio. Resistió. Junto a la alberca había una mesa de jardín y cuatro sillas. Al acercarme vi que eran pesadas, de fierro vaciado. Tomé una y la llevé a la puerta.

Quítate de ahí, dije.

Apenas se apartó, alcé la silla por encima de mi cabeza y la arrojé contra el cristal que se rompió con un ruidazo semejante al que hicieron las ventanas laterales al reventar.

Nuevos gemidos lejanos, un ulular débil.

Jaramillo se pasmó viendo cómo rebotaban en el piso los vidrios en grandes lajas o en pequeños fragmentos, en tanto yo me internaba a través del aire recalentado de la casa. Las lenguas de fuego lamían por fuera las paredes del comedor y la cocina, se metían en los huecos de las ventanas, pero aún no prendían del todo. Había humo. Ardían los pulmones a cada respiración.

Lo primero que hice fue patear las armas lejos de los caídos y comprobar que el supuesto agonizante ya no viviera. Tenía dos tiros en el estómago y reposaba sobre una mancha negra.

Me dirigía al extremo de la casa opuesto al del incendio cuando vi, tumbado entre un sofá y la mesa de centro de la sala, el cuerpo desnudo de una mujer. Un agujero negro destacaba en el centro de su frente y en la entrepierna tenía un charco oscuro. Me agaché junto al cadáver entre intrigado y horrorizado: un cuchillo se le hundía hasta la empuñadura.

En eso entró Jaramillo y se acercó.

¿No te lo dije? Estos cabrones son animales. Y seguro se la cogieron antes de hacerle eso.

Pensé en la Norma, profe. Mientras veía ese cuerpo golpeado, violado por una aguda hoja de acero, lleno de rasguños y mordidas, aún tibio, no pude más que pensar que si mi novia caía en manos de esas bestias iba a terminar del mismo modo.

De repente pálido, Darío cortó el relato y parpadeó varias veces. Supuse que trataba de contener la humedad en los ojos. Echó una mirada rápida a la calle, a la acera de enfrente, y regresó la vista a la cantina. Parecía buscar algo entre los parroquianos. Luego vio fijo el balde de las cervezas por unos segundos. Carraspeó. Lucía nervioso, preocupado. Seguro la memoria lo hacía revivir la angustia de los instantes que recordaba.

"El huerquillo, Santiago, fue quien se topó con la muchacha cuando los dos andaban perdidos en la oscuridad", me aseguró uno de los conocidos de El Edén la vez que me pusieron al tanto. Los otros dos lo apoyaron. A ellos les había llegado la información a través de un amigo cercano del hermano de Darío y la daban por cierta.

Según lo reconstruyeron con sus palabras para mí, Santiago ya andaba en compañía del perro, al que puso el nombre de Sansón, y había conseguido rodear la plaza principal del pueblo esquivando convoyes y tiroteos, cuando al dejar atrás la zona del mercado distinguió a lo lejos tres siluetas que se internaban en el jardín frontal de una casa. De hecho, él no fue quien los vio, sino Sansón, que paró la carrera de ambos al ponerse tieso con las orejas alzadas en punta. Para esas alturas, Santiago había aprendido a guiarse por el instinto del animal, y se detuvo junto a él a ver qué ocurría.

Las siluetas avanzaban evitando llamar la atención; el muchacho advirtió que en las manos cargaban armas largas. Vio que la puerta de la casa se abría y en el interior brillaron las luces débiles de un par de lámparas. Los tres hombres entraron y la puerta se cerró tras ellos. Santiago iba a pasar de largo con su mascota, pero en eso oyó risas de hombre y un quejido de mujer.

Se intrigó. Pudo más la curiosidad que el miedo y la prudencia.

Acarició al perro con el fin de mantenerlo tranquilo y sin hacer ruido se metió a los terrenos de la casa por uno de los costados. Al llegar junto a un ventanal se agachó mientras pegaba la cara al vidrio. Lo que vio lo hizo tirarse al piso por reflejo: adentro, en una sala medio destruida, los tres recién llegados y otros dos, cerveza en mano, hablaban, reían y se pasaban unos a otros gordos cigarros sin filtro, mientras otro más se movía en un rincón encima de una mujer. Santiago conocía la mariguana, igual que todos los muchachos de su edad en el pueblo, quizás hasta la había probado en alguna ocasión, pero al ver que la fumaban los asesinos el miedo que venía arrastrando se acrecentó en su interior. Pensó que lo mejor que podía hacer era retirarse.

Entonces oyó un grito. Un grito de mujer. No venía de la sala donde estaban los hombres, sino del patio trasero.

Santiago se sobresaltó: creyó haber reconocido la voz.

Le hizo una seña al perro para que permaneciera en su sitio y volvió a mirar a través de la ventana. Vio a uno de los tipos ir adonde el otro se movía sobre la mujer y jalarlo para quitárselo de encima en tanto se desabrochaba los pantalones y decía "Sigo yo, cabrón". Vio a la mujer desnuda: una señora joven; tenía la piel llena de cardenales y lágrimas en el rostro. Vio cómo el que había quitado al otro le abría las piernas al tiempo que le aferraba un pecho, y a un joven moreno que se acercaba a ver de cerca sin dejar de sorber por la nariz polvo blanco de un plato de plástico.

El corazón de Santiago se arrancó en un redoble largo y sonoro, que se aceleró aún más cuando oyó un nuevo grito de la voz conocida en el patio. Miró donde Sansón, obediente, se apoyaba en sus cuartos traseros; comprobó que los de la sala no hubieran advertido su presencia, y avanzó con cuidado por un lado de la casa. Conforme se acercaba al patio trasero, los rumores aumentaban: gemidos y protestas susurradas, jadeos y risas, palmadas y roces.

Una reja obstruía el acceso, pero desde ahí Santiago reconoció entre las tinieblas las siluetas de dos hombres y una mujer al lado de la alberca. Ella, tumbada bocarriba, estaba casi desnuda, sólo la cubrían algunos liachos de ropa; uno de los hombres parecía mecerse de rodillas entre sus piernas y el otro le sujetaba los brazos por encima de la cabeza. De pronto la mujer, a la vez que se retorcía en un intento por sacudirse a su atacante, dijo "¡Ya déjenme, hijos de la chingada!", y el que estaba junto a su cabeza la abofeteó con fuerza.

¡Quieta, fiera!, dijo el hombre y se rio.

Se trataba de Norma. Santiago no tuvo dudas.

Sintió que sus intestinos vibraban con violencia y aferró con ambas manos los barrotes de las rejas. Quería gritar que la dejaran en paz, que mejor vinieran por él. Abría la boca y ningún sonido le salía. Levantó una pierna para saltar la reja y se quedó inmóvil al oír el ruido de una puerta y una voz autoritaria:

¡Ora, pinches cachondos! ¡Ya estuvo de diversión!

El hombre entre las piernas de la muchacha respondió entre resoplidos:

¡Y… ya te… termi… termino!

El que le apresaba los brazos soltó una carcajada de burla y aflojó la presión. El primero se retiró abrochándose la bragueta y la muchacha le lanzó dos patadas antes de hacerse bolita en el suelo. Sollozaba y murmuraba maldiciones. El de la voz autoritaria avanzó hacia ellos con grandes zancadas, haciendo sonar las placas de metal de sus botas, y al llegar junto a ellos cortó cartucho y apuntó una escuadra a la cabeza de la chica.

¡Espérate Jonás! ¿Qué vas a hacer?, gritó uno de los tipos.

¿Cómo que qué?, respondió el tal Jonás. Ya acabaste, ¿no?

Entonces hasta Santiago llegó con claridad la voz de Norma:

¡Mátame, hijo de puta! ¡Mátame ya! ¡Ten huevos!

En su desesperación, el hermano de Darío se impulsó sobre la reja haciéndola vibrar. No pudo brincarla porque era muy alta, y los otros no oyeron el ruido porque seguían la discusión a gritos.

¡Orita te vuelo la cabeza, pendeja!

¡No, Jonás! ¡No la mates! ¡Yo la quiero!

¿Cómo que la quieres, animal? ¡No venimos a esto!

¡No importa! ¡Está bien rica! ¡Me la quiero llevar!

¡Mátenme ya, por favor!, gritaba ella.

¿Y orita ónde la vas a meter?

¡En la troca! ¡Ai la metemos! ¡Y si no nos matan, me la llevo pa la casa!

Fue entonces que oyeron el ruido de la reja. El tal Jonás volteó hacia el pasillo lateral, apuntó el arma y dejó ir el tiro. Antes de hacerse para atrás, Santiago alcanzó a ver entre las sombras que uno de los tipos, el que había pedido llevarse a Norma, la sujetaba de los cabellos, la levantaba y la jalaba hacia el interior de la casa. El otro corrió hacia la reja, pero ya Santiago huía hacia la salida.

Al llegar al patio del frente escuchó abrirse la puerta y alguien que gritaba "¡Ahí va!", pero antes de que pudieran accionar sus fusiles Sansón, con un gruñido infernal saltó sobre los hombres que salían, mordió a uno en la mano que sostenía el arma, amagó a otro, ladró como si fuera a descogotarlos a todos y salió como relámpago detrás de su nuevo amo, quien ya se alejaba protegido por la oscuridad para perderse en las calles del pueblo.

Según me contaron, los hombres dispararon unos cuantos tiros a la noche sin estar seguros de haberlo herido. No lo persiguieron porque no tenían las trocas a la mano; las habían dejado a más de media cuadra de distancia. Santiago y su perro continuaron su peregrinaje a través de las tinieblas buscando la ruta para llegar a casa. Ahora el muchacho traía encima un peso más. Sabía que Darío estaba solo. A su novia se la habían llevado los asesinos.

Tras recordar lo que me dijeron, miré a Darío, quien me devolvió una mirada de curiosidad. Me pregunté si sabía lo ocurrido en esa casa. No quise preguntárselo a él porque noté que el color recién había vuelto a su rostro. Tosió con objeto de aclararse la garganta. Estaba listo para continuar.

De pronto, la visión de ese cadáver se me hizo insoportable y me aparté dos pasos, dijo.

¿Adónde vas?, me preguntó Jaramillo titubeante.

De acá vinieron los lamentos, dije.

En el corredor que conducía a las recámaras el aire se respiraba mejor.

¿Y si todavía quedan malandros?, preguntó él, nervioso, siguiéndome.

Dudé. De inmediato pensé que, si hubiera, habrían dado señales de vida al reventar las ventanas, y continué.

Al fondo del pasillo, tres puertas cerradas. Intenté abrir una y no pude. La siguiente abrió y, a pesar de la oscuridad que reinaba en su interior, una peste a sangre, orines y mierda me anunció que había más cuerpos ahí. No quise entrar. Nomás pregunté:

¿Hay alguien?

El silencio me respondió y cerré el cuarto.

Al manipular el pomo de la cerradura de la que supuse era la recámara principal, que tampoco abrió, escuché del otro lado, como una suerte de ola, otra vez ese gemido suplicante.

No era una voz, sino varias. Golpeé la puerta con el puño.

¡Ey! ¿Hay alguien?

El gemido se acrecentó deshebrándose en voces distintas, de hombre y de mujer.

¡Carajo! ¡Tenemos que sacarlos!, grité mientras oía cómo el murmullo ondulaba al otro lado de la puerta.

¡Los muertos deben traer las llaves!, dijo Jaramillo y ya se dirigía al corredor principal.

¡No hay tiempo!, dije y la emprendí a patadas contra la puerta.

Al ver lo que hacía, dio media vuelta y sumó sus esfuerzos a los míos. Pateamos tres o cuatro veces, sin éxito, en tanto oíamos susurros que parecían animarnos desde el interior. Cuando estaba a punto de ir en busca de las llaves, Jaramillo lanzó con fuerza la planta del pie para golpear junto a la cerradura y la hizo crujir. Entonces los dos, igual que poseídos, arremetimos con ímpetu hasta que los crujidos aumentaron y de pronto la hoja de madera giró sobre sus goznes y fue a estrellarse contra la pared.

Hasta esa recámara no llegaba el resplandor de las llamas y al principio no distinguimos nada. Nomás las hebras de humo que flotaban en el aire. Jaramillo sacó su celular, encendió la lamparita, y unos ojos aterrorizados brotaron de las tinieblas. Rápido hice lo mismo. La luz de los aparatos iluminó la escena: seis pares de ojos muy abiertos nos contemplaban atemorizados.

Cuatro hombres, dos mujeres. Una de ellas negra.

Di un paso hacia el grupo.

No nos haga nada, señor, dijo una voz de hombre casi sin fuerza.

Jaramillo movió la luz de su celular para recorrerlos; yo igual. La ropa de las dos mujeres eran puros jirones que apenas cubrían sus cuerpos, en cuyos pellejos se notaban moretones y cicatrices de heridas recientes. Al sentir la luz sobre los ojos giraron la cabeza.

Igual de flacos, los hombres usaban ropas gastadas y sucias, pero enteras; la barba a medio crecer de tres de ellos les daba un aspecto de abandono, el otro era lampiño y su piel mostraba aspereza, deterioro. La habitación olía mal, a cuerpos apelmazados, a mierda, a enfermedad.

¿Qué hacen aquí?, preguntó Jaramillo en tanto aluzaba en el rincón una cubeta llena de orines y heces.

Hubo un silencio sepulcral. Una mujer volteó a ver a uno de los hombres con miedo.

Nos trajeron, dijo casi sin voz.

¿Quiénes?

Ellos, los que trabajan para ustedes.

¿Quiénes son ellos?, insistió Jaramillo.

Los de afuera, respondió la misma mujer. Los hombres armados. Los que nos daban de comer y nos sacaban para…

Otra ventana estalló con su estrépito de cristales rotos al otro extremo de la casa y los rostros se desfiguraron en muecas de espanto al tiempo que entraba al cuarto una corriente de calor.

¡Nos vamos a quemar!, dijo uno de los hombres con acento raro. ¡Sáquenos, patroncito, por favor!

La mujer negra se soltó a llorar, primero con sollozos quedos, luego a gritos.

¡No quiero morirme! ¡Déjenos ir! ¡No quiero quemarme! También su acento era distinto.

¿Quiénes son ustedes?, pregunté. ¿Para qué los sacaban?

¡Pos pa hacernos lo que nos hacen ustedes!, gritó la misma mujer en tanto me miraba, a mí o a la luz del celular, con harto rencor.

¡Ey! ¡Ey!, la atajó Jaramillo. ¡Nosotros no somos de esos cabrones ni estamos con ellos! ¡No les vamos a hacer nada!

El llanto de la mujer se desvaneció en sollozos. Los hombres se reacomodaron en el suelo y hasta ese instante advertimos que estaban atados de pies y manos.

Tenemos que sacarlos, Darío, los muros de aquel lado ya se prendieron, dijo Jaramillo.

Me puse en cuclillas frente a uno de los hombres y revisé sus ataduras. Eran de mecate, apretadas. Apagué mi luz y guardé el celular. Mientras intentaba deshacer los nudos, el hombre dijo:

Veníamos yo y unos compas dormidos en un camión de pasajeros cuando en una parada se subieron unos señores con rifles y uniformes negros. Nos empujaron para despertarnos y nos preguntaros de dónde éramos. De Chiapas, les dijimos, y no nos creyeron.

Querían ver quesque nuestros papeles, dijo el otro. ¿Pos a cuáles papeles? Semos de la mera sierra y nunca nos han dado.

El calor aumentaba. Me ardía en la cara, a pesar de estar retirado del fuego.

No puedo, le dije a Jaramillo, que me alumbraba con su celular.

Déjame a mí, respondió.

Intercambiamos lugares. Dirigí la luz de su celular hacia los pies del hombre, pero se me ocurrió una idea. Le di a Jaramillo el aparato y salí del cuarto.

El pasillo se llenaba de humo rápido y el calor era sofocante; aún así llegué junto a uno de los muertos en el corredor principal. Le di vuelta. En la cintura traía un cuchillo de monte metido en una funda de cuero.

Las llamas devoraban las paredes del lado de la farmacia. No pude reprimir la tos y las lágrimas. Fue en ese instante cuando me llegó a la nariz un olor semejante al de la carne asada y entendí que en la cocina o en el comedor había por lo menos otro cadáver, ahora en llamas. Tenía que apurarme. No sin esfuerzo, logré arrancar de la cintura del muerto el cuchillo con todo y funda. Me puse de pie.

El olor a carne asada, o quemada, persistía e iba en aumento.

Y pasó algo que aún ahora no me puedo explicar, profe: salivé otra vez y además me gruñeron las tripas de hambre. ¡Imagínese! Me hizo salivar la carne humana al fuego. ¿Seré caníbal de clóset?

Yo iba a tratar de tranquilizarlo con alguna explicación lógica, pero sabía que en realidad se trataba de una preocupación ridícula.

Darío esperó mis palabras unos segundos. Al ver que con un gesto le pedía que continuara, pareció decepcionado.

Distinguí entonces la escuadra en el piso y también la recogí sin estar seguro de para qué la quería, y volví a la recámara principal.

¡Chingao! ¿Dónde andabas?, me reclamó Jaramillo al verme aparecer.

Apenas había conseguido desatar los pies del hombre. Le mostré el cuchillo y sonrió.

Son migrantes, me dijo mientras yo cortaba las ligaduras del mismo hombre, que rápido se empeñó en desatar a una de las mujeres. Ella es hondureña, señaló a la negra. Igual que éste. Aquél es guatemalteco. Y la señora y estos dos son mexicanos, ellos de Chiapas y ella de Oaxaca.

Los cabrones nos bajaron del camión y nos metieron en otro, un tráiler, donde estaban los demás. Éramos muchos, dijo otro. Más de veinte. Nomás que los fueron soltando o matando.

Conforme les cortaba las ligaduras de las manos, ellos trataban de liberar sus pies y luego ayudaban a los que faltaban.

¿Y para qué los agarraron?, pregunté.

Querían cobrar rescate, dijo la mujer chiapaneca.

¿A quién?

A nuestros parientes en el otro lado.

Y por de mientras esos malditos puercos nos usaban para divertirse, dijo la hondureña y se le quebró de nuevo la voz.

Otro cristal reventó del otro lado de la casa, levantando exclamaciones de miedo en la recámara. No sonó igual que los anteriores e imaginé que podría haber sido la puerta corrediza que daba a la alberca. Si era así, el fuego nos rodeaba.

Jaramillo salió a asomarse y regresó en cosa de segundos.

¡La lumbre alcanzó a los cadáveres! ¡Vámonos si queremos librarla!, gritó. ¿Se soltaron todos?

Encendió la luz parpadeante del celular y aluzó el grupo antes de quedarse sin batería: los seis estaban de pie y veían la puerta incrédulos. Una de las mujeres se sobaba las muñecas.

El foquito del aparato parpadeó un par de veces más y se apagó.

¡Me lleva la chingada!, dijo Jaramillo. ¡Vámonos! ¡En chinga!

Y abandonó el cuarto. Salimos todos tras él al aire irrespirable del pasillo. El humo negro detuvo nuestra marcha.

¡Ya valió verga! ¡Por aquí no se puede, carajo!, dijo tosiendo.

Entonces abrí la puerta del cuarto de los muertos y corrí a la ventana sin pensar en que los objetos bofos que pisaban mis tenis eran brazos, piernas o estómagos. Los demás me siguieron y de inmediato se dieron cuenta de que caminaban sobre lo que unas horas antes había sido gente.

¡No mames!, gritó Jaramillo.

Corrí la cortina. Las llamaradas altas del incendio de la farmacia alcanzaban a iluminar un pequeño pasillo de cemento que parecía desembocar en la alberca y algo de luz entró.

¡Son estos cabrones hijos de puta!, dijo la chiapaneca al ver los cuerpos.

La ventana tenía una reja cerrada con candado.

¡Maldito hueco, malparido!, el guatemalteco pateaba entre las piernas el cadáver de uno de los caídos. ¡Qué bueno que te moriste, hijoeputa!

El humo ya penetraba, como si nos estuviera persiguiendo, y Jaramillo se acercó adonde yo estaba. Con la empuñadura del cuchillo hizo saltar el vidrio en pedazos y el aire de la noche empujó la humareda hacia el pasillo. Luego trató de forzar el candado con la hoja de acero, pero fue imposible. Nomás uno de los hombres se dio cuenta de su fracaso.

¿No se puede?, dijo. ¿Qué chingadamadre vamos a hacer?

El hondureño se arrimó a Jaramillo.

Déjame a mí, man.

En vez de tratar de abrir el candado, apoyó la punta del cuchillo en una de las argollas donde se sostenía y con el puño martilleó en un intento por desprenderlas del marco de la ventana.

Tras la primera arremetida del aire de afuera, el humo regresaba poco a poco al cuarto, arrastrándose cada vez más denso y negro. Los migrantes tosían. Incluso el guatemalteco detuvo las patadas sobre el cadáver para sostenerse de la pared mientras sufría un acceso de tos que le desgarraba el pecho.

¡Hagan algo, por piedad! ¡No quiero asfixiarme!, gritó la chiapaneca y después se puso como a rezar en una lengua de sonidos cortos y rápidos.

Entonces me acordé.

¿Alguien sabe disparar?, pregunté en tanto sacaba la escuadra de mi cintura.

¡Chingao! ¿Por qué no habías dicho?, me reclamó Jaramillo antes de arrebatarme el arma.

¿Tú sabes?

Cualquiera lo hace, ¿qué no?

Agitó la escuadra en el aire para ahuyentar el humo, apuntó el cañón a unos dos centímetros del candado, ignoró a la mujer negra que gritaba "¡No!" y apretó el gatillo.

No ocurrió nada.

La negra se adelantó:

No le quitaste el seguro. ¡Presta acá!

Jaramillo se dejó quitar la escuadra.

¿A poco usté sabe?

La mujer lo miró mientras extraía el cargador para ver si tenía municiones. Tosió un par de veces.

Fui policía en mi pueblo, dijo y quitó el seguro. Háganse a un lado, patrás mejor, dijo y apuntó, no al candado sino a una de las argollas.

Tronó el disparo y las rejas se abrieron de golpe.

El primero en saltar al exterior fue Jaramillo. Yo me hice hacia atrás para dejar que los demás salieran entre la humareda que llenaba el cuarto y sentí en las piernas el calor de una llamarada que lamía las paredes en la entrada del pasillo. El olor aceitoso de la carne carbonizada pesaba en la boca, se pegaba a mis orificios nasales provocándome ahora ganas de vomitar.

Uno de los hombres y la chiapaneca, demasiado débiles, batallaban para librar el obstáculo. Jaramillo los ayudó desde afuera y la negra los empujaba de las nalgas desde adentro. Cuando saltaron, la mujer me hizo la seña para que yo saliera primero. La obedecí sin pensar, aunque ya con los pies en el antepecho de la ventana me pregunté por qué me había cedido su puesto en la fila.

Obtuve la respuesta al oír un tiro y percibir el fogonazo a mis espaldas. Brinqué al exterior del susto y di media vuelta rápido temiendo que se hubiera volado la cabeza.

La negra, con calma, apuntaba a la frente de un cadáver. Disparó un segundo tiro y con el relumbrón pude ver el odio en sus facciones. El cuerpo no se movió, nomás la cabeza se echó atrás con un ademán brusco, igual que si fuera a desprenderse.

Los demás caminaban hacia la alberca. Jaramillo se colocó junto a mí y ambos contemplábamos el cuadro fascinados: la negra, semidesnuda, tapada apenas con hilachos, despeinada, con marcas de golpes en el cuerpo y en el rostro, se hallaba a miles de kilómetros de su país, de su hogar y, de pie junto al cuerpo de uno de sus captores, de uno de sus violadores, llevaba a cabo una venganza tardía que, es cierto, no servía de nada, pero a ella seguro le procuraba satisfacción.

Movió la mano que sostenía la escuadra y de nuevo sonó el estampido del disparo. Esta vez dio en la bragueta del hombre.

Uff, dijo Jaramillo y se sobó los huevos.

La mujer apretó el gatillo otra vez y otra hasta quedarse sin balas. Soltó el arma, que cayó con un sonido bofo en el estómago del cadáver, contempló su acción unos segundos y avanzó a la ventana con la mano extendida para que la ayudáramos a subir.

Darío detuvo la relación. Había hablado muy rápido y la boca se le había secado. ¿O habría sido el recuerdo del calor del fuego lo que le evaporó la saliva? Sin advertir que estaba vacío, levantó el casco de la cerveza y se lo empinó. Salieron unas gotas.

Las torretas de tres patrullas pasaron veloces por la calle arrojando por doquier luces rojas y azules, como de flama, luego se perdieron en la distancia. Él volteó a verlas por la ventana y, a pesar de que habían desaparecido, permaneció con la vista en la calle un rato. Después agarró otra cerveza y la abrió. Tomó un trago largo.

¿Sabe cuántos incendios hubo esa noche, profe?

Lo sabía. Mi propia casa ardió sin que nadie atinara a decirme si la quemazón había iniciado en ella o en cualquiera de las de al lado, que también terminaron reducidas a escombros y ceniza. Asentí.

Se dice que alrededor de trescientos, Darío.

Yo creo que fueron más, profe. Y si a esos sumamos las casas donde hubo explosiones y, aunque no hayan ardido, quedaron en ruinas, se entiende por qué El Edén pasó de ser pueblo mágico a pueblo fantasma, ¿qué no?

Asentí de nuevo. Lo que él acababa de decir era un chiste, producto del humor negro de algunos de los sobrevivientes de la matanza que se entercaron en seguir viviendo en el pueblo muerto, seguros de que quienes lo habíamos abandonado no tardaríamos en volver. Algunos lo hicieron, es verdad. Pero la mayoría preferimos establecernos en ciudades grandes, en Nuevo Laredo, en Reynosa o en Monterrey, o del otro lado, en McAllen o en Laredo, Texas.

Quienes elegimos las ciudades de este lado de la frontera tuvimos que soportar un poco más de lo mismo, pues los enfrentamientos entre grupos rivales se daban diario en calles y avenidas, pero siempre es más fácil perderse o protegerse donde viven millones de habitantes que hacerlo en pueblos donde somos visibles y estamos indefensos.

¿Su casa también, verdad?, preguntó Darío. ¿Fue a ver cómo quedó?

No, no tenía motivo. Casi no había nada mío en ella.

¿Ni siquiera por curiosidad?

¿Tú has vuelto al pueblo luego de que lo dejaste?

Negó con la cabeza, prendió un cigarro y aspiró una buena bocanada de humo mientras yo visualizaba en el recuerdo esa casa pequeña heredada de mi padre. El hogar donde crecí y que él construyó con mano propia acarreando sillar, varillas, cemento y vigas quién sabe desde dónde.

Al decirle que casi no había nada mío en ella omití cada uno de los recuerdos de mi vida. Entre esos muros murió mi madre cuando yo era un niño de ocho años, porque mi padre desconfiaba de la atención de la clínica del seguro social. Por las mismas razones, ahí, en su recámara, pasó sus últimos instantes también él cuando yo iniciaba mi trabajo de maestro normalista.

En su lecho de muerte me dijo:

No te dejo nada, hijo, más que esta casa. Comencé a levantarla cuando supe que tu mamá estaba embarazada y la terminé para tu primer cumpleaños. Consérvala y quiérela. Aquí has sido feliz.

Yo le prometí que nunca la iba a descuidar, que en su memoria la mantendría siempre en buenas condiciones.

Pero uno nunca sabe, al hacer esas promesas, lo que va a suceder después.

Desde la noche del primer ataque, aquella en que perdió la vida mi vecino, la construcción quedó bastante dañada, con tamaños agujeros de bala en el muro frontal, sin cristales y con los marcos de las ventanas trozados, la puerta inservible. Aún se podía reparar y comencé a hacerlo; detuve las composturas tras la segunda matanza, la que me sorprendió en la calle, cuando decidí que no quería seguir viviendo en un pueblo cuyo nombre empezaba a sonar ridículo.

Empaqué mis libros y enseres personales, mi cama, una cómoda, un par de libreros, una mesa y sus sillas, y las envié con un conocido en Monterrey para que me las guardara hasta que pudiera recogerlos. Unos días más tarde, antes de salir rumbo a la central de autobuses, dejé la puerta sin atrancar y desde la banqueta estuve mirándola por última vez, mientras repasaba algunas de mis vivencias al interior de los muros.

No eran muchas. En su mayor parte, mi existencia ha sido callada, gris, tranquila y sin sobresaltos; algo vacía, es cierto.

Luego le di la espalda para siempre, y al cabo de unas semanas supe que ya ni siquiera existía.

Mientras estuve sumido en mis pensamientos, Darío me contemplaba con empatía. Al ver que alzaba mi vaso para beber un sorbo, dejó su botella en la mesa.

Ese incendio de la Farmacia de Jesús por poco nos da un llegue. Alcanzamos a salir y a sacar a los cautivos por un pelo.

Cuando Jaramillo y yo llegamos al patio de atrás con la hondureña, los otros migrantes se hallaban dentro de la alberca. Tal vez se sentían allí a salvo del fuego, tal vez querían lavarse del cuerpo toda la suciedad acumulada; sobre todo las mujeres, porque la negra, al verlos, también se tiró al agua.

El calor era infernal. Las llamas ardían a menos de tres metros de distancia. Avancé adonde hacían ángulo la barda del fondo con la lateral, lo más lejos de la lumbre que pude.

¿Y si nos echamos un clavado?, me preguntó Jaramillo.

No, güey, no hay tiempo. La construcción se va a venir abajo. Me dirigí a los otros:

¡Ey! ¡Sálganse! ¡Tenemos que largarnos de aquí!

¿Y adónde nos van a llevar?, preguntó el oaxaqueño.

Era una buena pregunta, ¿no cree, profe? ¿Qué íbamos a hacer Jaramillo y yo con ellos? Por supuesto, no podíamos hacer nada, pero como los habíamos sacado de su mazmorra, salvándoles la vida, veían en nosotros a sus protectores.

No los vamos a llevar a ninguna parte, dijo Jaramillo. Es más, ni siquiera pueden ir con nosotros.

¿Y eso por qué?, preguntó la hondureña que, casi encuerada bajo el agua y a la luz del fuego, mostraba sin tapujos ese cuerpo que había despertado los bajos instintos de sus captores.

Mi compañero la miraba con la boca abierta y esa expresión que tenía horas antes, al mirar a mi novia. La mujer lo notó.

Ni te hagas ilusiones, cipotito, dijo. No te me vas a acercar.

Él tragó saliva y salió del trance.

Nosotros, dijo, tenemos que buscar a la novia y al hermano de éste. Andan entre las balas.

Sí, lo apoyé yo. Es mejor que ustedes encuentren un escondite y se queden ahí hasta el amanecer, ya que no haya disparos.

¿Y si siguen?, preguntó el chiapaneco.

Pos se mantienen escondidos otro rato, dijo Jaramillo. Esto no va a durar siempre.

¿Y aluego?

Eso es cosa de ustedes. Pueden irse a Reynosa o a Monterrey para seguir adonde mejor les acomode.

Empezaron a salir de la alberca, chorreando agua y quejándose del calor de la casa en llamas. Las mujeres en plena desnudez. Uno de los hombres se quitó la chamarra de mezclilla y se la entregó a la hondureña. El chiapaneco se desprendió de la camisa y se la dio a la otra. Luego dijo:

¿Y dónde nos ocultamos, patrón?

Jaramillo fue por una de las sillas de fierro vaciado, se trepó en ella y señaló con el brazo.

Miren, son patios traseros y huertas. En cualquiera de ellos pueden meterse. Nadie los va a ver. La gente de las casas, o no está o no va a salir si oye ruido. Pero como quiera es mejor que se estén callados hasta que esto pase. Nosotros vamos a salir a las calles.

Nos miraban con ojos temerosos, aunque no dijeron nada. Y así nos siguieron mirando en tanto Jaramillo y yo subíamos la barda lateral para caer en un patio en el que, si bien el calor era fuerte, no pegaba tan directo la lumbre.

Los dejamos ahí, a su suerte, profe.

Los salvaron, Darío. Eso fue más que suficiente, dije. Además, después leí en el periódico acerca de esos migrantes que se libraron de morir carbonizados gracias a que, decía un reportero, los rivales de sus captores los rescataron antes de que el fuego consumiera la casa donde eliminaron a un grupo de sicarios. Los migrantes afirmaron que no habían sido "los rivales de quienes los secuestraron", y nadie les hizo caso. Después, según esto, una asociación civil los ayudó a regresar a sus lugares de origen.

Darío permaneció un rato rumiando mis palabras. No había leído la noticia, seguro, y ahora intentaba asimilar lo que acababa de decirle.

Me dio la impresión de alegrarse por la suerte final de esas seis personas.

Decidimos ir hasta la casa donde habíamos visto al hombre en la perrera. Al saltar y caer en el patio, oímos cómo los pies del tipo raspaban el cemento al meterse por completo al interior. Jaramillo caminó decidido a él y de la perrera surgió una suerte de llanto, no supimos si animal o humano.

Oiga, susurró.

¡No, por favor!, brotó una voz tembleque.

Nomás queremos saber una cosa, dijo Jaramillo.

El hombre andaba tan desubicado que a lo mejor pensó que aún no advertíamos su presencia. Mi amigo lo tocó con la punta del pie.

Somos los que pasamos hace rato, no le vamos a hacer nada.

El tipo asomó la cabeza, donde relucieron unas canas en la penumbra, por el hueco de la casita: un señor de la edad de mi papá. Sus ojos brillaban de lágrimas y la barbilla parecía temblarle de miedo. Entre aquella revoltura de sombras me pareció conocido, seguro de algún domingo en la plaza o en la iglesia.

Miró nuestras siluetas y bajó la vista al suelo. Volvió a mirarnos y se dio cuenta de que no traíamos armas.

¿Quie… quiénes son?, preguntó en tanto sacaba medio cuerpo.

No se asuste, somos del pueblo, dije. Queremos saber si hay alguien en la casa.

¿Pa… para qué?

Para ver si es seguro salir por ahí a la calle, dijo Jaramillo.

¡No!, respingó el don. ¡La calle no! ¡Están matando a todos! Mejor váyanse por otro lado, muchachos.

Venimos de una de las casas de atrás y no son seguras, dije yo. Nos urge salir. ¿Su casa está sola?

El don volteó hacia adentro y sólo entonces asomó una pequeña cabeza peluda entre sus piernas. Era un perrillo de esos lanudos que ladran como ratas, pero éste no ladraba, nomás extendía el hocico hacia nosotros para olisquearnos.

Hace un par de horas entraron unos hombres disparando, dijo el señor, estuvieron ahí unos minutos, pero desde hace rato no se oye ruido.

¿Tiene llave esa puerta?, Jaramillo señaló una hoja de lámina verde.

No sé, no creo.

Quédese aquí, dije. Nosotros nomás vamos a atravesar para ganar la calle e irnos en chinga. Y no se quede mucho porque el fuego no va a tardar en alcanzar su casa.

No sé si me entendió, aunque no hubo necesidad de repetirlo. El don abrazó al perro, se impulsó de nalgas al interior de la perrera y guardó absoluto silencio.

Jaramillo abrió la puerta de lámina sigiloso. Metió la cabeza en la negrura y estuvo así unos segundos, sin entrar.

No se oye nada, dijo.

Dio un paso al interior, luego otro. Entré detrás de él. No había ninguno de esos olores que aprendí a identificar durante la noche. El aire, salvo algunos restos de humo y pólvora, olía a lo que huele cualquier casa: comida, pinol, acaso algo de sudor.

El cuarto donde estábamos era el de lavado. Seguía la cocina. Nos internamos confiados en una sala. Desde ahí se veía el reflejo de un resplandor amarillento, lejano, en las ventanas que daban a la calle y en la puerta abierta: el incendio de la farmacia. Avancé, guiándome por la pared del pasillo principal y en una de esas mi mano palpó dos agujeros grandes. Balas de cuerno de chivo.

Imaginé a los cabrones asesinos entrando con el cañón de los fusiles por delante con ganas de acribillar a quien fuera, por simple sistema, por puras ganas de matar. ¿O alguien sería capaz de creer que el don muerto de miedo, escondido en la casita de su perro, andaba metido en algo chueco?

Hijos de su pinche madre, dijo Jaramillo en un eco de mis pensamientos al ver la puerta principal reventada también a tiros.

La casa contaba con un jardincito frontal y arbustos de esos que llaman truenos en vez de cerca. Hasta allí llegamos en cuclillas para atisbar alrededor. En la calle el aire olía más a quemazón que a otra cosa, aunque entre esa quemazón podíamos percibir olores raros.

Se están quemando las drogas, dijo Jaramillo. No vayamos a ponernos pokemones.

¿Pokemones?, pregunté.

Chachalacos, güey, respondió. Si respiramos mucho esa chingadera quién sabe si no terminemos viendo visiones.

Saqué la cabeza de los truenos: a la derecha se veía pura oscuridad y la calle parecía desierta; a la izquierda las llamas de la farmacia y de la casa de donde salieron los migrantes alumbraban la calle. Entre diez y quince cuerpos yacían sobre pavimento y banquetas: restos de una batalla brutal, o del asesinato masivo de personas inocentes. Fuera de la danza del fuego, nada se movía.

Vamos, dijo Jaramillo.

Se ponía en pie y alcancé a pescarlo del cinturón para regresarlo tras los arbustos: un convoy arribaba a la esquina de la farmacia.

Las flamas alumbraron tres Hummers negras, golpeadas y con agujeros en carrocería y cristales, cuyos fanales dieron vuelta en nuestra calle. Los vidrios oscuros impedían ver a los tripulantes, pero en dos ventanillas destacaban cañones de fusil. Los conos de luz de los faros iluminaron el reguero de cuerpos inertes, antes de que las llantas pasaran como si nada por encima de un par de cadáveres con sonoros crujidos de huesos, aplastándolos hasta desfigurarlos.

Luego cruzaron ante nosotros, que teníamos el cuerpo pegado a la tierra del jardín. Iban despacio, en plena cacería de sobrevivientes, o eso pensé. Siguieron derecho y cuando se alejaron unas tres cuadras de pronto aceleraron, al tiempo que daban vuelta entre rechinidos de llanta y bufar de motores.

Habían visto vehículos enemigos.

Lo supe porque en menos de un minuto dio comienzo el tiroteo. Una balacera nutrida que, por fortuna, conforme transcurrían los segundos se alejaba de nosotros.

Me lleva la chingada, dijo Jaramillo en tanto se ponía en pie. No tienen para cuándo pararle estos cabrones. ¿Qué esperan, Darío? ¿Matarnos a todos? ¿Dejar El Edén sin habitantes?

Habla más quedo, cabrón, respondí. Pueden oírte.

Ya se fueron, replicó.

Sí, esos, pero hay más y andan por todos los rumbos.

Me puse de pie; era preciso avanzar, adonde fuera, pero avanzar.

¿Pa dónde ganamos?, pregunté.

Jaramillo señaló el incendio.

Si acaban de pasar, dijo, seguro por ahí no hay nadie.

Tenía razón. Sin embargo, la luz de las llamas nos haría visibles por ese lado. Se lo iba a decir, pero él se adelantó y ya se hallaba en cuclillas junto a un cuerpo.

Mira, me dijo, es don Mauricio Elizondo, el dueño de la farmacia.

Vi su calva a la luz inquieta de las llamas: era uno de los cadáveres aplastados por las Hummers. El tonelaje de las trocas lo había reventado; de su vientre escurrían las tripas y el estómago para esparcirse en el pavimento. Un tiro en un cachete y otro en la frente lo hacían irreconocible; Jaramillo lo identificó por la bata que debió ser blanca.

Y aquella es la esposa, dijo mi amigo.

El cuerpo de la mujer yacía de costado, las piernas flexionadas, igual que si la hubieran cazado mientras huía a todo correr y, muerta, intentara seguir su carrera. Usaba una bata similar a la del farmacéutico, a la espalda dos manchas oscuras, grandes, que enrojecían cuando las flamas del incendio agarraban fuerza para elevarse.

Algo me repiqueteó en la memoria al ver su perfil. Me acerqué y la reconocí, profe: la mirona del cine. Habían pasado unos tres años, pero al mirar bien esos ojos abiertos a la muerte supe que no podían ser sino los que estuvieron fijos en Norma y en mí durante la función espiándonos en la penumbra. Era ella. Y el que se quedó dormido esa noche, el hombre con las tripas de fuera.

Me entró tanta desesperación que iba a salir corriendo.

Debemos encontrarla, dije.

Ya estás, dijo Jaramillo. Vamos por acá.

Cruzamos frente a las lenguas de fuego pegados a los muros contrarios, hasta la siguiente cuadra. Mientras avanzábamos, tanto el resplandor como el crepitar del incendio perdían intensidad a nuestras espaldas. Ante nosotros nomás se extendían un color negro impenetrable y un silencio más o menos salpicado de rumores nocturnos.

Además de extraño, desconocido, ahora el pueblo lucía enorme, inabarcable.

Caminaba, me ponía en cuclillas, me erguía de nuevo y volvía a caminar sin dejar de pensar en Norma y, por momentos, en Santiago.

¿Dónde podrían andar?

Me preguntaba si la Norma no habría intentado volver a su casa, aunque me resultaba imposible en esa oscuridad ubicar en qué dirección se ubicaba.

Habíamos dado vuelta en dos o tres esquinas, escabulléndonos de los vehículos que presentíamos a lo lejos, hasta perder la orientación. Estábamos fundidos de cansancio. Me dolían las piernas, los brazos, los músculos del vientre, la cabeza.

Tras doblar en una bocacalle, a la luz de otra casa en llamas reconocí las ruinas del parque que le conté. La escuela estaba cerca. Pensé que a lo mejor ahí… pero mis pies me llevaron en automático a la banca donde viví mi primer faje.

Me dejé caer en ella. Si no descansaba me desmayaría.

Jaramillo me siguió y, al verme sentado, se acomodó entre la yerba seca a tomar un respiro.

Los ojos de Darío, rojos a causa de la develada, el humo del cigarro y el alcohol, parpadearon cuatro o cinco veces. En tanto gruñía, los talló con sus dedos sucios de nicotina. Bebió un sorbo de cerveza.

Creo que toda la noche estuve preguntándome por qué esos cabrones eligieron El Edén para darse en la madre, dijo; por qué no aparecían los federales o el ejército; por qué las autoridades dejaban que ese pueblo, antes próspero, fuera arrasado de esa manera.

Tomó otro sorbo.

Me lo sigo preguntando hasta ahora, remató.

El Edén quedaba en ese entonces en los límites de los territorios de dos grupos enemigos, Darío. ¿Nunca supiste?

Negó con la cabeza.

Y el hecho de estar a pocos kilómetros de la frontera lo convertía en un punto estratégico.

¿Estratégico? ¿Y eso a nosotros qué? ¡Chingada madre!, alzó la voz.

Renata y el tipo de la barra voltearon creyendo que peleábamos.

Nosotros ni la debíamos ni la temíamos, Darío, pero estábamos en medio.

¿Y el gobierno?, preguntó con voz a punto de quebrarse.

¿De cuál gobierno hablas?

De repente me sentí asqueado, ahíto, como si trajera adentro un océano que intentara desbordarme. Miré mi vaso, el ron se aguaba en los hielos menguantes. Lo agarré, mas la sensación dentro de mí se intensificó y volví a dejarlo en la mesa de inmediato.

Necesitaba vomitar, o por lo menos descargar la vejiga para tomar de nuevo. Saqué una pierna con el fin de ponerme en pie y me di cuenta de que el esfuerzo sería considerable: estaba muy borracho.

Desde la barra Renata y su galán, que me resultaban borrosos, sonreían y me miraban expectantes, igual que si hubieran hecho una apuesta sobre mi capacidad para ir al baño.

Respiré profundo dos veces y el aire me supo mal. Tomé impulso con los pies. Conseguí la vertical apoyado en el respaldo de mi silla. Darío me veía con ojos inciertos.

Voy a mear, dije y tanteé el primer paso.

No fue tan difícil. Con el segundo y el tercero adquirí seguridad y pasé junto a Renata y el otro sin tambalearme.

¿Quién ganó, cabrones?, les pregunté.

Ellos pusieron cara de no tener idea de qué les hablaba y en sus miradas turbias pude advertir que estaban tan borrachos como Darío y yo.

La puerta del baño quedaba más cerca de lo que supuse y por poco me doy de cara con ella. La abrí. Me recibió la peste amoniacal de costumbre y una intensa náusea ascendió por mi esófago. Al cerrar la puerta tras de mí, me sostuve de la pared con las manos abiertas, luego apoyé también la frente y miré mis zapatos. Iba a vomitar sobre ellos, al fin y al cabo no podían lucir más sucios.

El alcohol amargo se agitaba en el estómago, pero después de dos arcadas comprendí que era una falsa alarma.

Esa vez sí devolví, pensé. ¿Cuándo?

La borrachera hacía que los recuerdos de Darío se reborujaran con los propios. Al sentir los espasmos disminuyendo en mi interior, me volvió a la mente su pregunta sobre el gobierno.

De veras que es ingenuo el muchacho, pensé. Como si no supiera. Como si no supiéramos todos en este país.

Sin despegar manos y frente de la pared, di los tres pasos laterales que me faltaban para emparejarme a la canaleta del mingitorio. Ahí el hedor se concentraba, a pesar de los bloques de hielo a medio derretir y las cáscaras y mitades de limón exprimido, y hube de hacer otro esfuerzo de concentración para eludir el asco.

El asco, igual que aquella vez, me dije.

Luego pensé en el gobierno, en la policía federal, en los militares, y expulsé una carcajada triste.

Puro pinche asesino de los mismos, dije en voz alta.

Saqué el miembro de la bragueta, mustio y arrugado como moco de guajolote. Sabía que la orina no fluiría fácil. De unos años para acá llevaba a cabo casi todas las funciones del cuerpo a trompicones. Necesitaba órganos de repuesto.

Comencé a pujar mientras en mi memoria tomaba forma la llegada de la ley la noche en que presencié la decapitación de los cuerpos.

Yo permanecía junto a la maltrecha cabina de la Lobo y vi cómo, ante el sonido de las sirenas, los buitres saqueadores se replegaban a sus casas, cerraban puertas y apagaban las luces. La gente sentía la misma desconfianza por los malandros que por las autoridades.

La última en retirarse fue una niña de unos nueve años, empeñada en sacarle el anillo de oro al dedo tieso de un cadáver sin cabeza. La chiquilla no denotaba miedo ni asco por el muñón del cuello; ni siquiera reparaba en él. Tampoco parecían perturbarla los alaridos cada vez más cercanos de las sirenas. De pie, sin arrugar ni ensuciar su vestido estampado de flores, jalaba el aro con tanta enjundia que incluso arrastró el cuerpo unos centímetros, sin conseguir su propósito. Mas no se rendía.

Revisó el suelo a su alrededor en busca de una herramienta. Notó que el muerto llevaba una navaja en la cintura; soltó la mano y se agachó a mirar de cerca; luego vio de nuevo el anillo. Sus ojos se iluminaron. Abrió el botón de la funda de la navaja.

Si hubiera hecho lo que imaginé que pensaba hacer, habría perdido para siempre mi fe en el género humano, pero antes de que la huerquilla tuviera tiempo de sacar el arma, un auto negro con el escudo nacional en las puertas, la torreta encendida y la sirena ululando aguda en las bocinas se detuvo a unos metros. La niña puso cara de decepción y corrió a meterse en una de las casas.

Tras la primera patrulla federal, llegaron dos camionetas militares y una ambulancia. Los alaridos de las sirenas eran ensordecedores. Pronto se desparramaron por la calle policías de negro y rostros cubiertos, y soldados con uniforme de camuflaje apuntando las bocas de los fusiles a las casas.

Al principio no me vieron, aunque no me había movido de mi sitio.

Siguió el arribo de vehículos, de los que bajaban más hombres. Los uniformados caminaban entre los cadáveres como si saltaran obstáculos. Por fin un federal encapuchado avanzó hacia mí.

¿Tú qué chingaos?, me gritó mientras sacudía el cañón de su escuadra frente a mi rostro.

Yo soy maestro, ofi…

No acabé de responder porque un militar, que se había acercado por detrás, estrelló la culata de su fusil en mi espalda, a la altura de los pulmones. Caí de rodillas y alcé las manos en tanto trataba de jalar aire y aguantar el dolor de vértebras.

Maestro de la…

Iba a continuar y el mismo soldado me hizo caer de boca con una patada en la parte posterior del cuello. Un dolor distinto, agudo, infernal. Reconocí el sabor de la sangre en los labios. Los desgarrones internos del culatazo y la patada se me extendían por el cuerpo en círculos concéntricos. No podía respirar.

Creo que perdí el conocimiento por unos segundos, porque cuando de nuevo tuve consciencia el policía de negro me sujetaba de los cabellos para levantar mi cara mientras vociferaba:

¡Responde, cabrón! ¿Con quién venías? ¿Quiénes son tus patrones? ¡Habla!

Quería decirles que se equivocaban, que yo era una víctima de los asesinos, un hombre común al que el tiroteo había sorprendido camino a casa, pero las palabras se me atoraban en la garganta. Abría la boca y lo único que sentía era dolor, y cuando creía que iba a poder articular una sílaba, volvía a enmudecer al sentir otro jalón de cabellos, otra cachetada, otro puñetazo.

En algún momento me vi de pie, rodeado de uniformados. Sin que me diera cuenta, entre golpe y golpe me habían puesto esposas y un soldado me sostenía los brazos por detrás, levantándolos hasta que mis articulaciones gemían. No lograba entender las palabras. Oía que vociferaban, veía las miradas de amenaza y los gestos fieros de los militares que no usaban capucha, pero en mis tímpanos sólo había zumbidos.

De pronto un hombre de gorra y uniforme negro se abrió paso entre los demás y llegó hasta nosotros. Militares y agentes dejaron de gritar y voltearon a verlo con respeto. Tendría unos sesenta años, pelo y bigote canos, ojos duros.

Agarramos a éste, mi comandante, dijo el primer uniformado que me interrogó. Venía en la troca esa, con los demás. No sé cómo la libró. Todos sus cómplices murieron.

El comandante me barrió de arriba abajo. Les señaló a los otros la mancha de humedad en mi entrepierna y se rio. Los demás rieron también.

Debe ser nuevo el cabrón, dijo.

Su comentario provocó más risas entre los que me rodeaban. Enseguida vio mis zapatos, mi pantalón de vestir, mi camisa y por unos instantes en su rostro hubo un gesto de duda, de desconcierto.

No está herido. ¿Cómo lo agarraron?, preguntó.

Yo creo que quería pelarse y no alcanzó, mi comandante, dijo el federal, porque lo encontramos aquí junto a la cabina de la troca. Estaba quietecito el cabrón, como si no quisiera darse a notar.

Se… señor, yo soy un…, quise aclarar.

¡Cállate, pendejo!, gritó el comandante y sus ojos llamearon. ¡Tú hablas si yo te lo ordeno!

El soldado que me sostenía por detrás jaló las esposas hacia abajo igual que si pretendiera hacerme caer de rodillas. Se detuvo ante una seña del comandante, que luego miró de nuevo al primer federal.

¿Entonces?, le preguntó.

Le digo que estaba quieto y callado pa que no lo notáramos. Yo creo que le caímos de sorpresa.

¿De sorpresa, eh?, y de inmediato me preguntó viendo al federal de reojo: ¿Eres sordo? ¿No oíste las sirenas?

La cara del federal se ensombreció.

Sí las oí, señor, dije. Desde antes de que entraran al pueblo.

El comandante miró a su subordinado como si pensara "Eres un pendejo", pero dijo:

Lárgate de aquí. ¡Desaparece, Contreras!

En cuanto el otro se fue, se dirigió de nuevo a mí.

¿Qué estabas haciendo junto a la cabina? ¿Querías llevarte algo? ¿Algún recuerdito de la matanza? ¿Un arma? ¿Una cartera bien repleta?

No, señor. La balacera me agarró camino a mi casa y tuve que esconderme, señalé el jardín de yerbas desde donde había visto todo. Luego, cuando no hubo más tiros, oí llanto de mujer. Iba a tratar de ayudarla y volvieron a prenderse las luces.

¿A quién ibas a ayudar?

En ese instante, dos camilleros salían de la casa chocada con el herido en andas. Junto a ellos iban la mujer y una muchacha.

¡A ella!, dije y señalé la camilla.

¿La conoces?

No.

¿Entonces? ¿Por qué ibas a ayudarla? ¿Nomás por buen samaritano?

Por cómo gritaba y lloraba…

El comandante acercó su rostro al mío y me echó encima su aliento podrido.

¿Sabes qué, cabrón? ¡No te creo nada! ¡O estás con uno de los grupos que se dieron en la madre aquí o querías robar a los muertos! ¡De cualquier modo te vamos a llevar al cuartel para que ahí sueltes toda la sopa!

Pero, yo no…

¡Allá nos vas a decir lo que sabes! ¡Ahora cállate! ¡Cállenlo!

Terminó de decirlo y una bofetada me estalló en la oreja dejándome un rechinido intermitente al interior del cráneo: otro federal cumplía la orden de su jefe.

El militar me jaló de las esposas antes de que me cayera, después me movió a un lado para sacarme de la calle. Esquivábamos los cadáveres en el pavimento cuando una adolescente, que al principio no reconocí, se desprendió de la ambulancia y corrió en dirección nuestra.

¡Espérense! ¿Adónde lo llevan? ¡Él no tiene nada que ver!

Era Blanca, mi alumna.

Primero escurrieron dos gotas amarillentas sobre uno de los bloques de hielo. Las vi resbalar por la superficie cristalina, detenerse en una depresión, agarrar fuerza para deslizarse en picada y caer sobre los mosaicos, donde se confundieron con otros orines, los restos de limón y el agua puerca.

Pujé un poco más y pude emitir un breve chisguete. Había desbloqueado la compuerta interna, ahora era cuestión de esperar a que la vejiga ejerciera presión.

De repente me envolvió una extraña somnolencia y supe que, si no hacía algo, lo que fuera, era capaz de quedarme dormido de pie igual que un caballo, con las manos y la frente apoyadas en los mosaicos pringosos.

Pensé en Renata y el tipo que quería llevarse a su casa.

Pensé en las mujeres de la banqueta de enfrente, que ahora se ganaban el sustento en alguna cama sucia y preñada de sudor.

Pensé en Darío, en su depresión constante, en su nostalgia por el escaso tiempo feliz que le tocó vivir.

Luego pensé en mí ahí, de pie, con la bragueta abierta frente a ese mingitorio hediondo y recordé cómo aquella noche el simple miedo me había hecho orinar en un chorro constante y fluido.

Blanca se acercó al comandante. Era una de las alumnas más capaces de la escuela; sobre todo tenía esa seguridad en sí misma que le falta a la mayoría.

¿Usted es el que manda a los demás?, preguntó sin rodeos.

Al oficial pareció hacerle gracia la intrepidez de la muchacha.

¿Tú quién eres? ¿Qué pitos tocas aquí?

Blanca se le plantó cara a cara ante el asombro de policías y militares.

Vivo en aquella casa, indicó un extremo de la cuadra.

¿Y por qué no estás en tu cama dormidita? ¿Te gusta dar la vuelta entre decapitados o qué?

La muchacha no se arredró.

Vivo ahí y desde la ventana vi cómo se mataban unos a otros, hasta que los sobrevivientes les mocharon las cabezas a los de la troca esa y se fueron.

¿Y qué quieres? ¿Dar una declaración?

No, dijo ella. Quiero saber por qué se llevan preso a mi profesor, y con un ademán me señaló.

¿Tu profesor?, preguntó el viejo policía.

Sí, soy alumna de la secundaria dos y él es mi profesor de literatura, dijo y miró hacia las casas en torno suyo. Y si le pregunta a la gente que nos observa detrás de sus ventanas lo podrá comprobar.

El comandante vio las casas. Algunas cortinas se agitaron. Luego me miró a mí.

¿Literatura, eh?, preguntó.

También es el entrenador del equipo de futbol, dijo Blanca.

¿Y si es, como dices, un modelo de maestro, qué carajos estaba haciendo en medio de este muerterío?

¿Y cómo va usted a saberlo si no lo deja hablar, si desde que llegaron nomás lo golpean, lo traen esposado y lo llevan quién sabe adónde para seguirlo torturando?, preguntó Blanca engallada.

Mira, muchacha… ¡a ver, traigan acá a ese cabrón!

El soldado, que ya me había sacado del círculo de la muerte, furioso, me levantó los brazos por detrás a una altura que casi me hace gritar y me condujo hasta el comandante.

¿Así que maestro de literatura y entrenador de futbol?, dijo con sorna el viejo mirando la mancha en mi entrepierna. No tienes la pinta.

Gracias, Blanca, le dije al acercarme.

No le agradezcas. Primero dime qué estabas haciendo aquí.

Venía de una reunión que terminó cuando llegaron los mensajes a los celulares.

El comandante ni siquiera pestañeó al oír sobre los avisos. Sabía de la práctica, o es posible que él mismo haya ordenado que se enviaran.

Pasaba por aquí y el pueblo se quedó sin luz. Creí que sería temporal y me senté en la banqueta a esperar que los faroles se encendieran de nuevo. Estaba allí sentado, cuando apareció esa Lobo, detrás venían disparándole desde otras trocas. La Lobo chocó con la casa, uno alcanzó a bajarse, pero lo mataron y mataron a los demás.

Los soldados y los policías me escuchaban de cerca. El comandante mostraba interés.

¿Cuántos eran?, preguntó.

Tres trocas, ésta y otras dos, no supe la marca; cinco o seis hombres bajaron de ellas.

¿Les viste las caras?

Traían capuchas, igual que ustedes.

¿Viste cómo los decapitaban?

Sí, a este le cortó la cabeza el que parecía mandar, con un cuchillo de monte. A los otros su gente, con machetes y hachas.

El comandante dio dos pasos hacia mí y arrimó su cara a la mía. Volví a oler su aliento agrio, desagradable. Me miró fijo a los ojos, como si quisiera encontrar en ellos la prueba de que decía la verdad. Después se volvió hacia Blanca. Le sonrió con algo que, más que sonrisa, era una mueca de burla. Dijo:

Bueno, profesorcito, parece que no eres problema nuestro. Quítele las esposas, cabo.

Como por accidente, el militar me alzó otra vez los brazos para provocarme dolor; luego me dejó libre.

Ahora, me dijo el comandante, eres problema de la policía estatal. Ellos se van a hacer cargo de ti.

Hizo una seña hacia donde estaban las patrullas y dos uniformados de azul con aspecto de no saber para qué estaban allí caminaron en dirección de nosotros. Me tomaron uno de cada brazo.

¡Llévense también a la muchacha e interróguenla!, gritó el viejo mientras se alejaba, por lo que ni Blanca ni yo pudimos discutir la orden, aunque tampoco teníamos fuerzas ni ánimo para hacerlo.

Un tropel de cosquillas me anunció que la deyección vencía la resistencia interior y de improviso el chorro apareció robusto y fluido, semejante al de los mejores años de mi juventud. Lo dirigí a un bloque flaco con el fin de desgastarlo, y durante dos minutos, por lo menos, contemplé cómo el calor y la fuerza de mi orina acumulada esculpían una depresión que estaba a punto de convertirse en un túnel en el hielo.

No llegué a atravesar el bloque porque, cuando faltaban unos milímetros, el chorro perdió ímpetu hasta devenir chisguete que ni siquiera se levantaba de modo horizontal. Seguiría, igual que siempre, un largo goteo espasmódico que me mantendría frente al mingitorio una eternidad. Eso si no entraba otro hombre al baño.

Si lo hacía, el flujo se veía interrumpido hasta que él terminara dejándome otra vez solo.

En la patrulla de la policía estatal ni Blanca ni yo hablamos. Ella iba igual de asustada que yo y, por las miradas furtivas que me dirigía, seguro se preguntaba por qué demonios se le ocurrió intervenir en mi favor.

Yo no me preocupaba por ella. Ni siquiera llevábamos esposas y nuestra escolta eran dos agentes tan abrumados como nosotros. Estaba convencido de que la soltarían rápido, sobre todo porque de seguro sus vecinos habían visto que se la llevaban detenida y les dirían a sus padres.

Lo que me preocupaba era el sitio adonde nos dirigíamos. No tenía idea de dónde se ubicaba el cuartel de la policía estatal ni de cuál eran sus procedimientos para interrogar detenidos. ¿Nos llevarían a Reynosa? ¿A Nuevo Laredo? ¿O hasta Ciudad Victoria?

Sin embargo, mis inquietudes comenzaron a aplacarse cuando vi que el conductor de la patrulla enfilaba al centro de El Edén.

Entonces Blanca y yo advertimos que la batalla no se había limitado al encuentro entre las tres trocas que presenciamos. Por las calles aledañas a la plaza principal abundaban vestigios de enfrentamientos: vehículos chocados, llenos de agujeros, con los cristales rotos; rastros de explosiones en el pavimento y en algunas casas; lamparones de sangre en el asfalto.

En dos esquinas vimos aglomeraciones de policías, soldados y paramédicos que transportaban en camillas cuerpos cubiertos por sábanas manchadas de rojo.

No puede ser, dijo Blanca. ¿Fue en todo el pueblo?

En esta zona, señorita, respondió el policía que ocupaba el asiento de copiloto. Desde la plaza hasta la salida a Reynosa. Se agarraron bien duro.

Entonces fue una verdadera matazón, Blanca miraba el desastre con la boca abierta. Yo pensé que había sido nada más allá.

¿Muchos muertos?, pregunté yo.

Hartos, dijo el conductor, pero los del grupo ganón levantaron a los suyos y los subieron a sus trocas. De ellos ignoramos el número de bajas.

De los perdedores, abundó el copiloto, fueron más de treinta, o eso calculamos.

¿Y de la gente de aquí?, preguntó Blanca; su voz temblaba.

Bastantes, señorita. Hasta hace rato iban doce; y alrededor de treinta heridos, como el señor de la casa donde estaban ustedes.

Blanca guardó silencio. Yo igual. Pensaba en los compañeros maestros con los que estuve en la comida por la tarde. Me preguntaba si habían llegado a sus hogares y si, una vez allí, resultaron ilesos.

Días después lo supe: la casa de Danilo recibió varias ráfagas de metralla, aunque él y su familia, ocultos en su estudio, no fueron heridos. La única víctima de la batalla fue Balderas. Una granada estalló en el corredor lateral de su casa que conducía al patio trasero y con la explosión se vino abajo la habitación que le servía de refugio. Sus hijos y su esposa sobrevivieron, pero a él le cayó encima una placa de cemento que lo mató al instante.

De tanto en tanto giraba la vista para ver a mi alumna: muda de espanto, le temblaba la mandíbula y escurrían lágrimas de sus ojos.

En una esquina de la plaza hormigueaba una muchedumbre de policías y tripulantes de las ambulancias. Frente a la presidencia municipal se juntaba otro tipo de gente: personas en busca de noticias sobre sus seres queridos, burócratas que acudían a ver si eran necesarios, periodistas de las ciudades cercanas que apuntaban las cámaras fotográficas en múltiples direcciones.

En cuanto la patrulla se estacionó junto a la banqueta del edificio, varios reporteros se desprendieron del montón y corrieron hacia nosotros. Antes de preguntar nada, nos encandilaron con sus flashes, pero al ver que no éramos combatientes mostraron decepción y dieron media vuelta.

El policía copiloto se nos acercó.

Creo que no tiene caso que entren, dijo. La verdad, los trajimos nomás porque lo ordenó ese comandante, pero aquí naiden los va a interrogar.

¿Entonces?, pregunté.

Pueden irse.

Váyase usted, profe, dijo Blanca con voz llorosa. Yo voy a esperar a mis papás. Seguro no deben tardar.

Siguió a los oficiales a las oficinas del municipio. Fue la última ocasión que la vi. Según me dijeron, sus padres se la llevaron un par de días después a Harlingen, Texas, donde tenían familia.

Aturdido, al quedar solo y libre en la calle no supe adónde dirigirme. Seguía desorientado. Extendí la vista para mirar la plaza y ubicar el camino a mi casa. Me llamó la atención el resplandor continuo de los flashes de las cámaras cerca del quiosco, donde se amontonaba un buen número de gente. Caminé hacia allá esperando encontrar más restos de la batalla, manchas de sangre, quizá cuerpos.

En el camino me crucé con personas que venían de regreso, horrorizadas. Una mujer se acercó a uno de los árboles y devolvió el estómago entre el tronco y las raíces. Al verla tuve la intención de desistir y retroceder, pero una fuerza magnética difícil de explicar mantuvo mis pies en marcha. Ni siquiera el ruidoso zumbar de las moscas me detuvo. Llegué adonde la gente se apretaba y escuché toses y arcadas de asco. Avancé al frente.

Los asesinos habían cumplido su promesa: al pie del quiosco, casi unidas al muro de la base, se alineaban alrededor de veinticinco cabezas humanas. Algunas veían a la presidencia municipal, otras a los bloques de cemento del quiosco, dos o tres se miraban entre sí con ojos ciegos y parecían sonreír con las bocas entreabiertas dando muestras de una camaradería macabra que iba más allá de la muerte.

Unas cuatro presentaban impactos de bala, en el rostro o en la parte trasera; de ellos escurrían manchas de sangre que se habían vuelto duras costras. Dos de ellas exhibían hendiduras violentas en el mentón y la boca, como si sus verdugos hubieran fallado el golpe de hacha o machete al desprenderlas del cuerpo.

Me sentía hipnotizado. No era capaz de desviar la vista. Tuve vergüenza e hice un esfuerzo por girar el rostro para ver a quienes se hallaban junto a mí.

Lucían fascinados también. Con gestos de horror y repugnancia, estudiaban los rasgos de esos pedazos de cadáver con que los verdugos decoraron la plaza; los ojos de mirada opaca, las muecas de desesperación que les trajo la muerte, las cabelleras apelmazadas o las calvas deformes con hondas cicatrices, el muñón sanguinolento que les servía de base.

Miraban durante un rato con la boca abierta, el corazón palpitando duro, y de pronto se retiraban con urgencia, como si la inminencia del vómito los arrancara de allí.

Volví la vista a las cabezas al tiempo que un estremecimiento me sacudía: había reconocido al hombre que vi morir mientras creí que me miraba. Era él. Se ubicaba casi en el centro de los despojos y sus ojos apagados miraban al frente, hacia la presidencia municipal; pero de pronto sentí sus pupilas fijas en mí, como si me reclamara no sé qué.

Yo era el único entre los mirones que lo había visto vivo, moviéndose. Lo había visto caer sin vida. Había visto cómo el jefe de sus enemigos encajaba un enorme cuchillo en la base de su cuello para convertirlo en ese despojo. Y, mientras el viejo comandante me interrogaba, había visto a mis pies, a unos centímetros, su cuerpo inerte, el cuerpo que ahora echaba en falta.

No soporté. Retrocedí, sin dejar de observarlo, entre los otros mirones, entre los recién llegados que se sumaban al montón, hasta perderlo de vista y salir de su radio de atracción. Caminé unos pasos, pero seguía escuchando vómitos que preñaban el aire con una hedentina húmeda y amarga. Reprimí mi propio asco y me alejé en busca de una zona en la plaza donde pudiera respirar aire limpio. No la encontré. El Edén entero olía a sangre y pólvora, a muerte, a odio reconcentrado y, por encima de estos efluvios, a miedo, a miedo imposible de controlar.

Ubiqué el camino a casa y emprendí la caminata a grandes trancos, sacándole la vuelta a los tumultos de gente. En cada zancada me repetía que debía irme de ahí para no regresar nunca y, apenas llegué a mi calle y avisté mi puerta, supe que empezaría a empacar de inmediato para llevar a cabo la huida.

Salí del infecto ambiente del baño aliviado, ligero. Incluso caminaba con mayor aplomo, aunque traía la bragueta abierta y no lo había advertido. Al darse cuenta, Renata sonrió divertida y se relamió los labios:

No andes de ofrecido, profe. Si la sacas a pasear que no sea de balde, hay que usarla.

El tipo con quien estaba soltó una carcajada ebria, molesta. Iba a preguntarle de qué chingaos se reía, pero desde el extremo Darío me hizo una seña y entendí.

Dejé a la mesera y al otro atrás mientras me subía el cierre. Antes de sentarme advertí con claridad la expresión beoda de mi antiguo alumno. Lucía más borracho que cuando me levanté. A mí descargar la orina y caminar me había despejado un poco.

¿Te sientes bien?, pregunté.

Me dirigió unas pupilas desenfocadas y torció los labios en un amago de sonrisa.

¿Yo? ¡A huevo! Pedo, pero bien.

La cubeta contenía varias cervezas; la botella en la mano de Darío iba a la mitad. No había bebido casi nada mientras estuve en el baño. A lo mejor le pegó el aire que entra por la ventana, me dije acomodándome en la silla.

Tomé mi vaso y lo alcé. Él hizo lo mismo con su cerveza.

¿En qué estaba?, preguntó.

Antes de que le respondiera, murmuró con voz apagada:

Ah, sí. Jaramillo y yo descansábamos en el parque cerca de la escuela.

No dijo más. Su semblante se veía concentrado, como si quisiera atrapar las imágenes que sus palabras referían.

Di un sorbo al ron y el sabor del agua y el alcohol en la boca me provocó el regreso de un ligero acceso de asco. Para aplacarlo, bebí el contenido del vaso. No funcionó. Hice una seña a la barra para pedir otro, mas en ese instante Renata le metía al tipo una mano bajo la camisa y jugueteaba con los vellos del pecho en tanto le hablaba al oído.

Sí, estábamos ahí, dijo Darío. Cansadísimos. Con dolor de piernas, brazos, cuerpo. Ahí nos quedamos un rato.

Su voz era lenta, arrastrada.

Creíamos que pronto amanecería y que la luz del sol iba a llegar a poner orden en el pueblo.

Lo oía sin verlo, con la vista fija en la barra, aguardando que Renata volteara.

Ese rato habrá sido una hora, o media. O menos. Mi noción del tiempo era nula. Noté que Jaramillo reposaba sobre la yerba reseca de lo que algún día fue un prado, y me recosté en la banca. La misma banca mocha donde tuve a la Norma en mis brazos por vez primera. Apenas si cabía, profe. Las piernas me colgaban en el aire y rozaban el suelo.

El tipo que estaba con Renata dio un salto hacia atrás cuando ella le pellizcó una tetilla, y se retiró disgustado, frotando la palma de una mano en la camisa. Ella se carcajeó burlona y al hacerlo giró la vista a nuestra mesa.

Levanté mi vaso vacío.

Ella negó con la cabeza, incrédula, y fue adonde estaban las botellas y el hielo. Regresé los ojos a Darío.

A punto de quedarme dormido, continuó, volví a sentarme para poner atención a los ruidos de la noche. Los tiros seguían, si bien aislados y lejanos. Por el lado del pueblo donde nos hallábamos los incendios se miraban débiles, como si se extinguieran. ¿Se estará acabando?, me pregunté. El cielo aún era negro. La luna no aparecía por ningún lado. Tal vez estaba detrás de una nube, aunque tampoco pululaban muchas nubes arriba. ¿Se estará acabando?, me repetí. ¿Se habrán largado los asesinos?

Sentí la presencia de Renata sin oír sus chanclas. Se había deshecho de ellas y caminaba con pies desnudos en el piso lleno de colillas, ceniza, fichas y escupitajos. Al tambalearse, sus talones producían tamborileos sordos. Cuando se detuvo junto a nosotros se fue un poco de lado, rio y se sostuvo de mi hombro para no caer.

Oye, estás fuerte, cabrón, dijo articulando con dificultad las sílabas al tiempo que depositaba frente a mí el trago, que salpicó algunas gotas a la mesa.

Darío la miró sin verla y se llevó la cerveza a la boca para hacer tiempo mientras se iba.

El olor fuerte de la mesera me subió a la nariz y, sin que interviniera mi voluntad, llevé la mano a su trasero y lo palpé. Ella movió la suya del hombro a mi cuello y se agachó.

Orita no, porque se pone celoso este güey, me dijo en un susurro con voz salpicada de saliva.

Dejó salir otra carcajada y dio media vuelta para volver rápido con el tipo que la esperaba con los párpados entrecerrados junto a la barra.

Volteé hacia Darío: sus ojos continuaban inmersos en el recuerdo. Los clavó en los míos, y caí en la cuenta de que regresaba a nuestro presente.

Fue una ilusión, profe. Al ver a Jaramillo acostado en el suelo, al no oír disparos ni explosiones, creí que la paz al fin volvía a El Edén; pero faltaba mucho. Lo peor y lo más raro no me habían pasado aún.

¿Lo más raro?, pregunté.

Darío llevaba rato sin fumar. Supuse que el tabaco ya lo asqueaba, pero antes de responder sacó un cigarro de la cajetilla y lo encendió.

Su mueca fue de placer al tragar el humo.

Si bien interrumpida por truenos a lo lejos, la calma se extendía alrededor de nosotros haciéndonos sentir que duraba una eternidad, dijo. Yo la disfrutaba. Ni siquiera quería pensar en mi novia y mi hermano, porque si pensaba la angustia no me iba a dejar en paz.

No sé si Jaramillo se durmió un rato. Se mantuvo inmóvil el tiempo que estuvimos ahí, como muerto, aunque su respiración a veces se agitaba para avisarme que seguía vivo. En ese oasis de tranquilidad, imaginé que al dejarnos en paz los invasores volveríamos a nuestra vida de antes.

Me vi de nuevo en la escuela, rodeado por mis compañeros; en sus clases que tanto me gustaban, profe, donde leíamos esos libros. Me vi ganando el campeonato regional de futbol, igual que un año antes; hasta escuché las porras y los gritos de emoción. Me vi en esas comidas familiares de los domingos, cuando mi padre compraba cortes americanos y los echábamos al asador. Me vi de nuevo con la Norma, parriba y pabajo por las calles del pueblo, en busca de lugares solitarios dónde poder estar sin que nos espiaran.

Y al pensar en Norma los latidos del corazón se me desbocaron. Me puse tenso. El dolor en los músculos desapareció y, por el contrario, los percibí duros, listos para accionar. Me levanté de la banca y mis pies hicieron crujir la yerba.

¿Ya?, preguntó Jaramillo.

¿Ya qué?

¿Ya vamos a seguirle?, dijo mientras se incorporaba.

Creí que te habías dormido, dije.

Ni madre. Trataba de ubicar por dónde se oyen los balazos. ¿Y?

Según yo, se cargaron hacia el rumbo de Reynosa. Se me hace que los pinches guachos perseguían a los otros y los arrinconaron en la salida para regresarlos a su madriguera.

¿Los guachos son los que vienen de Nuevo Laredo?, pregunté.

Simón.

¿Cómo sabes?

Oh, chingao. Usté nomás júntese conmigo y aprende, cabrón.

Sin darnos cuenta, habíamos empezado a movernos y nos hallábamos fuera del parque, en la calle. Hicimos un alto para orientarnos.

Por ese lado queda tu escuela, me dijo Jaramillo. ¿Todavía quieres ir a ver si por ahí anda la Norma?

No está de más echar una revisada, respondí y caminé en la dirección señalada, confiado, por en medio de la calle, hasta que él me alcanzó para detenerme del hombro.

Pégate a la pared, dijo. Puede haber tiradores.

Era cierto. La calma momentánea me había hecho olvidar los riesgos.

Durante las primeras dos cuadras no advertimos amenazas. Si acaso una polvera de troca suelta sobre el pavimento, puertas abiertas de casas que habían sido abandonadas, ladridos de advertencia en un patio. Nada que indicara explosiones o enfrentamientos recientes. No fue sino hasta llegar a la calle de la escuela que encontramos verdaderos rastros de batalla.

El portón de la refresquería estaba hecho polvo a fuerza de tiros.

Nos acercamos despacio, sin hacer ruido, y hallamos un cadáver entre las mesas. Era don Aureliano, el dueño del negocio y de la casa, lo reconocimos a pesar de la oscuridad por la camisa amarilla que siempre llevaba. Jaramillo movió el cuerpo para dejarlo bocarriba. Lo palpó: tres heridas lo habían derribado; una de ellas en la frente.

Oímos un gemido agudo más adentro. No recordaba que don Aureliano tuviera familia, siempre lo vi solo atendiendo a los estudiantes. El gemido era débil. Debía tratarse de alguien en las últimas. Jaramillo y yo nos miramos en la oscuridad. No nos vimos las caras, pero ambos supimos que estábamos de acuerdo en revisar.

Cerca de la puerta que comunicaba con la casa, él movió una silla y la pata rechinó. Nos paralizamos. El gemido se desvaneció en el silencio. Seguí quieto; intentaba escuchar y no se oía nada. Más impaciente, Jaramillo recorrió el espacio que le faltaba para alcanzar la puerta. Abrió y se internó en la casa. Luego sacó la cabeza.

Ven, Darío, susurró.

Caminé entre las sombras hasta topar con su espalda.

Aquí está, dijo. ¿Todavía trae luz tu celular?

No sé, respondí mientras llevaba la mano al bolsillo.

Lo saqué y activé la lámpara. Era el perro de don Aureliano, un labrador enorme, color crema. Echado sobre un costado, daba las últimas boqueadas. Del lado visible, seis tiros le perforaban la carne y la sangre resbalaba al piso. Una sangre roja y brillante. Sintió la luz encima, nos miró con ojos tristes e intentó mover la cola. Se moría, pero le daba gusto no estar solo en el momento final. Jaramillo le pasó la mano por el pescuezo.

Apagué la luz del celular; podría hacernos falta después. Él acarició al animal unos segundos, hasta sentir que ya no respiraba. Entre las sombras vi su silueta agacharse para casi tocar con su cabeza la del can muerto.

Hijos de puta, murmuró. ¿Cómo pueden matar perros?

No se me ocurrió nada para contestarle, profe. Pensé: si esos cabrones se echan a los cristianos como si nada, sin ninguna clase de reparo, sean enemigos o nomás gente que se les atraviesa, menos se tientan el corazón para chingarse un perro, ¿qué no?

Quién sabe, Darío, respondí. En estos tiempos locos hay personas que preferirían dañar a un ser humano y no a un animal. En especial los que viven en ciudades y nunca convivieron con otras bestias que no fueran sus mascotas y las de sus amigos.

Me miró con extrañeza. Lo pensó unos segundos. Respiró con el fin de controlar el hipo que venía atosigándolo cada vez más desde hacía unos minutos.

Digamos que tiene razón, dijo. Aun así, no creo que esos malandros fueran de esas personas a las que usté se refiere. ¿Y no le resulta extraño que el Jaramillo no haya sentido nada ante el asesinato de don Aureliano y en cambio estuviera a punto de llorar por el del perro?

No aguardó mis palabras. Le dio al cigarro un jalón furioso, sopló el humo a la calle y se empinó la cerveza.

Mientras él le guardaba luto al animal, dijo, yo volví a la refresquería, pasé junto al cuerpo de don Aureliano y me detuve a unos centímetros de la banqueta a contemplar la escuela; la silueta de la escuela recortada contra el azul profundo del cielo, más bien. Lucía semejante a un monstruo prehistórico en reposo, sumergido en tinieblas. Era enorme.

Me miró animado.

Debe acordarse, profe. No sé si le tocó alguna vez ir de noche, cuando no había alumnos ni maestros, pero impresionaba si estaba vacía. Yo fui una vez a recoger a la Norma porque se quedó a hacer un trabajo de equipo con otras compañeras y salieron tarde. Me entretuve en el camino y a mi llegada nomás quedaba ella.

Qué bueno que llegaste, Darío, me dijo nerviosa. Aquí está muy solo y callado.

No me digas que tuviste miedo, me burlé.

Norma lo sintió como un reto, y aunque era notorio que sí la asustaba tanta soledad me reviró:

No, porque me quiero meter contigo en uno de los talleres.

Me tomó de la mano para conducirme al interior de la escuela. Adentro, aminoró el paso. Los pasillos entre el primer patio y los salones parecían pistas de carreras, anchas y largas. Los recorrimos despacio y llegamos al segundo patio, donde quedaban los talleres. Ahí el paisaje era aún más desolado: una gran extensión de terreno rodeado por galerones altísimos. De tanto en tanto, muros y techos de lámina emitían sonidos extraños, crujidos, reacomodos.

Ni yo ni Norma lo decíamos, pero la idea de entrar en un galerón ya no nos parecía tan buena. Caminábamos con cuidado, para evitar que el ruido de los pasos atrajera un fantasma o la presencia de quien anduviera por ahí.

Al pasar por la puerta del taller de máquinas y herramientas oímos un golpe metálico y ambos dimos un brinco silencioso, luego se escuchó una suerte de papaloteo y salimos disparados a greña rumbo a la calle sin acordarnos de que buscábamos un rincón para besarnos sin interrupciones.

¿Supieron qué era?, pregunté.

Sí, dijo Darío, lo adivinamos después de cruzar la puerta, iluminados por la luz de la calle: uno de los pichones que hacían nido en las alturas del taller, entre los puntales de ladrillo y el techo de lámina. Al caer en la cuenta de ello, la Norma y yo nos carcajeamos de nuestro miedo, aunque ninguno se atrevió a proponer el regreso para llevar a cabo nuestro primer plan.

Darío casi sonrió. Dio una fumada.

De eso me acordaba afuera de la refresquería mientras Jaramillo acompañaba al perro en su paso al otro mundo. Pensaba en lo angustioso que sería recorrer la enormidad de la escuela en aquella negrura total.

Veinticuatro salones de clase, seis talleres de oficios y un ala de oficinas administrativas, más los vestidores y las canchas deportivas. Un espacio inmenso donde podían ocultarse decenas de malandros armados para la guerra.

¿Será buena idea buscar a Norma allí?, me pregunté inseguro.

El rechinar de una mesa metálica me arrancó de mis dudas con un sobresalto. Jaramillo venía hacia mí.

¿Listo?, preguntó.

¿Para qué?

Para registrar la escuela, dijo.

De nuevo miré el edificio en tanto las dudas me apretaban el estómago.

No creo que esté ahí, Jaramillo. Es mejor buscar en otro lado.

¿En otro lado? ¿Dónde? No mames, Darío. ¿Cómo dices que no está ahí si no hemos visto?

No respondí. Seguía con los ojos clavados en las ventanas de los salones que daban a la calle. Entonces creí ver una pequeña chispa en uno de ellos, algo semejante a la flama de una veladora, que de inmediato desapareció.

¿Viste, güey?, le pregunté a mi amigo.

¿Qué dices?

Se prendió y se apagó algo en un salón.

Él escudriñó el edificio unos segundos.

No hay nada, Darío. Lo imaginaste. Y si la Norma anda por ahí no va a estar en los salones del frente. Si se está escondiendo debe ser en…

La silueta de un hombre que salía por la puerta frontal a toda mecha lo interrumpió. Tras ése venían otros dos. Corrieron hacia un costado de la escuela donde estaba una troca que no habíamos visto. Abrieron la portezuela y la luz del interior los iluminó: vestidos de negro, uno de ellos traía un arma larga.

¿Qué chingaos…?, empezó a decir Jaramillo en tanto yo lo jalaba al interior para que no nos vieran.

Darío sufrió un acceso de hipo que lo obligó a detener el relato. Me miró con angustia risueña, como disculpándose. Bebió dos tragos de cerveza y retuvo la respiración cerca de un minuto. Creí que lo había conseguido, mas en cuanto aflojó el aire de los pulmones, a la segunda respiración el hipo lo interrumpió de nuevo.

Yo estaba en ascuas. Quería que continuara.

No le hace, tú sigue, le dije.

Volvió a hablar, cortando el hilo de las palabras a cada momento, pero no me importó porque al tratarse de la refresquería y de la escuela los sonidos de su boca se transformaban de modo automático en imágenes que mi mente procesaba sin problema.

Darío jaló de la playera a Jaramillo hacia la refresquería con el fin de evitar que los hombres de la troca los descubrieran. Igual no los habrían visto, porque el vehículo arrancó a madres, entre rechinidos que seguro dejaron la mitad de la llanta untada al pavimento. Pasaron como rayo frente a los adolescentes y doblaron en la primera esquina dejando una estela de humo blanco. El ruido tosijoso del motor pronto se perdió en la noche.

¿Qué traen esos putos?, dijo Jaramillo al salir otra vez a la banqueta.

Darío iba a contestar cualquier cosa, cuando en el fondo, en la zona de talleres de la escuela, se desencadenaron tres explosiones seguidas iluminando no sólo la calle, sino toda esa zona de El Edén, con inmensas bolas de lumbre.

El suelo retembló, una bocanada apestosa de aire hirviente hizo volar en el aire a Darío y Jaramillo, que volvieron a caer dentro de la refresquería, justo a tiempo porque sobre el techo y la calle azotó una avalancha de escombros, trozos de metal y madera, herramientas y mil objetos más. Un martillo con el mango roto rebotó en el piso en medio de ellos y Jaramillo se echó a un lado mientras gritaba una larguísima mentada de madre. Con el resplandor de la lumbrada vieron que algunas de las cosas expulsadas a la calle humeaban; el pedazo de un tablón de madera ardía igual que antorcha.

Cuando terminó de vibrar el piso y se disolvía el olor de la explosión, las llamas en los talleres se alzaron, arrojando una luz anaranjada en todas direcciones.

Darío miró a Jaramillo: era la primera vez en la noche que el terror le deformaba el rostro. Tenía la boca abierta, chueca, la punta de la lengua de fuera, un ojo entrecerrado y el otro abierto de par en par, un moco húmedo le escurría de la nariz y jadeaba, su pecho se contraía en cada respiración.

¿Qué… qué pedo?, dijo aún en el piso en cuanto pudo hablar.

Darío se puso en pie: le fallaban las piernas.

Ya no hay talleres dónde buscar, dijo al tiempo que extendía la mano para ayudar al otro a incorporarse.

Jaramillo se agarró de él con fuerza y se impulsó, pero el esfuerzo lo hizo pegar un grito. Se soltó. Entonces se dieron cuenta: una varilla le atravesaba el vientre. Él no la había sentido antes y la miraba con ojos que parecían querer abandonar sus órbitas. Alzó la cara hacia Darío. Su expresión había mutado: esta vez sus facciones lucían como las de un niño tras sufrir un regaño.

Me chingaron, Darío, dijo con voz aguda. ¡Ya me llevó la verga, carajo!

Aunque el reflejo inquieto de las llamas llegaba hasta ellos, Darío sacó el celular para ver qué tan grave era la herida. Del tamaño de una regla escolar, la varilla lo atravesaba de lado a lado por arriba del cinturón; sangraba en abundancia. Darío había visto en películas que decían eso de "no dañó ningún órgano vital", pero no tenía modo de comprobarlo. Nunca había estado frente a un caso así. No hallaba qué hacer. Y no hizo nada. Nomás se sentó junto a Jaramillo a esperar que algo pasara mientras oía sus gemidos de dolor, sus sollozos ahogados.

Y algo pasó: otros cuatro explosivos estallaron con grandes fogonazos en los salones frontales de la escuela y la onda expansiva los hizo dar dos volteretas hacia atrás mientras levantaba del suelo sillas y mesas que a la par los golpeaban y protegían del huracán de escombro y vidrios que se les fue encima. El aire ardió por unos instantes. Lo sintieron en el rostro y en las manos igual que si hubieran estado horas tirados al sol en la canícula.

A Darío le dio un ataque de tos a causa de una nube de pólvora y tierra. Cuando pudo reaccionar, lo primero que vio fue la hoguera en que se convirtieron los salones que aún seguían en pie; la mayoría eran un montón de escombros.

Sentado en el piso, cubierto de tierra, vidrios y piedras, hipnotizado por el baile del fuego, no pudo sino preguntarse:

¿Por qué volar la escuela? ¿Qué sacan de eso?

No era capaz de explicarse los beneficios que obtenían los delincuentes de un acto así. Recordó que horas atrás su compañero le había señalado cómo se consumía en llamas el único colegio particular de El Edén.

Jaramillo, se dijo Darío y giró la cabeza adonde el otro había rodado con la explosión. Estaba tirado de espaldas a él, encogido junto al muro, a un paso de la puerta de la casa. Su cuerpo se sacudía. Darío vio la mancha de sangre en la espalda baja; ya no estaba la varilla. Se la había arrancado el estallido o uno de los golpes que dio al rodar.

¡Jaramillo!, gritó, pero el otro siguió estremeciéndose sin contestar.

Darío intentó levantarse para acercarse a él y apenas estuvo en pie se volvió a venir abajo. Esta vez no fue debilidad; lo tumbó el dolor. Varios cristales grandes se le habían incrustado en las piernas. Uno en las costillas y otro más a un lado del estómago.

En la madre, dijo en voz alta al ver su brillo a la luz del incendio.

Estaba inmovilizado. Si amagaba cualquier movimiento, los dolores lo hacían sudar.

Voy a morir, pensó. También a mí me tocó esta puta noche infernal.

Sentado en el suelo, con la espalda unida a la pared, advirtió que su respiración se volvía difícil, jadeante, y estuvo seguro de que su hora se acercaba. De nuevo pensó en la familia. En el golpe que sería para sus padres el anuncio de su muerte. En la decepción de Paty y de la abuela al no verlo regresar con Santiago de la mano.

Pensó en Norma y casi se echa a llorar.

Los jadeos se prolongaron unos minutos y no se moría. Entonces adelantó la mano hacia uno de los vidrios encajados en la pierna, el más grande, una laja del largo de una cuarta y una pulgada de ancho. Su mano temblaba y, al tocarlo, cientos de punzadas le asaltaron el muslo. Lo arrancó de cuajo y pegó un grito al ver correr el borbotón de sangre. El dolor, agudo al principio, disminuía rápido y pudo enfocar su atención en otra cosa.

Vio a Jaramillo: sus estertores continuaban. Para acercarse a él, primero debía extraer de su propia carne todos los vidrios.

Quitó el que le perforaba el costado entre dos costillas: más sangre; también alivio. Siguió con el del estómago, no tan profundo, y luego retiró uno a uno los de las piernas en tanto el pantalón se teñía de oscuro hasta que el color claro de la mezclilla desapareció. Chapoteaba en un charco pegostioso. Fue la sensación de asco lo que lo hizo tratar de volver a ponerse en pie. Lo hizo y sus tenis sonaron igual que ventosas; dejó en el piso huellas de sangre al caminar hacia Jaramillo.

Lo tocó y el otro se sacudió con fuerza, pero pudo voltearlo bocarriba.

No se imagina cómo lucía, profe, dijo Darío entre hipo e hipo. El vendaval de cristales lo golpeó de lleno y tenía clavados en el cuerpo más de los que yo me había arrancado.

A Darío se le hicieron bolas las emociones al verlo. Un cristal grande le partía en dos la mejilla y otro, más pequeño, le había cegado un ojo hundiéndose horizontal entre los párpados. El cuerpo de Jaramillo tenía el aspecto de un erizo cuyas púas brillaran con las agitaciones caprichosas del fuego. Vio a Darío con el ojo sano y sus labios vibraron al intentar sonreír; no pudieron y acabaron torcidos en una mueca dolorosa.

Darío, murmuró el muchacho antes de que la tos le impidiera hablar.

El agujero del vientre donde antes estuvo la varilla se contraía y expandía en un pozo sangrante.

Dime, carnal, le susurró Darío cerca de la oreja.

A ti también te jodieron las explosiones, ¿no? Te miras bien puteado.

Sí, respondió Darío. Me duele todo, como a ti.

No hay que morirnos aquí, cabrón. Vámonos a otro lado.

¿Adónde?

A la vuelta está la casa de los Zapata, ¿te acuerdas?

No sé de cuál hablas…

Una grande… fue casco de hacienda, dijo. La quemaron gacho la otra noche… que se dieron en la madre estos cabrones, pero… unos cuartos resistieron...

Entendí entonces, profe, dijo Darío en un intervalo de respiración normal. Se refería a una casona de una sola planta que se ubicaba a una cuadra de la escuela, en la esquina contraria de la manzana donde estábamos. Usté debe acordarse.

Me acordaba, claro. La construcción ocupaba un cuarto de hectárea, acaso más. Una casa bastante maciza, de techos altísimos y muros gruesos, levantados en torno a un amplio patio central. Las viejas caballerizas habían sido transformadas en cocheras y cuartos de servidumbre. Casi siempre estaba sola. La gente decía que los dueños vivían en Monterrey y la visitaban poco. Durante una batalla anterior, ahí se atrincheraron los de un bando después de volar el portón, y los contrarios les dieron con todo hasta diezmarlos. Murieron en la refriega un jardinero y su esposa, la sirvienta, y en los días siguientes los zopilotes del barrio saquearon los muebles y las cosas de valor que no fueron destruidas. Quedó del edificio un montón de escombros y algunas paredes de pie.

Es una ruina, Jaramillo, dijo Darío.

Po… por eso, dijo él entre resoplidos. Na… nadie atacaría unas ruinas.

A Darío le resultó claro lo que su amigo quería: un lugar seguro. Un sitio donde nada lo amenazara. Estuvo de acuerdo.

¿Podrás caminar?

Ayu… ayúdame a qui… quitarme los pinches vidrios y te digo.

Va, dijo Darío y puso manos a la obra.

Procuró sacárselos rápido, en un solo estirón. Empezó con los que tenía clavados en las piernas, para no pensar en los que se le habían hundido en la cara. Eran demasiados. Con las primeras extracciones, Jaramillo gritó y se estremeció; luego sus gritos se volvieron gemidos débiles y Darío pensó que se debía a la sangre que brotaba de cada herida abandonando su cuerpo.

Antes de ocuparse de los del pecho y el rostro, le sacó uno largo que tenía enterrado en el pubis, junto a la bragueta y se extrañó de que no hubiera reacción de parte de Jaramillo, de que el pantalón no se empantanara.

Miró el agujero de la varilla en el vientre. No sangraba. Fue cuando advirtió que su amigo no se movía. Tampoco respiraba.

Darío detuvo su tarea. Se quedó ahí, de rodillas junto al cuerpo, con las manos apoyadas en sus piernas rastrilladas, mirando cómo el joven que al caer la tarde era su adversario al grado de haberse agarrado con él a madrazos y horas después, durante la batalla, se había vuelto su compañero, su amigo, ahora era nomás un pedazo de carne yerta.

Aunque no servía de nada, extrajo de la mejilla de Jaramillo el vidrio triangular que la seccionaba.

El del ojo le costó más trabajo. Adelantó la mano y la retiró un par de veces antes de atreverse. Le provocaba horror. Tenía miedo de que, al estirar hacia atrás, el globo se adhiriera al cristal y saliera de la cuenca junto con venas y nervios, o que Jaramillo lanzara un alarido al quedar tuerto.

Mas no era capaz de dejarlo así, no sabía por qué. Extendió el brazo, rozó con la yema de un dedo el filo, apretó los párpados, hizo fuerza con el pulgar y jaló sin ver, aprovechando el movimiento para arrojar lejos lo que traía en la mano. Oyó cómo el cristal se hacía añicos en el suelo.

Entonces, profe, levanté los párpados, pero la cara de mi amigo me hizo volver a bajarlos de inmediato.

Darío pronunció la última frase en un bisbiseo que se extinguió poco a poco como si le faltara el aire. El hipo había huido de su cuerpo. Desde un rato antes no me veía. Hablaba con la vista baja y las facciones arrugadas en esa suerte de implosión que le daba un aire de anciano prematuro.

Luego de unos instantes, prendió un cigarro y tosió.

Una sensación incómoda me hizo quitarle la vista de encima. Eché una rápida mirada a la cantina.

Un hombre en quien no me había fijado babeaba la mesa, dormido junto a una botella de brandy. Otro dormitaba en la barra. El galán de Renata no hablaba. Sentado en uno de los bancos, los ojos cerrados, se concentraba en conservar el equilibrio mientras la mesera lo veía con cierta lástima acariciándole una mano.

Al presentir mi vista, ella me sonrió. Señaló al hombre con los ojos, con burla, e hizo un gesto de impotencia. Me preguntó a señas si quería otro ron.

A pesar de que no me había acabado el anterior, asentí.

Renata soltó al tipo, que se inclinó y hubo de sostenerse de la barra para no resbalar al piso. La vi caminar hacia el mueble de las botellas y desvié la mirada a la calle.

Dos mujeres estaban de regreso en la banqueta de enfrente. Me pareció raro, porque casi no pasaban coches, pero supuse que venían a ver si las levantaban los últimos desbalagados de la madrugada. Una era la cuarentona de hacía rato; la otra, la veinteañera en quien Darío se interesó al principio; la que le daba un aire a Norma.

Pero ahora él seguía con la vista escondida en la cajetilla de cigarros. No la levantó sino hasta meter la mano en la cubeta para sacar una nueva cerveza. Después de abrirla con el encendedor, cruzó su mirada con la mía.

¿Cansado?, le pregunté.

Sí, dijo. De vivir.

Aunque quise hacerlo, no sonreí.

Me refería a esta noche.

Sí, también, respondió. Ésta y todas las noches. ¿Usté no, profe?

La pregunta me destanteó. Ahora sí sonreí.

Qué le vamos a hacer, ¿no?, dije. Así es la vida, ¿qué no?

Esas palabras sobadas salieron de mí porque no quería pensar, mucho menos centrar mi atención en mí mismo. Fue en vano. En el instante en que las pupilas de Darío huyeron hacia la calle se me vino encima el peso de la pregunta.

Sí, estoy cansado, rendido, muerto, me dije. Harto de nomás sobrevivir. De llevar una existencia que no es la que me correspondía. La que planeé desde la juventud y quedó trunca por culpa de otros. Esa donde debí ser feliz viendo cómo mis alumnos terminaban de formarse y salían a construir un mundo distinto a éste.

Los talones de Renata retumbaron en el suelo cerca de la mesa. De nuevo apoyó la mano en mi hombro al poner un vaso de ron y hielo frente a mí, y ahora volví a percibir en su cuerpo un olor a sal y aceite rancio.

Mi fatiga se hizo mayor al escuchar junto a mi oído:

Ese cabrón ya clavó el pico y no me sirve para nada. Se me hace que mejor te espero… ¿o te culeas?

Fingí reír.

Acuérdate que estamos péndulos, abundó Renata. No te tardes o no respondo.

Dio media vuelta y caminó como si taconeara, clavando en el suelo todo su peso en cada pisada.

La mirada de Darío, perdida en las mujeres de la banqueta, me hizo retomar mis pensamientos.

El pueblo debería seguir igual que siempre y yo debería estar allá, me dije. Quizás, a estas alturas, casado con Leticia y con dos o tres huercos correteando por la casa que me dejó mi padre. En vez de ello, duermo en un departamento compartido con otros buenos para nada y de lunes a viernes cumplo horario burocrático en los sótanos de la Cámara de Comercio escribiendo un boletín que nadie lee, ansioso porque den las tres de la tarde para venir aquí a beber hasta la inconsciencia.

Con un ademán lleno de pachorra, Darío trajo su vista de la calle.

¿A poco no le dan ganas a veces de acabar con todo, profe?, preguntó. Y no me venga con que así son las cosas.

Reí otra vez con falsedad para eludir la respuesta.

Imagínese no tener que pensar, ni levantarse por las mañanas a hacer lo que aborrece, ni ahogar la memoria en alcohol para que no aparezcan los recuerdos.

Sin el hipo, Darío había recuperado un poco la fluidez del habla. Su enojo lo entusiasmaba.

Nomás imagínese.

Dio un trago largo a su cerveza y me miró.

Ese tipo de cosas se me vinieron a la cabeza por vez primera junto al cuerpo de Jaramillo aquella noche, dijo.

Lo contemplé mucho rato, deseando con las fuerzas que conservaba, que no eran muchas, irme de la vida sin darme cuenta, igual que él. Yo tenía la barbilla suelta sobre el pecho, los ojos entrecerrados, las manos cuajadas de la sangre que brotaba de mis piernas. No sentía dolor. No sentía nada.

Así debe ser, me dije. Sin angustia, sin sufrimiento, como Jaramillo.

Entonces, no sé si a causa de la sangre que había perdido, tuve una alucinación que me impulsó a reaccionar: vi sobrepuesta la cara de Santiago al cadáver de mi amigo. Sí, era mi hermano a quien un enorme vidrio le había seccionado la mejilla y otro el ojo. Lo vi cubierto de sangre, agonizando, y su pupila intacta me miraba con reproche por no haberlo salvado de los atacantes del pueblo.

Luego oí un rumor en la calle. Al voltear vi, a la luz de la lumbre, un perro corriendo a trompicones entre los escombros. Traía la lengua al aire y, en vez de la pata izquierda trasera, un muñón sangrante que, sin embargo, no le restaba empuje. Cruzó veloz frente a mí sin notar mi presencia y se perdió en las calles como si respondiera al llamado de su dueño.

¿Cómo pueden matar perros?, había dicho Jaramillo.

Éste no estaba muerto, aunque alguien había intentado matarlo. Y herido y con fallas de equilibrio aún recorría las ruinas de El Edén en busca de quién sabe qué.

Me aparté del cadáver de mi amigo. Santiago y Norma seguían afuera y esperaban mi ayuda.

Con los primeros pasos, los cortes me escocieron como si les hubieran echado sal, incluso sentí rodar la sangre piernas abajo hacia mis calcetas. En cuanto salí de la refresquería los ignoré.

La escuela estaba hecha pedazos. Los escombros llenaban la calle; no nomás había vidrios que espejeaban la lumbre, cascotes de cemento, piedras y vigas, sino mesabancos incompletos, herramientas, trozos de pizarrón, libros y cuadernos, igual que si los alumnos en masa hubieran iniciado una revuelta contra el sistema escolar.

Mis pasos eran débiles, por instantes perdía dirección y me iba de lado. Tardé unos minutos en alcanzar la esquina. Ahí me detuve.

¿Por dónde se fue el perro cojo?, me pregunté. Me dio la impresión de que él tenía mayor capacidad que yo para detectar los peligros y había decidido seguirlo, pero no lo veía ni escuchaba el roce de sus uñas en el asfalto.

Entonces me acordé del último deseo de Jaramillo. La casona de los Zapata. Quedaba a unos metros a la izquierda siguiendo esa misma banqueta. Hacia allá me dirigí poniendo distancia de la escuela en llamas para internarme de nuevo en la negrura.

Además de cansancio y ebriedad, el rostro de Darío denotaba una inmensa tristeza que sólo se esfumó unos segundos mientras aspiraba y exhalaba el humo del cigarro. Yo sabía, por lo que me habían contado años atrás, que se acercaba al final del relato de la noche más larga de su vida.

Los agarró el amanecer en las ruinas de la Casa Zapata, me dijo un hombre que fue su vecino en El Edén. Ahí los hallaron los paramédicos, que fueron los primeros en entrar al pueblo después de la batalla, porque los federales y el ejército aún tardaron varias horas en aparecerse.

Darío fumaba, veía a la prostituta joven por la ventana. En sus ojos no había deseo, sí interés.

Me volví hacia la barra. El galán de la mesera dormía sobre el banco de modo increíble: los pies sobre uno de los travesaños de las patas, la espalda firme, la cabeza ladeada, la boca abierta escurriendo saliva, una de las manos en el aire y la otra sobre la de Renata, que sorbía un trago con la mirada fija en mí, sin verme.

Pensé que en cuanto ella lo soltara se daría un costalazo en el piso y la imagen me hizo sonreír.

No se oía ruido en la cantina. Los ruidos ahora entraban envueltos en el aire de la calle a través de la ventana: el motor de un camión urbano, una ambulancia remota, voces de madrugadores, el canto de los primeros pájaros.

Adentro, los comensales se hallaban quietos, vencidos por el alcohol, por la noche. Vencidos por la vida.

Agité los hielos de mi vaso con el fin de escuchar aunque fuera el tintineo, y Darío posó los ojos en mí.

Ya mero amanece, profe.

Sí, respondí. No falta mucho.

Agarró la cerveza frente a él, encontró el cristal tibio, la miró con repugnancia y bebió el contenido.

También aquella vez oí lo que me pareció el canto de un pájaro mientras caminaba a la casona, dijo Darío, pero pensé que mis oídos me engañaban porque el cielo era un toldo negro con una que otra nube arriba y una niebla espesa a la altura de las azoteas. La luna se ocultaba aún.

A pesar de ello, conforme me acercaba a la casa de los Zapata distinguía con claridad los restos de sus enormes muros blancos, las tejas de un par de techos alineadas como dientes podridos, el hondo espacio oscuro de sus jardines. Antes de ser destruida, siempre me pareció una fortaleza. Ahora su aspecto la acercaba a esas ruinas prehispánicas que vi en las páginas del libro de historia: imponente e inútil.

Llegué y estuve a punto de caer, sin fuerzas, derrengado, con la vista nublada. Quise poner atención a los ruidos del pueblo, y lo único que escuchaba eran mi latir enloquecido y mi resuello.

Ni siquiera hice el intento de esconderme cuando dos trocas negras y una moto cruzaron la bocacalle una cuadra más adelante, en lo que tal vez serían los últimos rondines del bando vencedor.

La troca del frente traía un solo faro, que desparramaba un resplandor anémico, la de atrás venía sin luces; nomás la moto conseguía iluminar más o menos el camino. No supe cuántos hombres llevaban en las bateas; me pareció ver una silueta o dos.

Terminaron de pasar y yo caí, o me dejé caer, no estoy seguro, entre la banqueta y lo que alguna vez fueron prados de la casona. Ahí estuve, anestesiado por la pérdida de sangre, dándole vueltas en la cabeza a lo que viví las horas anteriores, compadeciéndome; acaso, de modo inconsciente, esperando la llegada del sol.

Y ahí hubiera seguido, si no es por ese silbar como de pájaros que por momentos parecía surgir del fondo del jardín. Volví la cabeza a las copas de los árboles. Traté de percibir aleteos entre las ramas.

Nada.

El sonido a veces disminuía hasta el silencio, luego reaparecía o se alejaba, confundido con el soplar de un viento que había empezado a remover las capas de niebla y humo por encima de El Edén.

¿Será mi imaginación?, me pregunté.

Me golpeé dos o tres veces la cabeza con la mano y una astilla de cristal me perforó la palma y se hundió en mi cráneo arriba de la frente. El dolor me arrebató de la modorra. Arranqué la astilla y traté de levantarme. Lo conseguí al segundo intento, a despecho del cansancio y de la debilidad.

Si mi destino era morir esa noche, cumpliría en mi persona el último deseo de Jaramillo. Encontraría a la muerte protegido por los muros en ruinas.

Al avanzar, mis tenis rechinaban por la sangre igual que si recién saliera de un río. Atravesé por el jardín hasta el portón principal. Daba pasos lentos, cortos, e imaginé cómo se verían mis huellas púrpuras a la luz del día: semejantes a las de un náufrago que arriba a la playa tras nadar la noche entera.

Las puertas habían sido voladas días antes y en el sillar y el cemento los rastros de la explosión resultaban evidentes: lucían como si hubieran sido arrancadas a mordiscos. Nomás eso se podía distinguir; el interior era una cueva, un túnel oscuro, lleno de piedras y otros desechos, que desembocaba en el patio central, también sembrado de obstáculos.

No sin dificultades, llegué hasta los restos de una fuente de cantera y me senté. En torno mío, tras el amasijo de sombras que los volvía invisibles, se alzaban varios muros, espesos, protectores.

Por eso Jaramillo quería venir, pensé.

Me temblaban las piernas por el esfuerzo. Al rodearme, las tinieblas me otorgaban ahora también una extraña sensación de paz.

Es un buen lugar para morir, me dije.

Con los codos en las rodillas y el mentón apoyado en las manos, me dispuse a esperar, y entonces oí otra vez débil un canto de pájaro. Venía de atrás, de la parte de la casona más lejana de la calle. Eran trinos, sí. Y había algo más. Tal vez el viento. No. Se trataba de otra cosa. Parecía música. Levanté la cabeza sin poder creerlo.

¿Música?, me pregunté.

Agucé el oído igual que lo había hecho durante toda la noche para ubicar en lo oscuro a los asesinos, y tras un lapso de silencio conseguí identificar dos compases de violín. ¡Alguien tocaba!

Sin sentirlo siquiera, de pronto estaba de pie y caminaba al fondo del patio. Pateé dos peñascos, un trozo de mueble, un metal que crujió despertando ecos en el patio y casi me hace perder el rastro sonoro.

Alcancé una habitación cuya puerta también había sido arrancada de cuajo y una corriente de aire me avisó que la música provenía de más allá de la otra salida, en el extremo contrario. Ahí el techo seguía en su sitio y no tropecé con tantos escombros: los saqueadores del barrio habían hecho su labor. Llegué a la siguiente puerta; una de las jambas estaba intacta, la otra rota. Daba a un patio secundario, de unos cuatro metros de largo. La negrura que me recibió en él era impenetrable; el sonido, más claro.

No se trataba de un violinista solo; más instrumentos se sumaban a la melodía que no lograba identificar.

Mis pies tanteaban huecos entre los desechos y mis manos buscaban apoyos inexistentes en el aire para continuar avanzando. Estuve a punto de caer cuando mi pantalón se atoró en la varilla saliente de un poste caído, pero logré mantener la vertical. Rocé con las yemas de los dedos un muro descascarado. Me guie con las manos para recorrerlo y llegué a una nueva puerta cerrada y, acaso por milagro, entera.

Detrás de ella se oía la música. Podía sentir sus vibraciones en las hojas de madera.

Encontré la manija, la abrí: las notas sonoras se me echaron encima, rodeándome en aquellas tinieblas, llenándome el cuerpo de pulsaciones que me erizaban la piel y me anudaban la garganta. Nunca había oído esa pieza, pero en cuanto una voz de mujer se impuso a los instrumentos y empezó a cantar en una lengua para mí extraña, creí que el llanto me desbordaría.

Tardé un par de minutos en darme cuenta: el cuarto vacío actuaba igual que caja de resonancia. El origen de la melodía tampoco se hallaba allí, aunque las notas circulaban con facilidad en el aire estancado.

Toqué una pared y la seguí. Debía haber el hueco de otra puerta. Di con ella: dos jambas delgadas. Por la ranura de en medio vi que algo brillaba del lado contrario. Una llama pequeña, que me recordó la que había visto en los salones frontales de la escuela, me dio desconfianza, pero la debilidad me impidió huir.

Lo que tenga que pasar que pase, me dije y abrí dejando que la música llegara a mis oídos con toda su potencia.

Darío calló. Respiró profundo y su resuello devino suspiro de alivio, como si viviera de nuevo aquel instante. Me miró con ojos brillantes de emoción y prendió un cigarro.

No se imagina lo que había tras esa puerta, profe.

Parpadeé tres veces para asegurarme de que lo que veía no era una alucinación. En una mesa reposaba una palmatoria con un cabo de vela encendido cuya flamita apenas si conseguía romper las sombras, y detrás de ella, sentada, la silueta borrosa de un viejo con greñas y barba blancas; en un extremo de la mesa, una grabadora negra lanzaba notas y compases a un volumen altísimo.

La imagen del viejo adquirió consistencia cuando se levantó de la silla al sentir mi presencia; pero, en lugar de dirigir los ojos hacia mí, alzaba la nariz igual que si tratara de olerme.

Era ciego.

Bajó un poco el volumen del aparato.

¿Otro?, preguntó con voz cascada como si no acostumbrara a hablar. ¿Quién eres?

Quería responder, pero la música se me seguía metiendo bajo la piel y hacía crecer el nudo en mi garganta. Avancé hasta apoyar las manos en la mesa: ahí se sentía el ritmo, el retumbo de los bajos. El viejo advirtió mi movimiento y se puso en guardia.

¿Quién eres?, dijo. ¡Responde o dispara ya!

¿Qué es lo que oye?, pude al fin preguntar.

Él se quedó quieto un instante, asimilando mi voz y mis palabras.

Ah, eres otro, dijo y volvió a sentarse.

Con la mano me indicó una silla y me senté justo cuando una voz de mujer imponía su canto a la música. Su voz me parecía imposible.

Canta como los ángeles, ¿verdad?, preguntó el viejo.

Asentí y él sonrió igual que si me hubiera visto hacerlo.

¿Qué es?, pregunté de nuevo.

Ópera, muchacho.

Había leído de ella en algún libro, en escenas que sucedían en teatros, con cantantes hermosas a las que los hombres intentaban seducir.

¿En qué idioma canta esa señora?

Italiano. Escucha, no hables.

Llenaba la voz de la mujer una tristeza infinita, profe. No entendía sus palabras, nomás una que otra, pero me resultaba obvio que algo la desgarraba. Un dolor como el que yo traía atorado en el pecho desde hacía horas, un sufrimiento que era al mismo tiempo resignación y rebeldía, nostalgia y ganas de desquite.

¿Usted le entiende?, pregunté.

Sin bajar el volumen, el viejo explicó en murmullos que la mujer se lamentaba de que la guerra hubiera azotado con tanta fuerza su pueblo trayéndole destrucción y muerte, que no era necesario saber el idioma para sentir.

Está cantando afuera de su casa, que acaba de ser destruida por el fuego de los enemigos y su madre ha muerto en el incendio, dijo el anciano y posó sus pupilas blancas en mí.

Yo no me había dado cuenta de que las lágrimas rodaban por mi cara. Él, sin verme, lo advirtió. Extendió una mano áspera, callosa, de uñas larguísimas, y la puso encima de la mía.

¿Sientes su dolor?

No contesté. Hacía esfuerzos para parar mi llanto, para deshacer el bloqueo de mi garganta, pero la voz de la mujer no dejaba de estremecerme.

El viejo daba palmadas en mi mano siguiendo el ritmo del canto; si la mujer elevaba la voz hasta que parecía a punto de romperse, me oprimía el dorso con su palma. Al finalizar la pieza, bajó el volumen.

¿Cómo se llama eso?

Es un aria, "La mamma morta", dijo.

Nunca he vuelto a oírla, profe. Sin embargo, muchas veces al borde del sueño mi memoria la recrea nota por nota y me duermo acomodando mi respiración a sus compases; por las mañanas no es raro que despierte con la imagen de aquel viejo, encerrado en las ruinas de la casona como un fantasma que escucha música celestial mientras el pueblo entero se cae a pedazos.

¿De qué ópera es?, pregunté.

Darío clavó en mí una mirada pensativa. Parecía hacer memoria.

Nunca supe, dijo.

Oímos otras piezas en silencio.

Conforme el oleaje de las emociones se apaciguaba en mí, comencé a sentir curiosidad por ese anciano de canas alborotadas y sucia barba de santoclós. Quería preguntarle quién era y qué hacía allí, pero fue él quien habló primero.

Hueles a sangre. ¿Estás herido?

Se me clavaron algunos vidrios por una explosión, respondí.

¿Dónde?

En la escuela de aquí a la vuelta.

¿Fue la escuela? ¿La quemaron? Cabrones.

Sí, ¿por qué harían eso?

No quieren que los muchachos estudien. Prefieren que estén disponibles para reclutarlos como soldados. Son unos hijos de puta… ¿Quiénes son tus padres?

Mi papá se llama Silverio y mi mamá…

Lo conozco, me interrumpió. Tiene nombre de torero. Era un gran bateador en otros tiempos. Entonces tu casa no queda lejos. ¿Vienes de ahí?

No, salí a buscar a mi hermano y me agarraron de camino las balaceras.

Hizo un gesto igual que si dijera "Qué mala pata", y se movió en la silla; iba a ponerse en pie.

Del lado donde vives sólo se escucharon algunos balazos, no tantos, y ninguna explosión; es probable que a tus padres, a tu abuela y a tu hermana no les haya pasado nada y que tu casa esté igual que la dejaste.

¿Usté quién es?, le pregunté.

¿Yo?, volvió a sentarse. Soy Jacinto Zapata.

¿De los Zapata?

Rio condescendiente.

¿De cuáles más?

Entonces ésta es su casa.

Era mi casa, dijo, antes de que esos hijos de mala madre la dejaran en ruinas. Ahora vivo aquí, en los cuartos que se mantuvieron en pie, aunque la gente cree que está abandonada y que no soy sino un espectro de ultratumba. Estoy esperando que mis hijos se decidan a volver a levantarla, pero con lo de hoy no creo que quieran gastar en una construcción en este pinche pueblo.

Se irguió, tomó la palmatoria con la vela y me la tendió.

Agarra esto, sígueme.

Caminaba con soltura a pesar de su edad y su ceguera. Nos acercamos al fondo del cuarto y me di cuenta de que había otra puerta cerrada, gruesa, con la aldaba puesta. Cuando él manipulaba para abrir, se oyó del otro lado un ladrido de advertencia, y enseguida un "Shhh" impidió que se repitiera. El anciano hizo a un lado la hoja de madera y me dijo:

Aquí puedes descansar un rato, antes de regresar con tu familia.

Presentí una sorpresa y avancé despacio. Adentro alcé la vela y por poco doy un paso atrás: varios pares de ojos me miraban desde las tinieblas.

A Darío se le interrumpió la voz y volteó a la calle para ocultarme la humedad de sus ojos.

"Los hallaron en la Casa Zapata", recordé que me había dicho años atrás un vecino de El Edén. Luego otro paisano me dijo que el viejo Jacinto Zapata había dado asilo a varias personas que huían de los balazos. Nunca nadie me contó de la música.

Mientras Darío recuperaba el aliento y el habla con la vista fija en la mujer de la calle, en los autos que volvían a pasar con sus tripulantes ahora rumbo al trabajo, miré a la mesera, que dormitaba con el rostro en la superficie de la barra. Ya no habría más tragos. El hombre frente a ella roncaba, pero, si bien algo inclinado, seguía sobre su banco, guardando el equilibrio sabrá Dios cómo. El resto de los parroquianos también dormía, cada uno en su sitio, algunos con el trago o la botella junto a la cabeza.

Son otra clase de ruinas, pensé, aunque ruinas al fin.

Esto está terminando de valer madre, le dije a Darío.

No sé si volteó porque entendió mis palabras o nomás porque oyó mi voz. Al hacerlo su expresión era distinta, borracha y diferente: casi alegre, como si se le hubiera ocurrido una idea feliz.

Empezó a hablar, pero las palabras se le enredaban en la lengua y se entrecortaban a causa del regreso del hipo. Como sea, me resultó clara su primera frase:

Ahí estaba Santiago, dijo.

Lo demás lo entendí a pesar de sus dificultades de dicción.

De las miradas que se fijaron en Darío al traspasar el umbral, de esos pares de ojos aterrados que destacaban entre las tinieblas, los primeros en llamar su atención fueron los del perro, que lo miraban aún sin decidir si era amigo o enemigo. Aunque una mano lo tranquilizaba con caricias en el cogote, el can mostraba los dientes, listo para lanzar la mordida al primer atisbo de amenaza. Darío sintió acelerarse sus latidos de nueva cuenta.

Quédate con la vela, dijo el viejo antes de cerrar por fuera. Yo no la necesito, y pronto amanecerá.

Los refugiados estaban sentados de espaldas al muro, algunos de plano acostados en el suelo. Dos hombres, uno de ellos con un tiro en la pierna, y dos mujeres mayores. Dos niños y una niña con rastros de tizne a causa del fuego. Dos muchachas en pants, una con un vestido desgarrado y arañazos, que abrazaba a un adolescente con una herida profunda en la zona del ombligo. Detrás del can, otro muchacho con el rostro hundido en la piel del animal, como si intentara llenarse con su olor.

El primer impulso de Darío fue acercarse a los heridos, mas a medio camino, con esa voluntad propia que habían mostrado durante la noche, sus pies giraron hacia donde se hallaba el perro, que al percibir el olor de la sangre en sus piernas dejó de mostrar los dientes, lo olfateó y gimió empático. Darío bajó el cabo de vela. El chico dejó de acariciar al perro y alzó la cara adormilada.

No dijo palabra al ver a Darío, sólo se insinuó una sonrisa en sus labios, suspiró y volvió a bajar la cabeza apoyándola en el cuello peludo.

El alivio se mezcló con el cansancio para envolver a Darío en una sensación cálida, somnolienta. Quiso reír y llorar al mismo tiempo. No llegó a hacerlo. Respiró hondo. Con un temblor continuo en las piernas, se puso en cuclillas junto al perro y le ardieron las múltiples cortadas en la carne. Acomodó la espalda en la pared y resbaló hasta quedar sentado junto a su hermano, casi feliz. Al recargarse también, Santiago volteó hacia él; notó su pantalón ensangrentado.

¿Te hirieron?

No es nada, dijo Darío. Unos tajos nomás. ¿Y a ti?

Santiago negó con la cabeza, luego preguntó con cierto reproche:

¿Dónde andabas?

Buscándote. ¿Dónde andabas tú, cabrón?

Igual buscándote, mientras regresaba a la casa.

Darío le pasó el brazo por la espalda y lo atrajo.

Pos ya nos encontramos, dijo.

Durante unos minutos lo único que se oyó en la habitación fue el ruido acompasado de las respiraciones, los jadeos del perro y las quejas susurradas de los heridos. Nadie hablaba. A nadie le interesaba contar sus experiencias de esa noche que parecía no tener fin, y menos para que las oyeran quienes tal vez habían sufrido cosas peores.

La flama de la vela comenzó a parpadear y de pronto casi todas las miradas convergieron en ella.

No importa, dijo una de las mujeres mayores. No tarda en amanecer.

Desde hace rato no se oyen tiros, dijo una de las muchachas.

Esos hijos de la chingada ya se fueron, dijo un hombre. A ver si ya nos dejan en paz, carajo.

Darío los oía sin escucharlos, pero captando las emociones a flor de piel en el sonido de las palabras, como antes con el aria de ópera. Percibió el dolor y la ira, la frustración y el miedo, las ansias de justicia o de venganza. Apretó más a su hermano, cerró los ojos.

Al sentir una lengua rasposa y caliente que le lamía la sangre de la mano, levantó los párpados y le preguntó a Santiago:

¿Y qué con el perro?

Santiago palpó la cabeza del animal.

Es mi nuevo amigo, dijo. Se llama Sansón.

Estuvimos ahí poco más de una hora, dijo Darío tras un trago de cerveza.

Arrastraba las palabras, aunque ya no se le enredaban tanto en la lengua. El cigarro se le consumía entre los dedos sin que fumara, y de nuevo la ceniza trazaba una curva larga sin caer.

Cuando el viejo Zapata abrió de nuevo, el hueco de la puerta fue un rectángulo gris que contrastaba con la negrura del cuarto. Hacía rato que nos llegaban, amortiguados por los gruesos muros, ruidos de vehículos y sirenas desde la calle; ahora se oían más claro.

Vayan afuera, dijo. Los que pueden caminar ayuden a los que no. Están pasando ambulancias en busca de heridos.

Los hombres y las mujeres mayores se ocuparon de quienes batallaban para caminar, incluso del que tenía el balazo en el vientre y fueron saliendo poco a poco.

En las ruinas de la casona aún reinaban las tinieblas, pero cierta claridad llegaba del exterior. Había amanecido.

Yo me impulsé varias veces, profe, y las piernas nomás no me daban. Santiago tuvo que estirarme con todas sus fuerzas hasta conseguir que no me fuera de lado mientras el Sansón nos miraba moviendo la cola.

Salimos al cuarto de la grabadora y el viejo seguía sentado en su silla. Alzó la cara, reconoció los pasos del perro y sonrió.

Me saludan a Silverio y a su mamá, nos dijo.

¿Se va a quedar aquí?, le pregunté.

Te dije que aquí es donde vivo. No he terminado de escuchar mis discos.

Mientras atravesábamos ruinas, la claridad se volvía nítida, al grado de que en cuanto salimos al patio de la fuente nos deslumbró y tuvimos que acostumbrarnos a ella para librar los escombros del camino. Eran demasiados.

Santiago casi me iba cargando, por lo que paramos a descansar varias veces, hasta que unos enfermeros entraron a la casona y tras echarme una ojeada mandaron traer una camilla. Me subían a la ambulancia cuando aparecieron mi mamá y mi hermana deshechas en lágrimas. Alguien, no supe quién, les había avisado dónde estábamos. Abrazaron a mi hermano, felices de encontrarlo ileso, y al verme se reflejó en sus ojos el espanto.

Fue entonces cuando en verdad me di cuenta de lo jodido que había quedado, profe. Es decir, me sentía mal pero no sabía cuánto era el daño.

¿Te acompañaron en la ambulancia?, pregunté.

No las dejaron subir. Tampoco a Santiago, que tenía nomás rasguños y raspones. No había espacio. Ya llevaban otros heridos. Uno de ellos en verdad grave: con un balazo en la cabeza y dos en el cuerpo. Era un maestro, Pedraza, creo. No llegó al hospital, murió en el camino.

¿Entonces tu familia te encontró en la clínica del seguro?

No. La ambulancia se vino directo a Monterrey. La clínica del seguro fue destruida y los hospitales de Reynosa y Nuevo Laredo estaban llenos. Volví a verlos a todos al despertar después de salir del quirófano, borracho por la anestesia. Ahí me contaron que en la casa, fuera de una ráfaga de cuerno en la puerta y la pared frontal, no pasó nada, y que ellos pasaron la noche debajo de las camas, rezando para que Santiago y yo saliéramos con vida del ataque.

Darío miró con desprecio la cerveza que tenía enfrente. Tocó el envase: tibio. Metió la mano en la cubeta y removió el agua; ya no había hielos ni botellas. Volteó a la barra sólo para darse cuenta de que nadie lo atendería.

¿Y Santiago qué te contó?, pregunté.

Fijó en mí una mirada inquisitiva. Tal vez se preguntaba si yo estaba enterado de lo que el muchacho había visto en su recorrido por el pueblo. Decidió que no, porque en su rostro ebrio se formó una mueca de desdén.

Santiago era un chiquillo cuando pasó todo eso, dijo. Tenía los recuerdos muy mezclados con fantasía y resultaba difícil saber cuáles eran reales y cuáles imaginarios.

Dio un trago a la cerveza caliente y miró otra vez afuera donde la prostituta joven, agotada, se había recargado en la pared.

La luz del amanecer transformaba la oscuridad en penumbra y siluetas y cosas adquirían relieve y colores pálidos.

Las facciones de Darío, en paz ahora que se había desahogado, mostraban que contarlo todo lo había liberado de un peso muerto, apabullante. Sus rasgos traslucían juventud.

¿Lo ves seguido? ¿Mantienes contacto con él?

¿Con Santiago?, respondió. No, no sé ni dónde anda. Tampoco con mis padres; se fueron al gabacho, y mi abuela murió dos años después allá. Nomás de vez en vez hablo por teléfono con mi hermana. Ella vive aquí en la ciudad, por Santa Catarina. ¿Usté habla con la gente del pueblo?

No, respondí. Hace años que no.

¿Ya lo ve? Estamos iguales.

Tras pensarlo unos instantes, Darío corrió la silla hacia atrás. Sacó el cigarro restante de la cajetilla y lo prendió mirándome por encima de la flama del encendedor. Tomó impulso, se puso en pie y la silla cayó al piso con un chasquido que retumbó en el silencio del local.

En la barra hubo un sobresalto leve, aunque ninguno de los durmientes alcanzó a despertar. Tan sólo el tipo del banco frente a Renata se reacomodó y apoyó el cuerpo a unos centímetros de la mujer.

Tambaleándose, Darío sacó de su bolsillo un amasijo de billetes, trató de alisarlos con sus dedos envarados y los dejó sobre la mesa entre restos de ceniza y gotas de agua que no acababan de evaporarse.

Es mi parte, dijo.

Luego, caminando con pasos ya derechos, ya laterales, consiguió dirigirse a la puerta.

Antes de abrirla, giró el rostro hacia mí, me miró unos segundos y en su expresión pude adivinar que no volvería más a esta cantina, que pasaría mucho tiempo antes de que nos encontráramos de nuevo, que si por él fuera no nos veríamos nunca más.

Alzó la cara en señal de despedida y salió a la claridad arrancándole a la puerta un crujido que despertó rumores en el área de la barra.

Yo aún tenía ron aguado en mi vaso, lo suficiente para un último buche. Saqué el dinero de mis tragos, lo dejé junto a los billetes arrugados de Darío y no me moví.

Iba a empezar a reflexionar en lo que había oído, en lo que me dijeron otras personas sobre esa batalla que destruyó el pueblo, cuando vi pasar a Darío por el cuadro de luz de la ventana. Se detuvo en la banqueta de espaldas a mí. Un autobús urbano cruzó ante él. Después una troca repartidora de mercancías.

A mis espaldas oí ruido de vasos y botellas. Giré el cuello y vi que Renata despertaba a los parroquianos, uno a uno, para cobrar el consumo. Comenzaron a sacar billetes y monedas que tintineaban en la mesa o en la barra.

Rodeé mi vaso con las dos manos en tanto veía a Darío atravesar la calle con pasos lentos pero cada vez más seguros.

La puerta de la cantina volvió a crujir, y tras unos instantes lo hizo de nuevo.

Darío se arrimó a la mujer y le dijo algo. Ella sonrió con tristeza.

Me distrajo la voz de la mesera:

¡No, cabrón! Andas muy pedo. Vete a dormir a tu casa con tu señora, a ver si ella te recibe.

El tipo neceaba y Renata, manteniéndolo a raya, lo bajó del banco para encaminarlo a la salida.

Volteé a la calle y me sorprendí: Darío abrazaba por la espalda a la mujer y ambos me veían sonrientes.

De veras se parece a Norma, pensé al notar cómo los brazos de él, rodeándole el estómago, levantaban sus pechos rotundos.

Él le dijo unas palabras al oído en tanto le besaba el cuello. Ella soltó una carcajada corta y entonces, a pesar de la distancia, me pareció ver que en sus ojos borrados brillaba un relámpago de alegría.

¿Norma?, me pregunté y una resequedad repentina en la boca me llevó a apurar el último trago de ron.

Solté el vaso sobre la mesa cuando Darío y ella daban media vuelta para alejarse, bien pegados uno al otro, hacia la parada del camión.

Me acerqué a la ventana con el fin de no perderlos de vista, pero en ese instante los talones de Renata se oyeron cerca de mí y su olor denso se esparció en el aire a mi alrededor.

Me abrazó por la espalda, como Darío a la mujer, y echándome en el rostro su aliento agrio, un tanto endulzado por el alcohol, me dijo mientras me mordisqueaba la oreja:

¿Qué pues, profe? ¿Te vas, o mejor te vienes?

Laberinto de Eduardo Antonio Parra
se terminó de imprimir en el mes de noviembre de 2019
en los talleres de
Diversidad Gráfica S.A. de C.V.
Privada de Av. 11 #4-5 Col. El Vergel, Iztapalapa,
C.P. 09880, Ciudad de México.